T0276355

Cuentos telúricos

RODRIGO CORTÉS
Cuentos telúricos

RANDOM HOUSE

Papel certificado por el Forest Stewardship Council®

Primera edición: mayo de 2024

© 2024, Rodrigo Cortés Giráldez
© 2024, Penguin Random House Grupo Editorial, S. A. U.
Travessera de Gràcia, 47-49. 08021 Barcelona

Printed in Spain – Impreso en España

ISBN: 978-84-397-4319-4
Depósito legal: B-4.495-2024

Compuesto en La Nueva Edimac, S.L.
Impreso en Unigraf (Móstoles, Madrid)

RH43194

ÍNDICE

El diablo, que no dijo su nombre, saludó muy cortés a Merlín llamándole don Pánfilo de Atrisco, cuyas altas prendas no ignoraba, y le dijo que no más lo entretenía para saber cómo se llamaban en Nápoles los emparedados de queso blanco, que se fríen en sartén tras rebozarlos en huevo.

ÁLVARO CUNQUEIRO

MAGO DE VERDAD

La mañana del último día del último mes del verano era siempre la peor, por razones que de inmediato aclararemos (igual no de inmediato, pero pronto). Baldomero no regentaba un hotel de pueblo, ni era un estudiante de Farmacia recién enamorado de una de San Sebastián, ni hacía pulseras de cuero en una playa llena de rocas, ni vivía junto al mar siquiera. Baldomero vivía en la montaña, en una montaña sin montañeros ni excursionistas, en una montaña normal, ni muy alta ni muy baja, pero del todo inaccesible (o casi) por ser una montaña simbólica; perfectamente tangible, eso sí, aunque casi imposible de encontrar. Baldomero era mago.

Hay muchos tipos de mago.

Están los magos de verdad, que son los que hacen desaparecer cartas y sacan palomas del sombrero, y están los magos de mentira, que hacen invocaciones, fuerzan el amor de los cobardes y se aparecen en los dormitorios, casi siempre de noche, para llevarse algo de valor o que consideren propio, o para lanzar advertencias al tuntún.

Hay que tener en cuenta que hacer desaparecer cartas es muy difícil.

Para hacer desaparecer una carta hace falta, en primer lugar, la carta (cada vez más rara de encontrar en un mundo que desprecia el azar), como hace falta el poder de desmaterializar el cartón y la habilidad de enviar los pedazos a otro plano. Lo mismo sucede con las palomas, que sólo pueden salir del sombrero si el mago sabe dar y quitar vida, formar materia de la nada e insuflarla, por el mismo precio, de aliento. Todo dentro de un sombrero. Y no hablemos de lo que hace falta para serrar a una dama sin que deje en ningún momento de expresar opiniones originales, a menudo sobre el propio mago.

Entre un mago de verdad y un nigromante no hay, por tanto, color (aunque ambos prefieran el negro), por eso los magos de verdad no se molestan por casi nada, y por eso no hay manera de que un nigromante se gane la vida en Las Vegas.

Baldomero era un mago de verdad, de los de mesa y tapete, de los que se sientan en cualquier lado, también en las cimas nevadas, y se ponen a adivinar fechas, a restaurar billetes y a cruzar aros con aros para asombro de los gavilanes y los vientos del noroeste.

Baldomero vivía en un monte hecho de recuerdos concretos que apenas sobresalía de un paisaje cuajado de picos muy parecidos entre sí; al gráfico de la marcha de una empresa, se parecía el paisaje; a una maza para ablandar carne, se parecía. Cuando un racimo de recuerdos forma un monte, los recuerdos cristalizan en forma de roca y enebro; nada en el monte difiere, por tanto, de un monte normal, pero ahí queda la memoria, bien escondida, vibrando en el paisaje y retumbando en las cañadas y en las grietas que se forman entre los riscos.

Los recuerdos del monte de Baldomero —elegido por el mago al descuido, por sus precios más que por sus vistas— eran todos recuerdos estivales, Baldomero no sabía por qué. Recuerdos formados en capitales europeas y en rutas de monasterios, en mareas altas y en mareas bajas, y en casas rurales, y en rincones de Guadalajara con granjas ecológicas y quesos ecológicos en las granjas y dos rutas de senderismo: una para allá y otra para acá. Recuerdos normales. Por eso —por su relativa estulticia— el monte simbólico de Baldomero era tan difícil de ver de lejos, aunque verse se veía.

Baldomero (Baldomero el Magnífico) usaba los recuerdos del monte para sus ensayos y pruebas. Metía, por ejemplo, la mano bajo una piedra y extraía el eco de una canción de campamento. Tomaba el estribillo de la canción, lo apretaba bien con el puño hasta que sacaba agua y empapaba un pañuelo cien por cien algodón, que anudaba a otro pañuelo.

Si la canción era larga y variada, el pañuelo cambiaba de color a cada tramo y se hacía casi interminable, perfecto para esconder en la boca y tirar luego de un cabo, con los dedos. Si la canción era corta y monótona, hacía falta anudar tres o más canciones.

O Baldomero atravesaba una cascada y, en la gruta de detrás, donde suelen amarse los monjes, rascaba de las paredes los líquenes que había formado la gesta de un socorrista, que se había tirado al agua en la piscina municipal de Ribadesella y había salvado por los pelos a un niño de caer por el tubo de cemento que la unía al mar (un poco por abaratar el llenado, un poco por ensanchar el Cantábrico).

Los recuerdos que enredan a niños forman unos líquenes fantásticos, y con ellos Baldomero se hacía, después de secarlos, unos cuchillos verdes que se clavaban muy bien junto a las axilas de su ayudante (a quien, por su reciente deserción, tenía que inventarse con una tiza).

Una vez, por un presentimiento, se subió a un pino con tal rapidez que llegó a la copa con las manos peladas y la cara tachonada de agujas, matando de un susto a las ardillas, y allá arriba, con la fresca, sangrando sin dolor (por la adrenalina), inspiró tan profundamente el aire del monte que se le llenaron los pulmones de amores adolescentes y de paseos en barca, y de promesas rotas, y de una llegada al esprint en el Tour de Francia, y de un concurso en la tele con gente en traje de baño, y de un montón de sustituciones en la radio, y de un piso en Gandía que compartían tres amigas de la facultad que sólo se acordaban de sus novios los jueves a las ocho, cuando los tenían que llamar, en fila india, desde la misma cabina, y de una verbena con olor a sangría y polen, y de una charla entre franceses –en bermudas– en el casco viejo de Cáceres, donde a veces da la impresión de que va a aparecerse alguien a caballo, el comendador mismo, o un soldado con un mensaje enrollado, o dos inquisidores cargados de razones, así que Baldomero se llenaba bien los pulmones y fabricaba esa clase de energía que hace falta para levitar un poco, o para hacer flotar una esfera de cristal, o para clavar un naipe en la frente de un espectador, o para adivinar un nombre.

Así pasaba agosto Baldomero, de memoria ajena en memoria ajena, en su montaña estival mediana, tan bien sincronizada con las vacaciones generales, que Baldomero, en realidad, solía pedirse en septiembre.

Y por eso la mañana del último día del último mes del verano se le hacía tan cuesta arriba a Baldomero (el Magnífico); no tanto porque fuera a echar nada de menos, y mucho menos a nadie, ni porque se anticipara a la morriña que les sobreviene a los gallegos en cuanto pisan el portal –a veces ya en el ascensor– y al resto del mundo cuando se acaba una serie, sino porque eso significaba que tendría que abandonar la montaña durante al menos quince días (los de sus vacaciones, por si no se entiende), para pasearse, por ejemplo, por Cambrils en temporada baja, junto a alguna pareja madura, traductor él, maestra ella, y algún jubilado con aire de marinero, con muchos restaurantes ya cerrados –a contrapié, por tanto–, lo que no tenía nada de malo pero significaba que se acercaba octubre, el temido mes de octubre, cuando reabren los teatros y la concurrencia exige a los autores que estrenen sus mejores dramas, todos nuevos, y a los cantautores que canten sus mejores temas sobre el desamor y los inmigrantes y la guerra, todos nuevos, y a los bailarines que bailen sin romperse sus mejores bailes, todos nuevos, y a los monologuistas que hagan sus mejores chistes sobre el tapón del champú y sobre la tolerancia al gluten y sobre los mismos desamores a los que cantan los cantautores, todos nuevos, y a los magos que estrenen, claro está, sus mejores números, nuevos todos, o casi todos, porque todo el mundo sabe que es más fácil perdonarle una mentira a un mago que un número repetido, o uno robado (los magos se roban mucho entre sí, sobre todo si son de otra ciudad), por eso los magos se esfuerzan mucho en el verano, especialmente en el verano, cada uno en su monte simbólico, y tratan de inventar rutinas de desmembramiento con música de flauta, y de desdoblamiento con música de arpa, y de escapismo sin música, sabedores de que los trucos están, por ley, prohibidos y no cabe más ilusión que la del niño fascinado, que exige resultados concretos, porque un mago de verdad no recurre ni por casualidad al ilusionismo, y flota, corta, clava, descifra, acierta, rebana o resucita de verdad o, si no, no resucita, pues el código del mago es sagrado y no deja lugar a más magia que la de lo inexplicable, especialmente difícil de domar —y se dice poco— en la magia de cerca.

Así que aquella mañana que remataba agosto y devolvía al país a su perplejidad diaria, Baldomero se levantó antes que el sol para encontrarse de golpe, frente a la cueva donde dormía, con aquel niño negro vestido de sheriff que le señalaba con un revólver de plástico.

Tú, Baldomero —le dijo el niño negro—. Tú a mí no me la das. Tú no tienes número para este año.

Y era verdad, no tenía. Porque los números se le ocurrían a Baldomero casi siempre el último día, por eso la última mañana era tan mala para él. Tan estresante.

—A ti lo que te pasa, Baldomero, es que vas de chulo.

Baldomero no entendía por qué un niño negro le decía tales cosas, aunque un niño blanco, o aun chino, no lo habría dejado más conforme.

—A ti, Baldomero, lo que te pasa —insistía el niño, apuntándolo con la pistola— es que el verano no te gusta, y por eso no te vienen bien los montes de verano, pero aquí estás, Baldomero, en un monte de verano, el mismo cada año, por pura cabezonería, porque ahí mismo, a menos de un kilómetro —el niño no señalaba ningún lugar concreto, o señalaba un raro hueco entre montes, o señalaba una cuesta que sólo él podía ver—, hay un monte bien bueno de primavera, que son los que te vienen bien a ti, pero, como eres un chulo, Baldomero, vienes cada año a este, como si fuera tuyo, y resulta que no es tuyo, Baldomero —el niño tuteaba al mago sin la menor vacilación—, sino de cien o doscientas personas, a lo mejor quinientas, que ignoran, te lo concedo, que es suyo, pero que lo han formado, sin saberlo, con recuerdos propios, recuerdos de verano, recuerdos particulares, recuerdos que han extraviado y que ya no recuperarán nunca, recuerdos que han venido aquí y que aquí se quedan, Baldomero, almacenados entre los arbustos y las escobas, y en los salientes de granito, Baldomero, y en las conejeras, recuerdos con los que estás haciéndote cada año, Baldomero el Magnífico, unos numeritos de lo más banal que ofenden a un montón de veraneantes que han hecho lo que han podido cada año, Baldomero, para olvidarse de sus trabajos, pero, como eres un chulo, Baldomero, ahí estás, mirándome como los jabalíes, dudando entre quedarte quieto y salir corriendo. Y por eso, Baldomero, me atrevo, si te parece bien, a darte el siguiente consejo...

Y, en ese mismo instante, Baldomero —a quien aquello no debía de parecerle bien, después de todo— le dio tal bofetón al niño que lo dejó bien sentado en el suelo, con la estrella de sheriff medio doblada y el sombrero aplastado contra un lado de la cara, que se le habría incendiado en rojo de no haber sido él tan negro. Y tuvo en un instante —quién sabe si iluminado— una idea genial, salvaje y definitiva, una idea que no sólo mejoraba los mejores números de su viejo repertorio, sino que habría de reescribir para siempre la historia de la magia, una idea muy secreta (que no pensaba compartir con nadie, y mucho menos con este narrador, en absoluto omnisciente) que ridiculizaría durante años la mucha o poca fama que les quedara a los taumaturgos y labraría en piedra la hegemonía de los prestidigitadores sobre los brujos en el Parnaso de la verdadera magia, que queda muy cerca de Teruel, más cerca todavía desde que han hecho la autovía.

Así que allá se fue Baldomero, hacia el horizonte boscoso, cuesta abajo, tan contento, dando —como cada año— unos saltos muy bien dados delante del sol matutino, dejándose la sombra olvidada en cualquier sitio, muy confiado, la verdad, en sí mismo. Agradecido de corazón al niño, que se frotaba la cara, sonriente, porque sabía que, una vez más —cada verano de forma distinta—, había ayudado a dar sentido a las vivencias descuidadas de un montón de veraneantes, que, de otro modo, habrían cruzado agosto sin dejar más rastro en él que el del amor confuso y algún empacho.

Y el monte creció en un segundo tres centímetros. Catacroc.

Y el aire cambió de sitio.

Y el empresario del teatro donde, en un mes exacto, habría Baldomero de inaugurar su temporada mágica, se estremecía sin saber por qué en un resort de Cancún, alcanzado en la nuca por un presentimiento que, transmutado en gustito por un sorbo de margarita, le hizo dejar al camarero un propinón de los de antes. De los de quitar el hipo. De los de arrepentirse luego.

Un propinón, la verdad, de los buenos buenos.

NIÑO SOBRE FONDO AZUL RADIANTE

Niño cavaba la arena de la playa con su pala amarilla bajo la atenta mirada de Madre, que descansaba bajo una sombrilla en su silla plegable y floreada, y desconfiaba, como era su deber, de cualquiera que se divirtiera.

Padre hablaba, mientras tanto, con un marroquí de pantalones huecos y le entregaba unas monedas a cambio de una lata de cerveza que se abrió allí mismo, chsss… Luego Padre miró al mar, y luego alrededor, a nada en concreto, mientras la brisa le revolvía el pelo negro, y miró de nuevo al mar, con el ceño fruncido esta vez, por el sol. No parecía tener muchas ganas de regresar a la sombrilla, Padre.

Madre llevaba un biquini de un rojo gastado, casi rosa, que nunca en la vida, que se supiera, había tocado el mar, ni siquiera sin querer, bien pegado a su piel de apache, y el pelo muy corto, y unas gafas muy grandes, como de plástico, que parecían aclararse un poco cuando miraba a Padre con la misma desconfianza con la que miraba a todo el mundo.

Hermana, un año mayor que Niño, leía, lejos de la sombra, un libro de enigmas en un internado de chicas, con el rostro enfadado y fruncido de siempre. A veces enroscaba los dedos en la tela blanca de la camiseta y la estiraba un poco, y luego la soltaba, y luego pasaba una página, resoplando como si tuviera mejores cosas que hacer, sólo que por lo visto no, y volvía a enredar los dedos en la tela, y así todo el rato.

Niño miraba, aburrido. Lo miraba todo. No quería estar allí ni quería estar en ninguna parte, así que miraba también el mar, por si a una ballena furiosa le daba por emerger del agua para merendarse un patín o una lancha. O miraba al sol haciendo visera con la mano, por si una nave bajaba del cielo y aterrizaba en la playa y, entre disparos raudos y ofertas de paz, hacía más corta la mañana

Niño excavaba un poco, sin mucha convicción; una palada o dos cada vez, haciendo agujeros que luego rellenaba. Madre lo había untado en Nivea, así que la arena se le pegaba a las piernas y a la espalda, bien mezclada con el sudor, sobre todo en esos sitios donde la piel se dobla.

A su lado pasó corriendo otro niño aún más pequeño, con camiseta y sin bañador, con la pirula al viento, tan contento; chapoteó un rato junto al agua con la conciencia de un ratón y regresó por donde había venido, con igual discernimiento y al mismo ritmo. Los niños no saben andar, y mucho menos en la playa; los niños corren o se están quietos, no tienen más posiciones: un niño se levanta y echa a correr, hacia donde sea, y, si ve a otro niño, se echa a correr hacia él, y, si se hacen amigos, se sabe porque van los dos corriendo al agua y se tiran con la tripa por delante sobre la arena húmeda, que parece un espejo, y se ríen como si tuvieran un televisor por dentro, y regresan, también a la carrera, al mar, cada vez más desnortados, hasta que sus padres los separan como si fueran gallos para que puedan seguir con sus vidas familiares, en las que no caben intrusos. Entonces los niños se miran en la distancia desde sus jaulas, mientras sus madres les dan un yogur o un plátano, y se prometen un mañana mejor, todo carreras, al otro lado de la infancia.

Niño, decía, hacía como que cavaba, alisaba los bordes del agujero mientras la arena se escurría por las paredes como la de un reloj. Hasta que clavó con decisión, a saber en qué ángulo, la pala en el fondo del hoyo, y ¡clac! Tocó algo que no tenía que tocar.

Y el suelo empezó a temblar.

Niño había oído hablar de un punto exacto que tienen algunos sitios que es como el botón del pánico, un botón muy difícil de encontrar, según le había explicado un mayor: «Hay uno por provincia, macho, y a veces se mueve, nunca está en el mismo sitio, y a veces está muy profundo y, si pasa eso, pues nada, como si saltas encima, pero a veces está casi a la vista, como más por fuera, y, si te tropiezas con él, aunque sea sin querer, ¡zas!, le das al botón, macho, y ¡zas!, se lía parda». «¿Por qué?, ¿qué pasa entonces?», le había preguntado Niño. «No lo sé, macho. Seguro no lo sé, macho, seguro no se sabe nada. Pero una vez un viejo dio con el punto ese, un viejo del pueblo, en 1940 o así sería, o en 1950, después de pescar un pulpo, y se ve que dejó el arpón como en la arena, en plan vago y ¡zas!, el arpón se cayó donde el botón o algo, y ¡bum!, pues que la lio parda, lo que te decía. No sé muy bien cómo fue, macho, pero le tuvieron que cambiar el nombre al pueblo, con eso te lo digo todo. Antes se llamaba Valle Sereno. Se lio parda».

Niño no se lo había creído, pero le gustaba imaginarse un botón porque eso simplificaba mucho su idea del mundo, aunque fuera un botón mágico que a lo mejor era también una especie de costura que mantenía la realidad atada, o a lo mejor era como una palanca de las que se usan para reventar puentes, o a lo mejor era un desagüe mal tapado, porque Niño se maliciaba que, igual que el universo termina –de eso estaba seguro– en una pared de tablones, el planeta entero estaría lleno de desagües, y que era mejor no ir por ahí escarbando, aunque él acabara de hacerlo, porque siempre puede uno dar sin querer con un desagüe y entonces el bosque entero, por ejemplo, o la carretera, o el campo de fútbol del colegio, o lo que sea, puede acabar convertido en un remolino de tierra o de hierba o de agua y hacer que el mundo se escurra dentro de sí mismo y desaparezca, no sé, Soria entera, o desaparezca Asia, o todo el planeta se dé la vuelta como un guante, así hacia dentro, por culpa del desagüe, y, si pasa eso, ¡zas!, entonces hay que cambiarle el nombre al planeta.

El caso es que la playa empezó a estremecerse con un temblor que primero movió la arena, que parecía formada por un millón de piedrecitas (que es lo que le pasa a la arena), y luego se estremeció el suelo mismo, ¡brrrmmm...!, y luego todo lo demás. Y el retumbo se hizo rugido, y el rugido clamor. Y luego fue como si empezaran a sonar las trompetas del cielo. Y de la arena se elevaron columnas de agua salada, ¡bam!, ¡bam!, ¡bam!, que perforaban la arena, desafiantes como cariátides, y a veces aupaban a los veraneantes en volandas y los lanzaban a las nubes a cientos de metros, con sus telas de colores y sus sombreros graciosos, y del cielo caían mil pilares de luz, ¡fium!, ¡fium!, ¡fium!, haces de luz blanca y azul, casi sólida, que nunca coincidían con las columnas de agua, sino que ocupaban sus huecos, y, si pasaba que caían sobre alguien o algo, lo dejaban congelado en el acto, allí mismo, hecho un témpano, lo mismo daba que fuera un inglés que una pelota de playa, lo hacía añicos al instante, como si estuviera lleno de cubitos, aunque en realidad hacía mucho calor, porque el mar empezó a chapotear, chup, chup, como una enorme sopa, y la gente, claro, chillaba, unos por la sorpresa, otros por el desacuerdo y otros por la temperatura del agua, que por lo visto escaldaba.

Y entonces, de un punto oscuro que podía verse crecer bajo la superficie del agua, justo donde los reflejos de dos nubes blancas se tocaban, emergió un látigo lento, un tentáculo enorme lleno de ventosas grises, y luego otro, y luego otro, que a lo mejor eran del hijo del pulpo aquel al que mató el viejo en 1940, o en 1950, o de uno de los padres, o del mismo dios de las aguas, que a lo mejor resulta que tiene forma de pulpo pero igual no, porque el pulpo que salió del mar no era un pulpo, sino un calamar gigantísimo (enorme incluso para ser gigante) que avanzaba de una forma muy extraña, como a rastras avanzaba, y luego, ¡bam!, una sacudida; a rastras y luego, ¡bam!, una sacudida; y así iba dejando detrás un millón de surcos, por los tentáculos, que a veces meneaba un poco al final, como si firmara, dejando rizada la arena; y a veces la gente se quedaba allí mismo, tiesa, medio enterrada boca abajo o boca arriba, según, pero a veces salía corriendo y escapaba por muy poco, y luego tenía que esquivar las columnas de agua y las de luz, así que costaba mucho llegar al paseo marítimo, donde la multitud se agolpaba, unos para ver mejor, bien pegaditos al muro, otros para escapar de la playa, con lo que se formaba una especie de muro ondulante, todos contra todos, que le iba muy bien al paisaje pero que contribuía poco al orden (así son los apocalipsis: desordenados), y Niño, que de tonto tenía lo justo y veía que el calamar iba acercándose y que antes de él estaba su madre, desclavó la pala de la arena y ¡pam!

Todo se paró de golpe.

Padre, que llevaba uno de esos bañadores a cuadros que sólo llevan los padres y una camisa de algodón blanco con más botones desabrochados de los que tocan, apuró el último trago de cerveza y buscó, sin encontrarla, una papelera donde tirar la lata. Al final regresó a la sombrilla, lata en ristre, resignado a continuar con sus deberes de padre. Madre guardaba ya sus cosas dentro del capazo: las cremas, un termo, dos manzanas, una botella de agua medio caliente, el pareo, un libro de amores, servilletas, el móvil... Hermana cerraba el libro y se estiraba sin bostezar, aún enfadada con nadie, y se sacudía la arena de las manos, y miraba a Niño, como diciéndole: «Tú qué miras», y se puso de pie con un impulso de lo más torero, y sacudió la toalla, y se la colocó, doblada, al hombro, como un chicazo, con el libro bien aferrado y bien tieso.

Así que Niño vació de arena el cubo –que tenía forma de castillo– y metió en él la pala amarilla, y se puso de pie, y se sacudió la arena del culo.

Y, como se moría de hambre y en realidad le parecía bien levantar el campamento, sacudió también la toalla sin que nadie se lo pidiera y recogió la gorra de Hermana, porque sí, y porque lo mismo resultaba que había macarrones en la nevera y le iba entrando la prisa (los macarrones están listos muy pronto, se calientan enseguida), o ensaladilla rusa (que no hay que calentar siquiera). O gazpacho.

Y miró la enorme pared de cristal donde estaba el apartamento, que podía reconocer por la toalla roja del balcón, la que tenía un león en el centro, mientras imaginaba que un huracán arrancaba de cuajo los pinos del monte y los lanzaba contra los cristales como si fueran bolos, o bombas de mano, a saber, ¡pum!, ¡pum!, ¡pum!, ¡cras!, ¡cras!, ¡cras!, y los edificios —todos iguales, menos alguno— caían uno sobre otro, y sobre otro, y sobre otro, ¡pumba!, ¡pumba!, ¡pumba!, y sobre otro, y sobre otro, recorriendo la costa entera como un desmesurado dominó paralelo al mar que dejaba el litoral pisoteado y como a cuarenta y cinco grados del suelo, para devolverle al mundo, o recordárselo, el sentido de la trascendencia, el respeto por el misterio y el temor a los dioses antiguos.

Aunque lo que de verdad le apetecía a Niño era el gazpacho.

Y, como Madre había preparado dos litros por la mañana (Niño lo recordaba perfectamente), a esas horas seguro que ya había reposado bien y estaba en su punto justo, con su sabor a vinagre y a cebolla, sin nada de comino.

Muy fresquito.

¿SE PUEDE?

No tiene noción de quién es. No sabe si tiene los ojos cerrados o abiertos. Se siente, de forma imprecisa, rodeado de gente, pero no podría afirmarlo. No se nota dormido, aunque tampoco despierto. No se sabe de ninguna edad. Tiene una vaga intuición de su sexo (una sensación vagamente física). No sabe si es valiente o cobarde, reactivo o calmo, amable o impaciente. Siente que puede serlo todo y que no es propiamente nada. No tiene nombre ni apellidos —que sepa, que pueda recordar—, ni la angustia de no tenerlos, aunque en algún rincón del cerebro —dotado o deficiente, no está claro— late un sordo eco de oficios, tal vez funciones: médico, paciente, entrevistador, entrevistado, mesías, policía, bombero. Vive —o está, o es— en una negrura estable, acogedora a su manera, sin nada de terrorífico ni de feliz tampoco. Ni de particular. Ni de neutro (aunque «neutra» sea la palabra que mejor se ajuste a su situación, que tampoco es sensible ni indiferente, aunque «indiferente» sea el término que mejor encaje en su estado, que no es proactivo ni descuidado). No sabe cómo se encuentra ni piensa que le incumba. No le inquieta. No le parece bien. No le parece mal. No le interesa.

Lleva así más de mil años —tal vez un día—, con una indefinible sensación de disponibilidad, más que de espera. Alguien se ha movido a su lado, o eso cree, en esa negrura, o lo han movido, o ha regresado. Aunque él no haya visto nada.

Los dedos de los pies comienzan a hacerle cosquillas.

No está desnudo ni vestido, que él sepa.

Parpadea en ese instante (o siente que parpadea). No está en el futuro ni en el pasado, ni está propiamente en el presente: más bien está (o así se ve) fuera del tiempo. A la espera de un presente.

El hormigueo —agradable, cálido— trepa ahora por las piernas, como en el final de un sueño, o como en el final del sueño. (Está, definitivamente, soñando).

Al abrir los ojos sabe quién es.

Esa misma mañana, tal vez una hora más tarde, cuando la conciencia regresó para darle, como a todo ser social, dolor y propósito, el-joven-artista-teatral (así lo llamó su mujer hasta el divorcio) se acercó a buen paso al Ministerio de Cultura, en la plaza del Gobernador. Tenía el estómago lleno de sombras, la conciencia de disgregación que sobreviene a quien ya no encuentra nada en sí. No habría querido estar allí, verse reducido a criatura mendicante, aunque tenía poca dignidad que salvar.

Sentía —en ese instante— apremio (hay tragos que es mejor pasar rápido), o sentía que lo sentía y, por tanto, caminaba rápido, aunque estuviera aún medio dormido.

Habría dado lo que fuera por regresar al sueño.

No se fijó mucho en su entorno, no sentía la inclinación de hacerlo, aún era pronto y conocía bien el lugar. Había estado allí muchas noches (muchos días, quería decir), en esa misma plaza que apenas se dejaba ver por la espesísima niebla. (Al contrario que en el sueño, la niebla le incomodaba; su cuerpo tendía a la luz, a las formas definidas, a los contornos simples).

Había pisado aquel lugar diez, doce, quince veces. Sesenta veces. Pero no guardaba apenas memoria del camino, que para él era sólo distancia, no detalles, emoción opaca, un prólogo inevitable: nervios, excitación, deseo de estar en otra parte, anticipación del fracaso. La vida le pesaba más que nunca, había dejado de sentirse él mismo, se miraba desde fuera y sólo veía una figura porosa habitada por fantasmas, arrastrada de aquí para allá, la obra de otro, sin pasión, pura indolencia, como si le hubiera entregado a alguien las llaves del cuerpo. No era la primera vez que le ocurría. Nada era la primera vez que le ocurría.

Había vivido escenas similares, escenas de las que, con el tiempo, había ido deshaciéndose, como acostumbraba a hacer con lo gravoso, y hasta con lo frecuente. Aunque –y esa es una verdad inmutable–, no importa cuántas veces se repita algo, nunca es lo mismo.

El-joven-artista-teatral (emprendedor a la fuerza, actor y medio autor), teatral sólo en su versión más indulgente, tan lleno de velos como aquella plaza, se acercó, cruzando un dintel simple –extrañamente simple–, a uno de los despachos del edificio; en cierto sentido, el único. Aquel lugar estaba mucho más iluminado que el resto y ejercía sobre él una atracción magnética.

El artista hizo de tripas corazón y llamó con los nudillos a la puerta.

Al otro lado –aunque el joven artista no pudiera verlo– un técnico del ministerio atendía su trabajo. Sentado ante una mesa simple –extrañamente simple–, pobremente equipada, o equipada de forma simbólica, o alusiva, apenas algunos objetos: un marco sin foto, un bote de lápices… El funcionario no despegaba los ojos de la pantalla del ordenador, como si cada día cruzara informes, cumplimentara formularios, hiciera anotaciones minuciosas, consciente de la confianza en él depositada por el ciudadano.

El joven artista volvió a llamar, con un entusiasmo que no sentía, o que no sabía que sentía.

–¿Se puede?

–Espere un momento, por favor.

–Bueno, pues paso.

El actor (y emprendedor, y un poco autor) sintió que las palabras no eran suyas, que alguien las había pronunciado por él o las había puesto en su boca. Decidió, a pesar de todo (o no pudo evitarlo), abrir la puerta e irrumpir en el despacho de un modo aparatoso que la intuición, sin embargo, le hizo considerar correcto.

El funcionario, activado por el estrépito, abandonó el ordenador y desplegó a toda prisa un periódico mientras alzaba los pies sobre la mesa.

Podía percibirse en el ambiente (¿en el ambiente?), en la electricidad de esa jornada particular, un desconcierto general, si tal adjetivo puede ajustarse a algo que afecta sólo a dos personas. Se sentía en el aire de la sala (¿de la sala?) la electricidad de lo observado, o de la autoobservación, o la de saberse —o percibirse uno como— contemplado; electricidad estimulante, en lo malo y en lo bueno, necesariamente incómoda y por eso mismo motor, es decir: alentadora.

Todo era de una complejidad extrema, a él mismo le costaba seguir sus pensamientos.

El actor repasó cada rincón del lugar en busca de cámaras de vigilancia. No vio nada. ¿Por qué habría querido nadie vigilar aquel despacho? Volvió a sentir una amarga convulsión, más bien una oscilación.

Cerró los ojos.

Espantada la sensación de estar siendo examinado, se acercó a la mesa.

—Estaba leyendo el periódico, ¿eh? —aclaró el funcionario—. No estaba trabajando.

—Ya, ya, tranquilo, si a mí plin. Por mí haga usted lo que quiera. Yo me siento. —¿Quién habla así? ¿De quién eran esas palabras?

El artista se sentó.

Aunque el artista se expresaba de forma ligera, le abrumaba la gravedad de su objetivo en una vida sin deseos. Fingía amar su oficio, como fingía estar dispuesto a perseverar en él (y, por tanto, en sí mismo, vano empeño). Iba a intentarlo de nuevo en aquella ocasión, una noche más (¿noche?), como tantas veces antes; había estado ya allí, podía notarlo de nuevo, con idéntica fortuna, es decir: ninguna.

El-joven-artista-teatral no era un hombre afortunado. Llevaba sin trabajar un año, tal vez más, antes de que todo se desplomara, si no se desplomó por eso, ni en el teatro ni en el cine −tan lejano para él como cualquier planeta− ni en la publicidad siquiera, que el actor (y medio autor, y dicen que empresario) en general esquivaba; por no quemar su imagen, decía, como si tuviera alguna imagen que quemar, aunque a veces se apuntaba a alguna agencia, en época de vacas flacas, que para él eran todas.

Pero eso no importaba ahora.

No le concernía más vida que la que se abría ante él en ese momento exacto, en ese instante concreto en que el entorno parecía apagarse y sólo quedaba bajo la luz (¿bajo la luz?) ese despacho preciso y no otro.

Como si nada más existiera.

Así que el artista inspiró hondo y se sentó a la mesa −simple, casi un tablero− por su cuenta y riesgo, desobedeciendo al funcionario −haciendo grandes esfuerzos por mostrarse inofensivo−, quien aún fingía −era evidente que lo hacía− seguir leyendo.

El joven miró alrededor. Silbó con admiración. Nada había que admirar, pero silbó igualmente, aquella era una oficina simple, casi minimalista, sin apenas muebles, sólo la mesa simple y dos sillas más simples aún (simples sillas de tijera). Sin ventanas. Y la luz que caía del techo.

El funcionario tenía gustos austeros.

−Así que así es un ministerio, ¿eh? −dijo el artista con su mejor ánimo, para que no se le notara la angustia−. Qué bonito es.

El-joven-artista-teatral, como ha quedado establecido, había estado ya allí, ante aquel mismo personaje, en aquel mismo lugar, a aquella misma hora seguramente; no tenía, por tanto, nada de lo que sorprenderse. Aun así, se sorprendió, o se hizo el sorprendido; el artista había soltado lo primero que se le había ocurrido y el funcionario apartaba ahora el periódico con un efecto cómico parecido al que se produce al abrir una cortina.

–Un ministerio no –aclaró el funcionario–: el Ministerio de Cultura.

–Sí, señor, el Ministerio de Cultura. Qué bonito. Qué limpio todo. ¿No?

–Aquí, en la capital, es todo así. Muy bonito todo, y muy limpio. No sé de dónde vendrá usted, pero aquí, en la capital…

–Yo vengo de…

El funcionario lo interrumpió en el momento justo.

–No, no, si a mí me da igual. A mí usted me da igual, a ver si me va entendiendo, esto es un ministerio. Lo decía por decir.

–Ah, claro, por supuesto. Pues… ¿me da una subvención?

–Sí, sí, claro. Cómo no. En un ratito. Ahora mismo se la doy.

A veces la vida es así: insólita, llena de asombros; hasta una vida fatigada como la del artista; todo iba a resultar más fácil aquella mañana; el artista abandonaba por una vez su nube negra, el nudo que le cruzaba la garganta; hoy viajaba hacia el sol como un cometa. A veces pasa.

El autor (y actor, y empresario) había ensayado en casa un abanico preventivo de discursos, argumentos, explicaciones, contraofensivas, por eso seguramente había dormido tan mal, por eso le había asaltado aquel sueño intermedio, ni enteramente lúcido ni maquinal del todo. Al imaginar aquella cita se había anticipado a todo, compungido, razonable, suplicante, persuasivo. Había practicado de mil modos. Había probado a ser violento. Se había visualizado arrastrándose y ejecutando por sorpresa una finta de argumentos vaporosos.

Conectado con el aire, le salió, sin embargo, mostrarse directo (honesto, quiso pensar). Le salió simplemente «ser», no «hacer de». Pero el funcionario no había acabado de hablar.

–¿Está usted tonto? –dijo el técnico, completando así su reacción primera (por lo visto irónica) y despertando al artista de sus ensoñaciones–. ¿Es que está usted tonto? ¿Sabe cuántas veces me han hecho esa pregunta?

−¿Si está usted tonto?

−Exacto.

−Incalculables.

−Así es. Incalculables.

−Pero ¿me da la subvención?

−¡No!

El funcionario se levantó de la silla.

−¡No quiero ni oír hablar de subvenciones, ¿me oye?! ¡Ni oír hablar! ¡¿Para qué iba a querer yo una subvención?! −gritó.

Y se desplomó en la silla.

El aire acondicionado sonó entonces como suenan a veces las risas. O acaso fueran las cañerías. El mundo se burlaba del pedigüeño, una percepción tan repetida que había acabado por formar parte de su sistema límbico.

−Podría −sugirió el artista (que se mostraba liviano, pero también ansioso)− dejármela un rato a mí, para que se la cuidara. −Al artista no le gustaba el curso que tomaban los acontecimientos.

−¿A usted? −dijo el funcionario−. Y ¿por qué tendría que dejarle a usted la subvención?

−Por lógica.

−Sí, sí, claro. Por lógica. En un ratito. ¿Está usted tonto?

El artista no quería levantase, pero se levantó igualmente.

−¡Por supuesto! ¡Soy actor! −declamó.

Y volvió a sentarse, como un animal mecánico.

El climatizador −o quizá la calefacción central, que alguien preparaba, acaso, para el invierno− volvió a reírse de él. Ni siquiera sonó a burla esta vez, sino a carcajada alegre.

−Ah. Si es usted actor, ya es otra cosa. Siéntese, siéntese, por favor.

El-joven-artista-teatral observaba −sin dar crédito− cómo el funcionario −loco de atar− se entregaba al hojeo compulsivo.

El artista no quiso interrumpirlo. Estaba esperando su pie.

−¿Qué tipo de subvención querría? −preguntó, solícito, el funcionario.

—A mí me gustaría una de las de más de veinte mil euros.

—¡Como mínimo! Veinte mil euros como mínimo.

—Sí, sí, como mínimo.

—Si es para hacer teatro...

—Exacto.

—¿Para hacer teatro para producir, o para hacer teatro para actuar?

—¿Le importaría explicarme la diferencia?

—¿Me toma usted por un cualquiera?

—¡En absoluto!

—¡Porque si me toma por un cualquiera, le devuelvo las cartas y el anillo!

Al artista le aterraba todo aquello por, al menos, dos razones: la extraña reacción del funcionario, que desbordaba su idea de lo probable, y el riesgo —muy real, especulaba— de que sus opciones de llevar una vida mejor —prescindible, pero suya— se vinieran abajo a la vista de todos (¿de todos?).

Le aterraba, en tercer lugar, sobreactuar. No quería sobreactuar. Quería ser orgánico, natural, simple.

—No, no, por favor —explicó. El artista se apretó los ojos, que sentía que podían caer sobre la mesa en cualquier momento—. No, no. Sería... Sí, teatro para actuar, por supuesto; la obra ya estaría hecha. Lo que yo querría, señor, es actuar y que ustedes me pagaran un poco. Un caché. Para que los niños pudieran entrar gratis a verme en las bibliotecas y en los centros cívicos.

—Porque el grupo sería usted solo...

—No, no, por lo visto somos más.

Volvieron las risas.

El joven artista se agitó, atormentado por las evocaciones —o presencias, que adivinaba cercanas— de su sueño, al que habría vuelto en ese mismo instante sin dudarlo: en él nada ocurría; en él nada era, o todo era sólo.

Las preocupaciones del funcionario eran más prosaicas:

—¿Y se arreglarían ustedes con tres actuaciones por cuatro mil euros cada una?

—¿Por cuatro mil euros, dice? ¿Aquí? ¿En la capital?

—No, no, aquí no, donde reine el partido, por supuesto, aquí no reinamos. ¿De dónde es usted? Y a usted qué le importa, me dirá usted. Menos me importa a mí, le contesto yo, y no vuelva a faltarme al respeto. ¿Le vendrían bien tres actuaciones a seis mil euros cada una?

El funcionario no parecía saber contar, o no recordaba bien el texto.

—Muy bien. —El-joven-artista-teatral estaba ahora empapado en sudores fríos, lo que trataba de ocultar como podía, con el riesgo de perder el hilo—. Me vendrían, la verdad, muy bien.

—Pues no va a poder ser.

Más risas.

Las risas eran cada vez más claras, más potentes, más nítidas. Se reían de él los lapiceros, el artista estaba seguro. Y las fotos del diario. Y el ordenador (apagado) que tenía enfrente.

—En realidad, lo imaginaba —contestó, deprimido.

—Como no es usted de los nuestros…

—¡¿Cómo que no?!

El-joven-artista-teatral volvió a ponerse en pie, esta vez indignado (le quedaba intacto el miedo). Con una coordinación perfecta.

—¡Si casi soy un activista!

—A ver, déjeme el móvil…

El joven artista rebuscó en la chaqueta hasta dar con un móvil de plástico, uno de los de tapa.

Se lo enseñó al funcionario.

—¿Y ha mandado usted muchos mensajes con eso?

—Sin parar. En las redes, sobre todo. Que si las reglas que nos hemos dado, que si el mundo mira, que si queremos la verdad, que si ya basta… —El joven artista iba barriendo la pantalla (apagada) con el dedo—. Y luego le pedía a todo el mundo que lo compartiera.

—Muy bien, eso está muy bien. ¿Y se ha manifestado?

—¿Cuándo?

—Cuando sea.

—¡Sin parar! —respondió el artista.

Y se sentó de nuevo.

—¿Usted solo?

—Espontáneamente. Sin venir a cuento

Las risas ya no le molestaban. Hasta sentía que le daban ánimos. Le molestaba la luz, tan frontal, que le obligaba a entrecerrar los ojos.

—Muy loable, muy loable. Pero tengo una cola aquí que...

El funcionario le enseñó un listado.

—¿Son todos de compartir en las redes?

—Todos. Y más espontáneos que usted. Algunos hasta dan botes, si se les pide. Y ponen citas de Mandela. Pida la subvención en su ciudad.

—Si ya la he pedido... Pero es que yo soy de... —Un sonido parecido al de una batería hizo de nuevo imposible conocer su cuna.

—Ah, que es usted de... —Ahora, un platillo—. Usted ni es activista ni es nada.

El joven artista —sonriente y seductor por fuera, aterrado por dentro— puso cara de no haber roto un plato en su vida.

—Que sí, que sí... —El artista, partido en dos, creía volverse loco—. Que ya me han denegado subvenciones muchas veces.

—Hombre, lógico.

—Me han llamado cosas innombrables, me han llamado ruin y miserable, y otras cosas, y me han dicho que dejara la estatua quieta, que era un pedazo de la historia de España, y me han preguntado que por qué lo hacía de noche, ahí, jaleando a los operarios mientras levantaban el caballo con una grúa. ¡He hecho de todo, señor! —El joven se señaló el pecho—. ¡Yo! ¡Que soy de...!

Esta vez no fue una batería sino un matasuegras lo que impidió oír la frase completa. También las risas ayudaron. (Igual que otros edificios agonizan por las termitas o los espectros, o por la aluminosis, aquel parecía infestado de risas).

Y ¿qué hacían aquellas bailarinas mirándolo desde los laterales? ¿Esperaban turno?

Y ¿qué hacía un mago junto a ellas, aplaudiendo?

—A mí ya le digo que me da igual de dónde sea usted.

—Populista me llamaron, y otras cosas innombrables, ya le digo. Cosas con hashtag.

—No, no, claro. Y con razón.

—Si yo no le digo que no.

—Es que es usted un populista.

—Pero no son maneras.

—¿Y para qué quería usted quitar la estatua?

—Pero si yo no quería quitar la estatua. Si yo soy de...

—¡No me lo diga!

—¡Si ya se lo he dicho antes!

—¡Que no me lo diga, he dicho!

—¡Que ya lo he hecho!

El funcionario se puso en pie.

—¡Pues no me lo diga! ¡Y punto! ¡Y deje la estatua quieta, que es un pedazo de la historia de España!

Las carcajadas ahogaban el sonido de la conversación, difícil de seguir ahora. El-joven-artista-teatral —ya al borde del desquiciamiento— se llevó las manos a las sienes de forma desordenadamente dramática.

—¡Lo siento! ¡Lo siento mucho! ¡Tuve que hacerlo! ¡Me obligaron! ¡No pude soportarlo más! ¡No pude aguantar la presión!

Artista y funcionario quedaron inmóviles, diríase que congelados, como si las últimas palabras de aquel —y alguna de este— tuvieran como misión quedar reverberando en aquel lugar más allá de la luz, en esa oscuridad azulada que lo acechaba todo.

El actor ignoró la sensación y se dejó caer sobre la mesa, apoyando en ella la frente.

También el funcionario regresó a su silla (de tijera), recolocándose la ropa, que le quedaba un poco grande.

Observaba a la vez al artista.

Que levantó la cabeza.

—Deme una subvención, hombre. A usted qué le cuesta.

—A ver, ¿de qué va la obra?

El joven artista se incorporó como si nada hubiera pasado.

—Pues verá, en el momento culminante, uno de nosotros, ya veremos quién, levanta un cubo con los genitales.

—¿Artístico o por provocar?

—Artístico, artístico.

—¿Y eso no sería mejor en Berlín?

—Yo es que en Berlín no conozco a nadie.

—Pues sólo por eso le quito tres mil euros.

—¿Por no conocer a nadie en Berlín?

—Por eso mismo.

El técnico escribió algo en un papel. Y lo subrayó luego. Se lo enseñó al artista.

—¡Pero si eso no es nada! Con eso ni comemos.

—¿Y no pueden ir menos actores?

—¡Sí, claro! Los cinco magníficos, cuatro novias para cuatro hermanos, Blancanieves y los tres enanitos…

—Los seis mandamientos… —trató de ayudarle el funcionario.

—Los seis mandamientos… ¿Cómo vamos a ir menos actores para levantar un cubo con los genitales?

—Yo era por ayudar —se disculpó el técnico—. Como es menos dinero…

—Por menos dinero lo que podemos hacer es no ensayar.

Las carcajadas se hacían consistentes, adquirían procedencia, cuerpo. Un embrollo de siluetas parecía seguir con atención lo que sucedía en el despacho.

—Hombre, claro. Somos actores. —El artista estaba escamado—. ¿Y usted cómo sabe que soy de…?

Un silbato.

Nuevas risas. Algún aplauso.

—No me interrogue, ¿quiere? Bastante que nosotros les subvencionamos, que ya me gustaría a mí ver a esos populistas subvencionándoles por levantar un cubo con los genitales.

—Oiga, que hacemos más cosas.

—Ya, pero a mí lo del cubo es lo que más me ha gustado.

—¿Quiere que se lo haga ahora?

—Es que ahora no llevo nada encima.

—¡Por favor, entre caballeros…! Se lo apunto y ya me paga otro día.

—A mí cuando me viene bien es ahora.

—Ahora, entonces. No se hable más.

—Es que ahora no llevo nada encima.

—¡Por favor, entre caballeros…! Se lo apunto y ya me paga otro día.

—A mí cuando me viene bien es ahora.

—Ahora, entonces. No se hable más.

—Es que ahora no llevo nada encima.

El artista pensó en su exmujer. Y en el pequeño, cuyo nombre era incapaz de recordar en ese instante.

—¡Pues, sin dinero, ni hablar! Ya se lo imaginará usted. Faltaría más… Me vuelvo ahora mismo a… —Una de las siluetas (¿siluetas?), tal vez la más voluminosa, reía de forma histérica y aplaudía al tiempo, casi en pie, tapando con el cacareo el nombre de la ciudad, y hasta el sonido de la batería, que redoblaba de nuevo—. Y me pongo, en cuanto llegue, a defender la unidad de España. O a cuestionarla, lo que haga falta. Hasta que me subvencionen.

—¿Quiere que hable yo con ellos?

—No, no, no. Allí son todos muy suyos. Menudos se pondrían.

—Populistas, ¿no?

—Yo no he dicho eso. Muy suyos.

—Por lo visto son muy populistas. —El técnico se puso a ensoñar—. A mí me gustaría ser muy populista. ¿A usted no?

—¿A mí? ¡Me encantaría!

—Todo subvenciones, todo subvenciones…

—Se me hace la boca agua.

El funcionario adoptó entonces una pose estudiada. Miró alrededor. Bajó la voz.

—En confianza, somos los mismos.

—¿Los mismos? ¿Cómo los mismos?

—Ellos y nosotros. Los mismos.

—¿Los mismos? ¿Como Coca-Cola y Pepsi?

—Exacto, como Coca-Cola y Pepsi. Como Toyota y Lexus. Como Carrefour y Continente.

—Pues la Coca-Cola la inventó un señor de Galicia.

—No me extrañaría nada.

—Y Walt Disney era de Almería.

—Hombre, eso es vox pópuli.

—Por eso lo congelaron.

—Podrían hacer ustedes un número con eso.

El artista se giró, alerta, como si se lo hubieran ordenado.

—¡¿Quiénes?!

—Ustedes. Los tres que sean. O los cuatro.

—Eso estaría muy bien. —El artista deshizo el giro y volvió a mirar al funcionario—. Hacer un número con eso.

—Y al final, cuando la gente aplaudiera, podrían hacer ustedes lo del cubo.

—Imagínese, sería magnífico.

—Podrían, si quisieran, hasta hacer un número sobre hacer un número.

—¿Sería posible tal cosa?

—Con cuatro cubos, incluso.

—Qué éxito, ¿no?

—En el mismísimo centro de la plaza mayor de donde ustedes sean, el mismísimo centro exacto, todo calculado con regla. Los cuatro a la vez. O los cinco.

—A la de tres, sería. Delante del señor alcalde y de la concejala de Cultura.

—Una señora estupenda.

—Ya lo estoy viendo.

—Todo fino y de buen gusto. Una cosa como de subvención.

—Sin ensayar, como a mí me gusta. Como gusta ahora.

—A todo el mundo. Como nos gusta a todo el mundo.

—Como nos gusta a todo el mundo...

Los dos, técnico y artista, tan dependientes uno del otro, se quedaron como embobados, contemplando algún lugar que sólo ellos podían ver entre su propia nariz, las formas de la penumbra y el horizonte, que no se veía desde ahí, pero se imaginaba.

Luego volvieron a la realidad. Fue un aterrizaje plácido.

—En fin —dijo, dando una palmada, el funcionario—. Lo lamento mucho, pero debo irme. Ya no le molesto más.

El artista se levantó también.

—Tranquilo, no se disculpe. Tendrá cosas que hacer.

—No me sea zalamero, que soy diabético —replicó el funcionario—. Ya me paso otro rato por aquí. Cuando usted me diga.

—No se moleste en pedir cita —replicó el artista, ocupando ahora el asiento del funcionario—. Entre usted y yo ha surgido algo.

—¿Usted también lo ha notado?

—¿Que si lo he notado? ¿Que si lo he notado? ¿Y sabe usted cómo se llama eso?

El técnico respondió con convicción:

—Fotosíntesis.

—Exacto. ¡Fotosíntesis!

Carcajadas generales.

—Si eso no es fotosíntesis, que venga Dios y lo vea.

Más carcajadas. Algunas, claramente, para hacerse notar.

—Ande, ande —replicó el artista—. Lárguese de aquí, que no quiero ni verle. ¡Y no vuelva!

—Descuide —dijo el funcionario—. Y perdone si le he molestado.

—Déjelo, ¿quiere? Déjelo y no hurgue. No remueva en la herida.

—Un beso.

—Un beso.

Aplausos.

El funcionario abandonó su propio despacho y dejó al artista en su sitio. Acodado en la mesa como una enamorada. (Espantado, en realidad). Pensando.

Había fracasado en su objetivo, aunque se sabía subordinado a una voluntad superior y eso lo apaciguaba.

La vida volvía a caer sobre sus hombros.

Como tantas veces.

Al cabo de unos instantes —que a él, pero sólo a él, le parecieron interminables—, tomó el periódico del funcionario y comenzó a pasar las páginas, cerrando el círculo.

(Un final mediocre, pensó).

Más aplausos. Algunas risas.

Mientras la luz del despacho se desvanece, el artista siente que se vacía. Que ya no es el-joven-artista-teatral, ni medio autor, ni empresario. Que alguien lo despoja de su propósito y lo devuelve, magnánimo, a la nada.

Donde nadie puede reírse de él.

Donde no es posible el daño.

Ni el triunfo.

Ni el fracaso.

Donde nadie tiene como función ser la diversión de nadie.

Donde nada puede obtenerse. Ni perderse.

Donde poder aguardar.

Disponible.

Allí donde nada cuenta.

Ni nada importa.

MARLON Y LA TORMENTA

El viento acariciaba en suaves rachas la cubierta de latón que cubría la caseta. Era un viento delicado, tímido aún. Alguien había pintado de blanco la chapa al decaer la primavera, con la idea, seguramente, de proteger del calor a quien ocupara el puesto. No había funcionado. Eran las seis de la mañana, el día clareaba remontando la plataforma de tierra seca y cemento, y el viejo Marlon —menos viejo, en realidad, de lo que aparentaba— se estiraba bostezando junto a la cabina mientras contemplaba la explanada del estacionamiento y trataba de disponer su gordo cuerpo para un nuevo día de humo, luz, transpiración y monedas.

Marlon era un hombre triste, fatalmente soldado a una silla de ruedas. La mayor parte del tiempo era también un hombre mustio. Cuando cumplió los veinte, perdió la capacidad de andar, atropellado por un carro cuyo conductor iba a sus cosas, y, a los treinta, la de querer hacerlo. Sus cincuenta y siete mal llevados le resbalaban por el rostro acomodándosele en el cuello como una soga, o como una sucesión de sogas. El cuerpo, enorme, de patitas finas, enfundado en una anchísima camisa de flores estampadas, se derramaba a ambos lados de la silla, contenido apenas por el metal y el caucho. A Marlon —en realidad, Sebas o Sebastián (o Sebo de chico, y aun de jovencito, hasta que lo atropellaron)— no lo llamaban así por su belleza animal, ni porque tuviera mirada de granizo y brasas (no la tenía), aunque los demás vigilantes reconocían en él un donaire de rey tahitiano. Ni siquiera por su gordura, que también. Marlon se había ganado el apodo por su capacidad para inventar —o imitar, según— una galería de voces y rostros y talantes y poses mientras contaba los billetes y calculaba el cambio: «Zeñorita bueeena, tome zu boleeeto, tooome zu vueeelta», decía Marlon. «Son cinco pesos, licenciado, les deseo a usted y a su encantadora esposa una bonita tarde», decía Marlon. «Me dijo mi mamá que le diga que el dinero está bien y que puede pasar si quiere y que ya puedo abrirle la barrera», decía Marlon. «¡Los gentilhombres que ahora están en Veracruz se considerarán malditos por no haber estado aquí y tendrán su virilidad en poco cuando hable alguno que luchara con nosotros el día de san Crispín!», decía Marlon.

Marlon no sólo cambiaba de voz y acento, no sólo era capaz de raspar el timbre, apretando la garganta, o de llenar de aire el texto para ajustarlo a la edad del personaje, o de engolarse en graves frondosos para sugerir una clase social que Marlon sólo veía en las películas (los ricos no usaban su estacionamiento, preferían el del centro comercial, más caro pero a cubierto, a sólo dos cuadras). No todo estaba en la voz. Marlon también curvaba la espalda, o la estiraba si hacía falta, o encogía así una mano, o asá, o juntaba un poco los hombros, o retorcía como una serpiente la cerviz, o aplastaba la nuca contra el cuello y el cuello contra la silla. Según. O cambiaba simplemente la mirada, que podía ser afilada o plana, cóncava o convexa, fría o normal.

Marlon no era un hombre que despertara afecto inmediato, más bien recelo (sin llegar a la aprensión, que sabía esquivar con un gesto), pero nadie se enojó nunca con él, no en serio, y, justo es reconocerlo, siempre daba bien el cambio.

Marlon era un pobre loco —uno más en la ciudad—, envejecido antes de tiempo, en busca de sombras en el verano.

El bochorno era insoportable aquella mañana, mayor que el del día anterior; el calor se pegaba a los muros mientras Marlon cobraba en verso a una güerita bien arregladita que lo miraba como asintiendo, fascinada sin querer. La muchacha recibió su dinero, Marlon levantó la barrera y el coche abandonó el solar en una nube de polvo hacia el resol ondulante, tragado en la distancia por la mancha blanca.

—¡Al rato regresan por más! —gritó sin motivo Marlon, extendiendo el brazo a modo de garfio y encontrando en el camino el personaje de un seminarista. Recogió entonces la mano con ademán casi femenino, se santiguó en silencio y empujó la silla hacia el exterior en busca de alivio.

Había empezado a correr el aire. Tropical, para más señas. La chapa del techo, un poco suelta, empezó a tintinear contra el hormigón maltrecho. Olía a tormenta. El calor era sólido y parecía retener la silla, que iba y venía en busca de impulso hasta que las ruedas salvaron con una embestida el escalón —o medio— del irregular cemento. ¡Pataclán!

Y a otra cosa.

Con porte de explorador, Marlon formó unos binoculares con los puños y oteó en la calima un horizonte de edificios abrasados. Marlon no tenía un tantito de pendejo. La humedad empezaba a hacer el calor insoportable, si no lo era ya; costaba respirar, y más en ese cuerpo. Todo lo que rodeaba a Marlon estaba incendiado, desde el aire de la explanada a la tierra misma, que bordeaba el solar, o los propios carros.

—Me muelo —se quejó Marlon con voz de helio y las palmas juntas—. Me muelo de calol.

—Calla, chino huevón, regrésate a la caseta —se respondía él mismo, casi altivo, humillándose en el acto sin ningún remordimiento.

(Marlon había llegado a encarnar a cinco personajes a la vez; seis incluso, contando al narrador, que algunas veces intervenía; y nunca había cruzado personalidades ni repartido diálogos con menos armonía de la que la situación exigiera: Marlon era un gran actor, un gran director y, a su modo, un autor; nunca, por tanto, un demócrata).

De vuelta al puesto, después de impulsar las ruedas con un meneo exacto y de salvar el zócalo con algo menos de esfuerzo del precisado a la ida, abrió un periódico acartonado que yacía adherido a la mesa desde hacía lustros, dejándose varias letras en el sitio −invertidas ahora−, hizo con las primeras páginas −las más llenas de escándalos− un gorro de papel, enrolló con dedos de morcilla lo que quedaba y se dio un agarrón en la nada contra una legión de esqueletos de la que repelía a mandoblazos cada embestida como un argonauta más, aunque él en pantalones largos.

Sobre la valla sur, un cúmulo de nubes de plomo succionaba el calor sin aliviarlo y retorcía como un trapo el polvo, que se agrupaba en caprichosas formas, más oscuras a cada minuto.

Un gringo barnizado de sudor, absorto también en el espectáculo, conseguía evitar en el último instante empotrar su Camaro contra la barrera.

Parecía que fuera a hacerse de noche.

Marlon −ahora una enfermera del ejército griego− le perdonaba al fuereño el pago con un ademán benévolo −Marlon podía ser indulgente, según a quién encarnara− y retiraba luego el listón, cambiando el tono −abstraído ahora; casi técnico:

−Tres... Dos... Uno... ¡Ignición!

La barrera se alzó sin dificultades y Marlon le devolvió la mirada a la tormenta, que no paraba de hincharse sobre el Cerro Grande, donde un rayo partió el cielo mientras el gringo y su Camaro doblaban la calle para acelerar un segundo después, haciendo chillar el asfalto.

−¡Más fuerte! −gritó Marlon−. ¡Más fuerte! ¡Más fuerte! −gritaba.

Marlon estaba encantado.

La gigantesca capota de ceniza acabó de engullir el azul mientras los autos estacionados se sacudían en la oscuridad del parking como banderas furiosas. La chapa que cubría la caseta golpeaba tan fuerte el muro que se hacía difícil imaginarla unida al planeta por más tiempo. Un brazo de aire le arrebató entonces el gorrito a Marlon, y con él el resto del periódico, que se perdió en el firmamento aleteando como una tórtola.

Marlon no se protegía, no quería hacerlo. Al revés. Dejaba que el viento inexorable, cargado ahora de agua, le desabrochara los botones —se los arrancara— y le golpeara con ellos la cara. Sentía que la tormenta era mayor que el mundo, mayor que nada que hubiera existido antes. Marlon sólo quería abandonarse. Pensaba en qué personaje sería más apropiado para enfrentarse —u ofrecerse— a fuerzas tan admirables.

Deshecha en partículas infinitas que absorbían la humedad del aire sin hacerle perder la facultad de remontarse, la tierra componía espirales ocres, grises, casi barro flotante, y azotaba inclemente los edificios, vaciando de almas los patios y las bocacalles. Apenas podía verse nada entre la oscuridad y el polvo, y el temperamento de la tormenta misma —convertida en ser inteligente cargado de torrenteras que apagaban toda luz, pero no el fragor— era ya insoportable.

Marlon sintió que era el momento y empezó a gritar, entregado a su dueña:

—¡Tú para quien la vida de los seres es sombra mudable y niebla que se desvanece, tú que aniquilas las nubes y vuelas sobre las alas de los vientos! ¡Tú que eres voluntad y voz, fiebre y espanto, que atiendes sólo a tu dictado! ¡Tú que eres diosa y madre y carcelero y abuso, que nada ofreces ni nada debes, y aún menos a tus criaturas, débiles, trágicas! ¡Tómame! ¡Llévame contigo! ¡Redímeme de la gravedad, señora! ¡Rescata estas piernas inservibles que un día me arrancaron para recordarme mi función! ¡Sálvame de la vulgaridad, señora; de la mezquindad humana; de las leyes fingidas de los poderosos, escritas en el agua! ¡Arráncame la voz y la razón! ¡Toma mi cuerpo lisiado y hazlo joven! ¡Y llévame, señora, lejos, tan lejos como puedas llevarme, tan lejos como nada exista, lejos, muy lejos de aquí, tan lejos como nada esté de este pinche estacionamiento!

Marlon se irguió como pudo, penoso, pero también imponente, tratando de enderezar sus ciento cinco kilos de peso.

Después, extendiendo los brazos, cerró los ojos como un niño, riendo y llorando a la vez, llorando y riendo, preparando su cuerpote desmedido para la ascensión, que tanto y tan desesperadamente anhelaba.

El viento lo envolvió como una crisálida, le acomodó una bandada de pájaros en las axilas, le hinchó las ropas floreadas como si fueran velas, y, sin aparente esfuerzo, lo elevó quince centímetros —no más— del piso. Pongamos que veinte. Y lo arrojó a la tierra como se arroja una colilla, de costado y sin honores, dejándolo abandonado a metro y medio de la silla de ruedas, volcada también.

Sucedió en el verano de 1989 en un estacionamiento de Chihuahua, México. En el año de la muerte de Chico Che, hijo del pueblo de Tabasco, y de Pedro Vargas, el gran tenor de azabache, Ruiseñor de las Américas, que estaba ya muy viejito y llevaba un tiempo yéndose. En una mañana insólita del mes de agosto.

Marlon, tras un arduo arrastrarse sobre el cemento gris (que había quedado seco a la velocidad que se mojó primero), logró alcanzar la silla y abrirse paso, apretando los ojos, a través del vendaval, lleno aún de alfileres, aunque ya menguante.

Regresó bien rasguñado a la caseta, en la que se encerró del todo sin querer saber nada de nadie, personajes, clientes, guardias, la tormenta misma...

El viento pasó de largo como pasan los deseos, aunque aún se quedó un ratito para ver a Marlon gimotear, bien achicopalado en su rincón, bajo la cubierta de chapa —que permanecía allí, después de todo—, cada vez más manso.

Al día siguiente, sólo una nota breve en el periódico, en página par, recogía sin detalles los destrozos ocurridos en el estacionamiento de Santa Rosa, que no fueron muchos, pero que algunos fueron.

LA FÁBULA DEL ARROZ
Y EL JUGADOR DE AJEDREZ

Ven, niña querida. Acércate a mí junto al fuego, súbete a este sillón gastado. Deja que tu abuelo te cuente un cuento, niña querida, a ti, que te gustan los cuentos. ¿O debería decir «a ti, a quien le gustan los cuentos»? Seguramente, mi niña. ¿O «a ti, a quien gustan los cuentos»? Muy feo, ¿no? No sabría decirte, niña mía, son tantas las posibilidades… A veces la corrección es un engorro, niña querida, lo aprenderás con el tiempo; a veces la gramática, que casi siempre nos acerca a la verdad, estorba en lo cotidiano, quién sabe por qué. Yo no, mi niña, yo no lo sé. Cuántas veces me he peleado con tu madre por esto mismo, tan pasmado yo, tan estricta ella, ya la conoces, tan rígida para según qué, tan diferente a ti en eso, tan diferente a mí. Tu madre siempre ha tenido muchas virtudes, niña querida, todas en su sitio, sin olvidar ninguna, archivadas, me atrevería a decir, por orden alfabético, para usarlas a voluntad según circunstancia y contrincante. No sabes de qué te hablo, ¿verdad? ¿O sí lo sabes? ¿Lo sabes? Los defectos también pesan, y todos los tenemos, ¿no?, mírame a mí, sin ir más lejos, que hago, por puro egoísmo de viejo, como que no sé que quieres volver a tus libros y a tus puzles y a tus muñecas sólo porque necesito, mi niña amada, hablar con alguien. Con alguien no, niña querida: contigo. Contigo, mi dulce niña, mi dulce nietecita, a quien quiero más que a nada, y aun más que a nadie. No me mires así, querida niña, no he dicho nada extraño, la diferencia es pertinente, si hago distingos entre personas y objetos es porque la experiencia me ha enseñado que, aunque se parecen, no se parecen tanto, son, niña querida, distintos, igual que la gente a veces, en ocasiones, no siempre, es distinta entre sí. Mira a tu madre, por ejemplo (¿o es «mira tu madre»?). ¿Hablo mucho de tu madre, niña querida, la menciono demasiado?, será porque la quiero mucho. También. A ella. Aún. Tu madre siempre creyó que la gramática era una rama del álgebra, ¿puedes creerlo?, tan científica ella, y yo no digo que no, pero ¿dónde, entonces, niña querida, quedaría la poesía, o la poesía del equívoco, la del error, querida niña, la del arbitrio, niña, sin arbitrio? La poesía también cuenta, ¿no, mi niña? La poesía también tiene su sitio. Para algo será la poesía, digo yo, la buena y la mala, digo, para darle nombre a las cosas, aunque sea otro nombre, aunque sea el nombre que no es, o para mantener el nombre y cambiar la cosa, que es casi lo mismo, ¿no? No lo es. No lo es, querida niña, no lo es.

Piensa en ello.

Así que ven con tu abuelo, niña. Siéntate aquí, en mi regazo, junto al fuego, en este sillón viejo. ¿Lo he dicho ya? Lo llamo fuego, mi niña, porque tu madre se enfadaba mucho cuando lo llamaba hogar, aunque para mí era natural decirlo así, pero ella decía que, en según qué contexto, hogar es cursi y confuso; yo creo que lo confuso no es cursi, ¿no?, lo cursi es siempre claro, unívoco, ¿sabes lo que es unívoco, querida niña? Claro que lo sabes, tú sí. Tú lees mucho, ¿verdad, mi niña? Y lees de todo. No como tu madre, que escogía. Desde que tenía tu edad. En esta casa todos leéis mucho, ¿no?, aunque yo no lea casi nada; mi vista ya no es lo que fue (¿«ya no es la que fue»?, ¿«ya no es la que era»?), y nunca fue, mi niña, mucho; me he pasado media vida con gafas sobre las gafas, niña querida, y otras gafas, por si acaso, y otras gafas, ¿puedes creerlo? Y ¿para qué? ¿Para qué, querida niña, para qué? Y, sobre las gafas, otras gafas. Es una forma de hablar. Y otras gafas encima.

Antes no se leían los cuentos, ¿lo sabías? Se contaban, nada más. De boca en boca. Antes no sé cuándo. Antes. Antes de que tú nacieras y antes de que naciera tu madre y antes de que naciera yo. Antes, digo. Antes de que nacieran los coches, antes de los teléfonos, antes de que los caballos tuvieran siempre a alguien encima, ¿sabías que al principio los caballos ni siquiera tenían silla y se dedicaban sólo a trotar por campos llenos de amapolas, sin depredadores naturales, me parece, salvo, a lo mejor, los leones, que a lo mejor, no lo sé, se comían a los caballos, no lo sé, porque yo no sé nada de eso?

Aunque en la selva no hay caballos, ¿no es verdad, querida niña? ¿Qué dicen tus libros de eso? Igual en las selvas de antes sí que había. Antes todo era distinto. Antes de los teléfonos.

Porque antes —te decía, niña— los cuentos se contaban solamente, no se escribían, y luego tú se los contabas a alguien, y esa persona a otra, y así. Así que al final el cuento era otro cuento, digo yo, iría cambiando cada vez, digo yo, un poco o mucho, según, y al final sería un cuento nuevo, y luego veinte cuentos nuevos, y luego mil cuentos nuevos, nacidos todos del mismo, como esporas reventando, ¡catapum!, parecidos pero distintos, iguales pero diferentes, como les pasa a los sinónimos, querida niña, que nunca son sinónimos del todo porque si no bastaría una palabra, ¿no? Y nunca basta. ¿Lo sabes? Lo sabes, querida niña, ¿no? ¿Me escuchas? ¿Sigues con tu abuelo, querida?

Así que, querida niña, voy a contarte un cuento tal como me lo contó tu madre, porque tu madre también contaba cuentos, mi niña amada, como se los contaba yo, y también me los contaba a mí —tu madre, digo—, como espero que hagas algún día tú con alguien. Qué paradoja, ¿verdad? Que me cuentes tú a mí los cuentos. ¿Es eso una paradoja? Creo que no, que es otra cosa. Es otra figura, creo, otra figura literaria. O a lo mejor no es una figura y a lo mejor no es literatura, a lo mejor es una cosa de la vida, simplemente. El orden natural de las cosas es otro, me dirás, de todos modos. Lo normal sería que las cosas cayeran de arriba abajo, no que caigan hacia arriba, hacia arriba sólo caen las ideas, y, de entre las ideas, sólo las mejores, y la mayoría bajan luego, porque al final no eran tan buenas. Qué difícil es tener ideas, ¿verdad, mi niña?, ideas que valgan, digo, ideas que sirvan a un propósito y valgan a ese propósito y resulte que cumplan ese propósito; que sean, querida niña, lo que parecía que iban a ser. Qué pocas veces pasa eso, ¿verdad, mi amada nieta? Qué pocas. Lo normal es que haya casualidades, hallazgos en el camino, lo normal es que pasen accidentes y ya está, y desde allí vayamos tirando. Lo normal es la torta del Casar. Menudo ejemplo, ¿no, mi niña? Lo normal es la penicilina.

Así que, querida niña, siéntate con tu abuelo junto al fuego, sobre este sillón viejo, y deja que te cuente la fábula del arroz y el jugador de ajedrez. ¿La conoces? ¿No? ¿No la conoces? Mejor aún, ¿no te parece? Mejor que no la conozcas.

Presta, entonces, atención.

Dice así:

Cuentan que, en el siglo algo (y debe de ser verdad, porque, si no, para qué iban a contarlo), el creador del ajedrez, o el inventor, o como se diga, ¿te gusta el ajedrez, mi niña?, un drávida vellalar llamado Sessa, le mostró el invento, con sus torres y todo, al rey de allí, el rey de un país lejano del Oriente (la India, querida niña; tampoco voy a hacerme el enigmático), y el rey quedó tan complacido, por los colores, estoy seguro, que eran simples, pero elegantes, y por las formas, y por la encantadora arbitrariedad del movimiento en *L* de los caballos (caballos sin silla, mi niña), quedó tan complacido, decía, que le dejó al propio Sessa decidir qué recompensa creía merecer por el pasatiempo.

Piensa en esto, querida niña. Escucha esto.

Verás…

Entonces no era como ahora, por eso se llamaba «entonces». Entonces inventarse un juego era otra cosa, entonces inventarse un juego era, mi niña, una cosa seria. No había internet, por ejemplo, ¿lo comprendes?, aunque para ti tampoco hay mucho ahora, ¿verdad?, a tu madre le ha disgustado siempre, y es normal, o supongo que lo es, porque yo no he usado internet en mi vida, querida niña, ni pienso hacerlo, yo sigo escribiendo cartas, o lo haría si escribiera, porque lo cierto, querida niña, es que no he escrito en mi vida, no me gusta, y mucho menos cartas, o muy pocas, porque tu abuelo, niñita, que tanto te quiere, no es mucho de escribir, es más de hablar, es más de contar las cosas, es más de cenar temprano, también. Es más de dar paseos. Es más de escuchar las cosas de labios de otros, como te decía antes, para contarlas luego, como te decía. Cuántas cosas te he dicho antes, ¿no?, es sólo que a veces, mi niña, conviene rescatarlas del olvido, aunque no se te hayan olvidado, como ahora, mi niña querida, para asegurar la claridad de la narración. Para facilitarla. Aunque no siempre sea posible.

Así que sigo, querida, con mi cuento, que ya es un poco nuestro, y luego sólo tuyo, en cuanto —si te apetece— le cambies el final. O cualquier otra cosa. ¿Sigo entonces?

… Así que el drávida vellalar, que era muy sabio y para eso había inventado un juego, le dijo a su majestad: «Su majestad…», le dijo, porque el sabio a su majestad lo llamaba (¿debería decir «la llamaba»?) majestad. (*Majestad* es femenino, ¿no?, pero, claro, el rey era un hombre. ¿Ves, niña, como la gramática es un engorro, aunque a veces no?). «Su majestad, ya lo tengo. Ya sé qué voy a pediros. Desearía, su majestad, que por la primera casilla del tablero me fuera entregado un grano de arroz (el drávida usaba a veces la voz pasiva); dos, su majestad, por la segunda, y cuatro por la tercera». (¿Te va sonando el cuento, niña? ¿No? Pues mejor, mucho mejor…). «Por la cuarta casilla querría, su majestad, recibir ocho granos, dieciséis por la quinta, y así sucesivamente. Y duplicaría —si su majestad no tuviera nada que objetar— en cada casilla la cantidad de granos de arroz de la anterior, hasta completar por fin las sesenta y cuatro que a su vez conforman, su majestad, el tablero. ¿Se aclara su majestad o quiere que empiece de nuevo?».

Aquí, con intención de aligerar el cuento, he introducido, mi niña, un aire coloquial que intenta ser encantador, pero que tu madre no habría aprobado. Que quizá es extemporáneo. ¿Qué opinas tú, querida niña? ¿Permitimos que el drávida le hable así al rey? ¿Le dejamos? ¿Probamos a ver qué pasa y lo corregimos si no luego? Igual está bien así. Hay reyes que son muy rumbosos.

… «De tú, Sessa, háblame de tú», le dijo el rey de la India (que era muy rumboso), y luego rubricó sus palabras en el hombro de Sessa con un palmetazo que habría hecho girar, querida niña, hasta una señal de Stop (¿eres partidaria, querida, de introducir figuras ajenas al tiempo de la narración para hacerla así cercana, menos grave, o tales figuras «te sacan», como suele decirse? ¿De quién eres tú? ¿De quiénes?), mientras el consejero real le ponía a Sessa esa cara que se pone al abrir mucho los ojos y alzar mucho las cejas y pasarse uno el índice así por el cuello, como aclarando las cosas, de lado a lado, digo, como cruzando el gaznate.

Justo aquí, querida niña, conviene hacer una aclaración, o hasta intentar un resumen. He interrumpido tanto el cuento con apostillas que corremos el riesgo, mi niña, de perdernos, es decir: yo corro el riesgo de que te pierdas tú.

Lo que he querido decir es que el rey recibía las palabras del sabio con gran jovialidad, pero que su consejero (el del rey, digo, a quien seguramente debería haber presentado al principio) no. Lo aclaro porque, aunque «consejero real» y «drávida vellalar» no evoquen sino funciones distintas, «consejero real» y «sabio» acaso puedan confundirse. Así que, por tener el cerebro la tendencia probada de primero imaginar algo e ir luego colgando de la percha esto o aquello, si tu cerebro, querida niña, hubiera imaginado solamente a dos personas (como es, por otro lado, natural), podría costarte ahora entender que tienes que imaginarte a una tercera. No es culpa de tu cerebro, querida, no me mires así, con esa carita mohína, tu cerebro está perfectamente, tu cerebro funciona como debe; si a veces toma atajos que te desconciertan un poco es, mi niña, por motivos en general buenos, porque esos atajos, querida niña, o hasta asunciones, o líneas rectas entre puntos, son en general una ventaja, una ventaja evolutiva, como diría tu madre, aunque a veces puedan darnos chascos o meternos en apuros. O confundirnos un poco. Así que tienes que imaginarte (en el salón real del palacio, digo, que debes imaginarte también, y que conviene que imagines grande) a un gran rey, aunque sea pequeño, que está donde tiene que estar. Y a un sabio enfrente, que acaba de inventar el ajedrez y que le ha pedido al rey algo de arroz. Y por fin —y esto es importante— a un consejero real, vinagroso (¿se puede decir «vinagroso»?) y malencarado, justo detrás del rey, consejero a quien el rey no puede ver, como es natural, mi niña, porque el consejero ha elegido esa posición (esa ubicación, quiero decir) que se elige cuando uno quiere hacerles a los invitados advertencias que el rey no debe hacer por sí mismo. Advertencias de carácter general, en este caso, advertencias preventivas, un simple —en este caso— «ojo con lo que dices».

Así que voy a repetir, mi niña, el pasaje exacto que despertó tu confusión en primera instancia y verás cómo ahora se entiende mejor:

«De tú, Sessa, háblame de tú», le dijo el rey de la India (que era muy rumboso), y luego rubricó sus palabras en el hombro de Sessa con un palmetazo que habría hecho girar, querida niña, hasta una señal de Stop (¿eres partidaria, querida, de introducir figuras ajenas al tiempo de la narración para hacerla así cercana, menos grave, o tales figuras «te sacan», como suele decirse? ¿De quién eres tú? ¿De quiénes?), mientras —atenta ahora, querida niña, verás cómo suena diferente esta vez— el consejero real le ponía a Sessa esa cara que se pone al abrir mucho los ojos y alzar mucho las cejas y pasarse uno el índice así por el cuello, como aclarando las cosas, de lado a lado, digo, como cruzando el gaznate.

¿Lo entiendes ahora, pequeña? Se disfruta de otra manera el cuento, ¿verdad? Se entiende, por lo menos. El cerebro está en su lugar, ¿no? ¿Sigo ahora, entonces? ¿Sigo?

… El rey, que de aritmética sabía lo justo (aunque con la cetrería era un gozo verlo), aceptó sin dudar la petición de Sessa. Pero «lo justo» es «lo justo», como te explicaré ahora, aunque no ahora ahora, para no arruinar el efecto buscado «Si por la primera casilla», pensó el rey —como pensamos todos, como tú misma estarás pensando en este momento, como pensó tu madre en el suyo, y yo luego—, «le doy a este señor un grano y dos por la segunda, si hago eso cada vez, cuando llegue a la última casilla, ¿cuántos granos habré de darle? ¿Dieciocho trillones en la escala numérica larga?». Porque ya hemos dicho —llega, mi niña, el efecto del que te hablaba antes— que el rey sabía lo justo de aritmética, y lo justo, querida niña, es justo, porque lo que sabía el rey era justo lo que sabía. Y porque «justo» es, además, una palabra buena, que indica cosas buenas (cosas justas), así que si el rey, como tu madre o yo mismo, como, mi niña, tú, sabía lo justo de aritmética, es justo porque ignoraba, no sin desdén, lo injusto, en este campo u otro. O sea que el rey, por abreviar un poco, justo lo que es de aritmética sabía. Como tu madre y yo; como tú, querida. Latín sabía el rey. Y había hecho el siguiente razonamiento, que es el mismo que (lo sé por como mueves los ojitos) estás haciendo tú:

«Si en el primer escaque…». ¿Sabías, querida niña, que las casillas del tablero de ajedrez se llaman escaques? El rey sí, por lo visto. Tan pronto. «Si en el primer escaque coloco un grano de arroz, dos en el segundo y cuatro en el tercero, la progresión me hará seguir sumando: 8 + 16 + 32 + 64 + 128 + 256… muchas veces, hasta formar un montón bastante grande. Si quiero evitar los dedos, que no sirven para lo grande, podría aplicar la siguiente fórmula, expresada en notación de sumatoria:

$$T_{64} \sum_{(i=0)}^{63} 2^i$$

«Podría también sumar a puro macho...»:

1 + 2 + 4 + ... + 9.233.372.036.854.775.808

«O revelar la serie en forma de exponentes...»:

$T64 = 2^0 + 2^1 + 2^2 + ... + 2^{63}$

«Podría hacer un poco lo que quisiera —que es justo lo que haré, pues soy el rey— y, a partir de ahí, ya ir viendo».

Porque el rey, efectivamente, no era, ni mucho menos, omnipotente, ni siquiera era omnímodo; omnívoro a lo sumo; pero en su palacio hacía lo que quería y nadie había de protestarle. Y, como tenía el tiempo que tenía, que no era tanto (los reyes, a pesar de lo que se dice, son gente ocupada) pero alguno era, acabó por decantarse por la siguiente fórmula:

$$S = 2^{64} - 1 = 18.446.744.073.709.551.615$$

Que era la que consideraba mejor para evitar el recurso del ábaco, que nunca sabía dónde estaba porque nunca estaba en su sitio.

Así que, querida niña, después de hacer un par de extrapolaciones rápidas y de usar, de forma mecánica (¿te recuerda, mi niña, a alguien?), un algoritmo sencillo que había inventado él mismo (fíjate, querida niña, qué cosa), concluyó que lo que le reclamaba Sessa equivalía a la cosecha del planeta entero a lo largo de veinte mil años completos, año arriba, año abajo, un poco más en virtud de las cosechas o un poco menos por lo mismo, según las previsiones, que por eso se llaman así y no certezas.

Pero resulta que el rey, que seguía dándole vueltas al movimiento —tan errático y gracioso— del caballo, acabó por decidir que el juego bien valía el desembolso (menudo giro,

¿eh, mi niña?). Y le dijo a Sessa que había trato. (Ahora viene la sorpresa que explica la otra sorpresa). Mientras el consejero real (¿te recuerda a alguien el consejero, querida niña, te dicen algo sus modos diligentes?), aprovechando que las manos del inventor estaban ocupadas por el afecto con que el buen rey se las retenía (atención, que viene el otro giro), le rebanó a Sessa la cabeza con su carísima cimitarra (un shamsir, querida niña, de muy buena factura) que, en lugar de envainar, dejó, por mejor limpiarla luego, sobre la mesa contigua, una mesa, mi niña, muy funcional, detrás del frutero y delante del ábaco (¡que justo ahí estaba!), junto a una estatuilla de jade que otro inventor más espabilado que él (más espabilado que Sessa, digo, no que el rey) había entregado al rey hacía un mes como regalo, y a cambio de la cual (y lo digo en femenino pensando en «estatuilla», pero me pregunto si debería haber dicho «regalo»), a cambio de la cual, decía (a cambio de la estatuilla), no había exigido nada.

La cosa es que, cuando la cabeza del drávida dejó de rodar sobre la refinadísima cerámica del pavimento (¿abuso, querida niña, de los aumentativos, como me ha reprochado siempre tu madre?), el consejero la colocó (la cabeza) al pie del mirador, y el rey —que era (¿«quien era»?), entre otras cosas, amante del deporte, que entonces se decía recreo— tomó una carrerita corta y le dio tal puntapié que aún se comenta en el reino dónde estaba cada cual el día en que la cara de Sessa dio tres vueltas a la India antes de posarse, aún sonriente, en medio de un arrozal, para pasmo de agricultores, ironía de poetas y ejemplo del pueblo.

¿Qué hemos aprendido, entonces, querida niña, con esto? Varias cosas, quiero creer.

La primera es que tu abuelo te quiere mucho, mi nieta amada. Tu abuelo, que podría estar de vinos por ahí o dando paseos por el casco viejo con sus amigos —que son ya sólo dos, tan gastados como este sillón— o en solitario por la dehesa, con las manos entrelazadas a la espalda, ha decidido emplear un tiempo de su vida, ya en su ocaso, en ti.

Hay también, claro está —no voy a engañarte, niña— una parte de egoísmo en todo esto, como te confesaba al principio. Una parte, ¿cómo decirlo?, de voracidad. Me alarga la vida olerte el pelo, la mirada inocente con la que, mi nieta amada, me miras ahora, que tanto me recuerda a la de tu madre antes de que se convirtiera en una arpía (bendita sea), antes de conocer a tu padre y decidir que no le valía. Esa es la primera cosa.

La segunda, querida niña, es que los cuentos cuentos son.

El drávida vellalar nunca le habría pedido al rey nada que el rey no hubiera podido darle, o aun nada en absoluto, dejando que fuera el rey, como mucho, y sólo si así lo hubiera dispuesto, quien le regalara lo que hubiera querido, y desde luego nunca —nunca, querida niña— se habría pasado de listo con ningún hombre poderoso, o mujer, si a eso vamos, y mucho menos con un rey, con el rey mismo. Piénsalo. Porque los drávidas, querida niña, aman la vida como el que más, y el nuestro —el malogrado Sessa— no era, estoy seguro, una excepción.

La tercera cosa es que es muy difícil rematar los cuentos, mi niña, es difícil conseguir que resulten didácticos y asombrosos al tiempo, pero a la vez ejemplares y a la vez interesantes y a la vez musicales y a la vez inesperados, y que a la vez te interesen a ti, querida niña —que llevas un rato mostrando, aunque también conteniendo, signos de impaciencia—, y que a la vez, pobre criatura, no se basen necesariamente en la sorpresa, tantas veces un recurso perezoso, sin que tampoco resulten previsibles. Eso nunca. Además, tan a menudo llega el narrador agotado al final del cuento, tantas veces exhausto de tanto remar y remar, de tanto inventar y tanto dar forma a lo inventado, que con frecuencia precipita, casi sin darse cuenta, su resolución, sumiendo al lector en una perplejidad frustrante que no ayuda, mi niña querida, en nada a su objetivo, salvo que este sea, precisamente, el de sumir al lector en un piélago de decepción, lo cual suena (¿suena bien «lo cual» aquí, por correcto que sea, no sería mejor «lo que sucna»?; ¿o es confuso?) más a explicación reconstruida –reconstruida luego, cuando ya ha pasado el viento– que a objetivo moral, querida niña. Y verdadero.

Cuando tal cosa sucede, quedan, mi niña querida, dos opciones: abrazar la ironía de la fórmula (sobrevenida) y convertir lo accidental en efecto grato, o reescribir directamente el final después de una noche de sueño, pero esta vez con más ganas.

Personalmente tiendo al primer caso, aunque recomiende el segundo. No me mires, mi niña, así.

La quinta y última cosa es, mi nieta amada, que echo de menos a tu madre como no puedes concebir, me doy cuenta en este instante, no sabes de qué dolorosa forma (¿«de cuán dolorosa forma»?), ahora, cuando te miro, cuando noto tu piel de jabón junto la mía, cuando siento tu calor inocente y tu peso leve sobre mis piernas y me doy cuenta, pequeña, de que no es suficiente, de que mi amor por ti nunca podrá sustituir al que siento por ella. ¿No es extraño y cruel? ¿Se sentiría ella igual cuando naciste tú, sentiría lo mismo al mirarte? Claro que no. Claro que no, niña querida, tu madre a mí nunca me quiso, no como se quieren las personas normales, aunque tu madre, ya lo sabes, mi niña, nunca fue normal ni quiso serlo, pero a ti, mi niña querida, sí que te quiso, te quiso de inmediato, a ti sí que te quería, no como a mí, te quería, te quería con el alma, con su voluntad racional y con su corazón ordenado y con su sentido de la eficiencia, que no le ayudó, sin embargo, a ver venir la muerte.

Ni siquiera te acuerdas, ¿verdad? Eras tan pequeñita… Mírate: eres tan pequeña ahora…

Tu madre, querida niña, me contaba cuentos porque no le gustaban los míos. No le gustaban sus finales improcedentes, ni sus lecciones blandas, ni sus personajes oportunos, ni la ausencia general de razón. Tu madre creía, como crees tú, ya lo sé, en la inteligencia. También en la del lobo feroz. También en la del cazador. Por eso tu madre nunca iba al cine, y

por eso, aunque seas tan distinta a ella, no quieres ir ahora
tú, por eso tengo que llevarte a rastras, porque lloras cuando
nada sale como sabes que debería (porque en eso sí que te
pareces a tu madre), cuando todo acaba bien, cuando las parejas se quieren y los padres se quieren y los enemigos se re-
concilian y al final se quieren, pero tú sabes, como lo sabía tu
madre, que no es así, que no puede ser así, porque sabes, lo
sabes, lo sabes, lo sabes por dentro, sabes por dentro que si un
personaje es así y otro es asá y otro es esto y otro aquello, y
les pasa, sin embargo, esto y no lo otro, y eso les hace hacer,
porque sí y sólo porque sí, lo otro y no esto o así o asá, no
hay manera de creerse que, por ejemplo, se enamoren, o que
duren tanto, o tan poco, según −así de madura eres, niña que-
rida−, o que el bien triunfe sobre el mal, o que el granjero le
gane al gobierno, o el cojo venza en la carrera, o el feo se
quede con la guapa, o con quien sea.

Porque tú sabes que no. Que no es así. Que eso no, que
eso no se puede.

Tú sabes que no y lo sabes en parte porque tu madre te lo
enseñó, pero lo sabes sobre todo porque eres lista, eres lista y
punto, y lo sabes porque tu mamá, mi nieta querida, el día
que se murió te dio un ejemplo gordísimo, y desde entonces
sabes que las cosas nunca salen como conviene. Porque un día
−voy a repetirlo− mamá se murió, así, de golpe, sin avisar ni
nada, sin avisarse siquiera a ella, sin haberse preparado ni ha-
bernos preparado a los demás. Se murió de golpe, que es
como se muere la gente, incluso la que avisa −la que avisa, a
lo mejor, un año, y luego otro, y luego otro, cada vez con más
dolores y más arrugas y más suspiros, y luego va y se muere y
¡patapum!, siempre es un poco sorpresa−, y por eso, cuando
la gente se muere, resulta que se muere sin más.

Siempre es así.

Por eso, querida niña, la quinta lección es la más importante de todas. La más valiosa.

Te quiero mucho, mi niña. Pero a tu madre más. Esa es la
quinta lección. Te quiero más que a mí mismo, daría mi vida

por ti, como habría hecho tu madre, como a su modo hizo, pero también (yo, mi niña) entregaría la tuya, la entregaría sin parpadear por pasar otro día con ella, ¿lo entiendes, querida niña? ¿Podrás perdonarme?

Sí...

Claro que puedes, claro que puedes hacerlo, lo veo en tu carita dulce y perspicaz, sabes que ha de ser así, que así estoy hecho, que así estamos hechos todos, unos de una forma y otros de otra, ¿verdad?, que somos justo lo que somos y no otra cosa y no podemos evitar sentir lo que sentimos, lo digamos (nos lo digamos) o no, a la cara o no, por fuera o por dentro, en alto o en bajo, queriendo o sin querer.

Por eso no te gustan las películas.

Pobre tu mamá, a quien tanto extraño, pobre hija mía y mamá tuya, que un día me contó este cuento, este mismo cuento, con este mismo sabio y este mismo rey, para que supiera que los reyes indios son, como es de esperar, listísimos, listos como el hambre son; porque, aunque nadie elige a los reyes, aunque, niña, caigan del cielo, tienen igual que prepararse mucho. Y estudiar mucho. Y hasta saber guerrear. Y ser a la vez ecuánimes, tanto como pueda serlo un rey, y más si es absoluto, que tienen el termómetro donde lo tienen pero no en ninguna parte, y que, si defraudan mucho al pueblo, duran lo que duran, y lo saben, porque se lo enseña la historia y lo repiten los cuentos.

Por eso era tu madre quien, en contra de toda ley o hasta derecho, me contaba los cuentos a mí y no yo a ella, y por eso no me quiso nunca, creo, no del todo, pero yo la quise siempre, yo sí. Por eso siempre la quiero, siempre la quiero, siempre la quiero. Ahora y cuando me vaya. Ahora y cuando no me apetezca quererla. Siempre la quiero. Siempre. Ahora y también cuando me vaya del todo, cuando me muera, ya muy prontito. Y después.

Ahora, querida niña, ahora que ya hemos hablado en este sillón viejo, vuelve a tus libros y a tus puzles, niñita. Vuelve, querida niña, a tus asuntos de niña. Pero óyeme como me oyes siempre, un poco sí y un poco no. Recuerda lo que te he dicho. Escucha con esos oídos chiquitos que oyen sólo lo que quieren, que para eso están, pero que se quedan con lo que importa, porque para eso están también.

Ya me entenderás, mi niña…

Ya me entenderás un día, no mañana ni otro día, ya me entenderás cuando me quieras, no ahora, digo, luego, más tarde, cuando me quieras de verdad, dentro de muchos años, cuando ya no me necesites para nada, ni a la abuela, ni a tu padre, cuando nos quieras a todos porque ya no nos necesites, cuando puedas perdonar a tu madre por morirse; porque un día entenderás que, si se fue, no es porque quisiera irse, sino porque se fue y ya. Porque sí, porque sí y porque sí.

Y esa es la sexta lección, mi nieta querida, no sabía que iba a haber seis. Esta es la sexta lección: que las cosas pasan porque sí.

Por eso, querida niña, quiero que te acuerdes –a veces– de Sessar, el drávida vellalar, que un día creyó que ser listo era serlo delante del rey, y que se las prometía felices con tanto cereal junto pero que aprendió por la malas que las matemáticas son sólo una parte de la vida, pero que hay otras, y que hay que hacerse el tonto cuando conviene, como haces tú conmigo ahora, mirándome como miraría a su abuelo una niña normal, como si te arrobara mi voz, el ritmo y cadencia de estas palabras graves, la vibración del pecho ajado junto a tus mejillitas, como si no entendieras lo que te digo, cuando en realidad lo entendías ya antes de que te llamara, antes de que te convocara aquí, mi niña, junto al fuego, cuando te apresuraste a acabar el puzle porque sabías lo que venía y no te gusta dejar nada a medias, no creas que no me he dado cuenta, no creas que no lo sé.

Sabías lo que venía.

Así que vuelve a tus cosas, querida niña, vuelve a tus cosas de una vez; aunque antes, si no te importa, me gustaría pedirte algo. ¿Podría? ¿Podrías?

¿Me traerías, niña querida, un té?

¿Podrías, mi niña? ¿Le traerías un té a tu abuelo? Un té sin nada, como a mí me gusta. Por tomar algo caliente, nada más. Dile a tu abuela que te lo haga, ¿quieres, mi niña?

Yo voy a quedarme aquí, calladito junto al fuego, mirando a veces las pavesas y a veces por la ventana, así por turnos, pensando un poco en tu madre, que me dio tantos disgustos y a la que tantos disgustos di. Como se los darás un día a tu padre, que a ti sí que te vale, niña. Y a tu marido luego. Ojalá.

Ojalá, mi niña, ojalá…

Hay una cosa, querida niña, que no te he contado del cuento. No te he contado lo que pasó al día siguiente. Se me ha olvidado.

¿Quieres que te lo cuente?

El rey, antes de amanecer (al día siguiente, digo), se despertó sobresaltado al comprender que no había sido del todo justo con el sabio vellalar. La conciencia funciona así. Al fin y al cabo, pensó, le había regalado el ajedrez, que no es cosa pequeña, como ya empezaba a intuir.

En la mañana sin viento que sucedió a la precipitada ejecución de Sessa, sobre sábanas de seda de Banarasi y cojines de pluma de ganso de Birmania y un edredón tejido por esclavas vírgenes, o eso decían ellas, el rey se preguntó en silencio si la decisión de matar al drávida había sido de verdad suya o acaso delegaba de más en el criterio de su consejero, que empezaba a parecerse, en función y forma, a una lombriz intestinal. No todas las decisiones debían ser del rey, claro está, el rey no lo sabe todo ni debe ocurrírsele pretenderlo, y un consejero artero es la pieza principal de cualquier armadura política y cualquier tablero, resulte el consejero de carácter agradable o fastidioso, se mueva por razones interesadas o por la simple ambición, que tanto y tantas veces —y de tantas formas— ayuda al gobierno del reino, sujeto necesariamente a la tensión de fuerzas contradictorias, y aun opuestas. La ambición de cada cual lo equilibra todo.

Así que el rey, mi niña querida, determinó que, en cuanto se hiciera de día, habría de llamar al consejero, y habría de colocar a un segundo consejero tras él, donde no pudiera verlo el primero, para que pusiera tantas caras como quisiera que el consejero no viera y el rey sí, para, en virtud de tales caras, decidir con justicia qué le convenía hacer, ya que deshacer ya no podía.

Tal vez le plantearía un acertijo (al consejero, al primero).

Tal vez le haría una pregunta simple.

Tal vez le revelaría un secreto inconfesable que el consejero no imaginara que conocía (porque un rey lo sabe todo y un consejero no), para ver si salía corriendo o asumía, en cambio, su destino.

A ver qué le decía el segundo consejero.

O tal vez compartiría con él una ecuación convencional con diferencias finitas, elementos y/o volúmenes también finitos y elementos de frontera, a ver qué cara se le ponía.

O tal vez no haría nada.

Porque esa, querida niña, es la séptima lección (¿quién iba a decirlo? Siete). Nada nunca, querida niña, tiene sentido. Nada. Salvo que quieras dárselo tú.

Anda, ve, querida niña. Corre, corre como el viento. Corre hasta la cocina. Busca a tu abuela. Ve.

Vete, querida niña. Con ese vestido sutil que atraviesa las corrientes y deja todo miedo atrás.

Tráeme, mi niña, ese té.

SOUTINESQUES, I
Espectros y aparecidos: apuntes del natural

1. Eustache

El pasado era el lugar donde Eustache había decidido vivir. Nada podía tocar allí, nada cambiar. Caminaba en círculos recordándose feliz, soñándose; se daba cuerda así, sin esperanza ni luz. A punto de entenderlo todo.

2. Camille

Camille no sabía amar, sólo recibir o darse por completo. Sabía mirarse con convicción, no con afecto. Aunque era generosa, su buena memoria la envenenaba (como el odio no es triste, no sabía odiar tampoco). Quería querer, pero ¿a quién? ¿Cómo?

3. Kemish

Con el año nuevo, Kemish, el diminuto botones del hotel Giverny, comprendió al fin lo evidente: llevaba meses sin recibir ternura; alguna respuesta vaga, ninguna iniciativa; era él quien pulsaba el botón para oír el timbre gastado que nadie usaba ya.

Lo guardó de nuevo en el cajón. El turno de noche iba a ser largo.

4. Fabien

Fabien cumplía tres años de muerto. Aún caminaba y comía, pero la vida le había extraído el zumo y ya no sabía pensar, sólo declamar un poco y defender con vehemencia cualquier opinión sobrante.

Fabien no se amaba ni a sí.

Fabien era un idiota pulcrísimo.

5. Géraldine

Se sentía dolida y triste. Agrietada. Imaginaba las vidas de los otros, la del hombre al que decía amar, a quien ya no tendía. Sólo ella se sentía tan sola, estaba segura de ello. De día el orgullo la mantenía entera; de noche la autocompasión la acunaba.

6. Étienne

El hombre insignificante avanzaba hacia el horizonte y el horizonte permanecía en su sitio. El hombre insignificante se protegía la nariz. El golpe era inevitable.

7. *Clément*

El joven Clément tocaba sólo música alegre, no quería que nadie se asomara a su vacío. Se había prohibido desear nada y aspiraba a seguir así. En los días buenos, golpeaba alguna tubería.

Clément no se quejaba. Un velo de indiferencia hacía su mirada inalcanzable.

8. *Marcel*

Marcel no cantaba ni bebía ni silbaba ni escupía. Tampoco fumaba ya. Marcel servía bebidas invisibles y asentía a veces, pero no escuchaba. Marcel no quería poseer nada ni acostarse pronto ni levantarse tarde. Marcel quería que lo quisieran. Un poco. Que lo quisiera alguien. Quien fuera.

9. *Marion*

La señora Labé, como tantas mujeres sensibles, se había enamorado de un fatuo que sólo hablaba de sí mismo y la invocaba con un vaso. La señora Labé sufría mucho.

La señora Labé se resignó a continuar con su marido, que nunca hablaba de nada. Al menos eso.

10. Hervé

El profesor Dufour llevaba un matadero en la cabeza. Ningún conocimiento o enseñanza lo salvaban del alejamiento de Simone, que amasaba con mimo sus rencores para convertir la vieja entrega en daño y el dulce amor en desprecio.

Acababa de empezar el curso.

Los niños lo miraban aterrados.

11. Giselle

Giselle había perdido la cordura de tanto imaginar en los demás cuanto pudiera hacerla infeliz. Si se quedaba a observar, nada confirmaba sus temores, que tanto (y tan bien) la dañaban. Se nutría de sus fantasías ásperas. No renunciaría al dolor por nada del mundo.

12. Hubert

Por fin lo aceptó (aprendió a hacerlo), aunque nadie compartiera su juicio. Si Julie no lo llamaba es porque no necesitaba verlo; si Julie no le escribía es porque no necesitaba hablarle; si apenas lo buscaba ya es porque podía vivir sin él.

Hubert empezó a aparecerse peor.

Y menos.

DESDE EL ARDOR

Querida tía Elvira:

Te preguntarás dónde estoy. También yo me lo pregunto con frecuencia. Como seguro que recuerdas, me gusta mucho la playa, pero, como también me gusta la montaña, he decidido pasar estas vacaciones junto a un precioso mar de lava en un paraje rocoso donde el sol pega de lo lindo de día y de noche. Todas las mañanas salgo de la pensión (un lugar recoleto donde uno puede hacer más o menos lo que quiera con tal de que respete los horarios del comedor) y coloco la toalla en la roca, junto a la lengua de lava, en la que apenas me atrevo a entrar, como mucho hasta los tobillos. Tal vez el año que viene me anime a llegar a las rodillas. Antes llevaba conmigo una esterilla, pero enseguida se echaba a arder para alborozo de los niños. La toalla no arde, no sé por qué. Será porque no existe.

Tampoco tú existes, tía Elvira, a saber por qué te escribo. Por la inveterada nostalgia de la lava, supongo, ya sabes cómo es la lava (evocadora y simple). Hace calor, tía Elvira. Eso también.

Recuerdos a tío Emilio. Tengo muchas ganas de imaginármelo.

Con mucho amor,

NADIE

LA JAULA

Un niño se traga una canica. Tal vez porque está algo ansioso, tiene preocupaciones. No sucede nada, no se atraganta, la canica no se le atasca en el esófago, la vida del niño no corre peligro, no sucede nada que dentro de unas horas no vaya a solucionarse por sí solo, la canica no es importante en esta historia, o lo es de forma tangencial.

El niño, con hambre aún a pesar de la canica, se levanta de la siesta. Tiene tres años, no sabe qué hacer, solamente se levanta, un poco sorprendido de su propia resolución, también frustrado por saberse incapaz de canalizarla de forma apropiada.

No llora, de momento. Abre mucho los ojos y estudia con atención el entorno, como si valorara qué hacer, aunque en realidad esté sólo aturdido (un niño de tres años, por más que desee hacerse cargo de ellos, no descifra sus impulsos).

Ahora, el punto de inflexión.

Un gato entra en la habitación (esto es importante). Un gato blanco y gris, más gris que blanco, con actitud resuelta. Paciente, a su manera.

El gato avanza tan seguro de sí mismo que ni siquiera pestañea. Mira al niño, mira el sofá. Se sube al sofá.

Ataca al niño.

El niño, que no tiene gato, se muestra sorprendido. Nunca antes ha visto un gato en persona (tampoco en gato) y lamenta que el primero que conoce lo ataque de ese modo, desenfundando las garras, apoyando el peso en los cuartos traseros, impulsando por fin los músculos en una detonación súbita que libera la fuerza retenida como un arcabuz para hacerle atravesar el aire con las patas estiradas, a cámara lenta, conquistando la gravedad con elegancia inefable, hipnótica, golpeando al final la lámpara, perdiendo el equilibrio, cayendo contra el suelo de forma aparatosa, de espaldas, rodando sin control. Sangrando un poco.

El gato es un gato orgulloso, no lleva bien las caídas. Se incorpora como puede y hace como que no ha pasado nada, o como que lo que ha pasado ha pasado según lo previsto. Mira al niño buscando una excusa, algo que decir.

Pero el niño no está ya delante.

El gato no sabe dónde está el niño.

(¿Dónde está el niño?).

El niño está justo detrás.

El niño es un niño ninja que ha dado una voltereta en el aire y se ha colocado a la espalda del gato en contra de la dirección del viento, para que el gato no pueda olerlo.

El niño agarra al gato por el rabo. Toma aire. Luego, con un grito guerrero, apoya el piececito sobre el lomo del gato para hacer palanca contra el gato y arrancarle limpiamente la cola. Una cola de mentira (esto tiene explicación).

El gato chilla como un tren expreso porque la cola estaba muy bien cosida al gato.

La cola es una cola de trapo que un chino –loco– le injertó al gato con hilo y aguja en la misma China. (El gato había perdido su propia cola jugando cerca de la vía del tren –más bien encima–, y el chino loco, sometiéndolo a un sinfín de padecimientos, le cosió una cola nueva, por amor).

Pueden extraerse, si se quiere, conclusiones de todo esto.

El gato escapó del chino loco con el firme propósito de no volver la vista atrás, en parte a la ligera –precipitadamente–, en parte calculando las opciones –con cierto sentido de la proporcionalidad–. En cuanto pudo, trepó a un barco mercante chino en el que corrió mil aventuras y aprendió las enseñanzas habituales que la amistad y la camaradería brindan en estos casos, y, a los seis meses o así, con muy buen apetito, llegó a un continente inhóspito donde, según se cuenta, vivía un niño de tres años al que sus padres, Set y Azura, se le habían muerto de un catarro que al principio parecía común pero que acabó complicándose, dejándolo solo y perplejo.

El chino murió de pena cuando otro chino loco le clavó un puñal en el estómago.

Ahora hay una elipsis.

Seis horas después del ataque del gato, de regreso al presente (histórico), la canica cumple su papel al salir expulsada del niño, envuelta, por razones misteriosas, en papel de celofán.

El niño –más liviano ahora– se acerca a un rincón despejado de la estancia, absorto en las sombras que dibujan las paredes al juntarse. Se queda mirando el vacío con la mirada alzada. Como si percibiera algo. Como si supiera que alguien lo está observando a él desde el otro lado de la realidad. Una presencia. Algo.

El gato vigila desde la puerta, agazapado y resentido. Dispuesto a salir huyendo en cuanto el niño haga el menor movimiento.

El niño no hace ningún movimiento, al revés. Se pone a llorar en silencio, sin apartar la vista del rincón.

El niño mira al fantasma.

El gato lo mira a él.

GENTE SERPIENTE

Dios le dijo a Abraham: «Mátame un hijo».
Abe dijo: «Tío, debes de estar de broma».
Dios dijo: «No». Abe dijo: «¿Qué?».
Dios dijo: «Puedes hacer lo que quieras, Abe,
  pero la próxima vez que me veas más te vale
  salir corriendo».
Abe dice: «¿Dónde quieres que me lo cargue?».
Dios dice: «En la autopista 61».

BOB DYLAN

I

—¿Hola?

La voz del señor Silla reverberó en el vestíbulo como en una bóveda, aunque el vestíbulo de la Casa House no tuviera nada de bóveda, ni de atrio siquiera. El vestíbulo era, en realidad, pequeño, angosto sería la palabra, con un montón de muebles apilados, demasiados para un lugar tan angosto, cubiertos por mantas cubiertas a su vez de polvo, por no mencionar las telarañas, que también acumulaban polvo, aunque no habrían resistido el peso de una manta. Estaba tan espeso todo, tan denso y apretado, que el señor Silla no pudo por menos de preguntarse que por dónde se colaba el frío. Y que por qué reverberaba así la voz.

—¿Hola? —repitió el señor Silla, elevando el tono—. ¿Hay alguien?

—¡Ya voy! —gritó una voz desde algún lugar del piso superior (hay preguntas que si se responden son siempre «sí»; si no, no se responden). Un hombre, le pareció al señor Silla, aunque hay voces limítrofes, voces fronterizas, podríamos decir, que no se sabe muy bien de quién son, como si hubieran esperado demasiado tiempo a decidirse y se les hubiera acabado el tiempo—. ¡¿Bajo, entonces?! —gritó la voz.

Al señor Silla la pareció buena idea que la voz bajara y así se lo hizo saber. Después volvió a contemplar el vestíbulo, que parecía estrecharse a cada instante, aunque a lo mejor no se estrechaba, a lo mejor eran las cosas cubiertas por mantas las que iban acercándosele poco a poco.

Se agachó y trazó una línea en el suelo (casi un carril, tal era el grosor del polvo) frente a sus zapatos milagrosamente impolutos. Así sabría si el pie de la lámpara de cobre se movía o no.

—¡Enseguida bajo! —gritó la voz—. ¿Ha visto a mi hijo?

—¡¿Cómo?!

—¡Que si ha visto a mi hijo!

—No lo sé.

—¡¿No lo sabe?!

—¡No sabría decirle! ¡¿Cómo es su hijo?!

—¡Muy malo! ¡No se preocupe! ¡Ya lo reconocerá cuando lo vea! ¡Aunque es mejor si no lo ve!

El señor Silla se aseguró de que la puerta de entrada siguiera donde estaba cuando él llegó. Probablemente así era.

La voz le hizo girarse de nuevo.

—¡Voy enseguida! ¡Estoy poniéndome cómodo! —«Cómodo», dijo la voz; se trataba, definitivamente, de un hombre—. ¡¿Quién es usted?!

—Me llamo señor Silla.

—¡¿Cómo?!

—¡Me llamo señor Silla! —gritó el señor Silla.

Al señor Silla no le tranquilizaba nada saber que la voz del piso de arriba estaba poniéndose cómoda. El señor Silla sólo quería preguntar por una dirección, subirse al coche, volver al camino de tierra y largarse de allí cuanto antes. El señor Silla no necesitaba hablar con nadie que acabara de ponerse cómodo.

—¡Bajo enseguida, señor Silla! ¡Señor Silla, ¿sigue ahí?!

—¡Sí, sí! ¡Aquí estoy!

—¡Menos mal, señor Silla, qué susto! ¡De repente no oía nada! ¡¿Ha visto a mi hijo?!

—¡Baje cuando pueda, ¿quiere?!

—¡Enseguida voy!

—¡Sin prisa!

El vestíbulo era ahora más estrecho, no cabía duda. Y un poco más bajo. Y un poco más frío y un poco más oscuro. ¿Y por qué reverberaba así la voz? La lámpara, sin embargo, mantenía la distancia con la línea del suelo; la lámpara era lista, eso estaba claro. Aunque el señor Silla tampoco era fácil de engañar.

El señor Silla se puso a pensar entonces, a saber por qué, en una novia que tuvo. Una novia bonita y egoísta que no quiso estar con él y que así se lo hizo saber. Alicia se llamaba, según creía recordar, no estaba seguro. Alicia estudiaba Derecho, como todas las Alicias, y tenía un padre abogado que tenía una madre abogada que le decía a Alicia cada día que se buscara un novio abogado, que era, en realidad, lo que Alicia había pretendido hacer al acercarse al señor Silla, que estaba a punto de acabar la carrera.

—¡¿Sigue ahí, señor Silla?!— le preguntó la voz, cortándole en seco la cadena natural de pensamientos. El señor Silla se sintió aliviado.

—¡Sigo aquí! ¡¿Va a tardar mucho?!

—¡Es un nombre interesante el de señor Silla, ¿no?!

—¡¿Cómo?!

—¡Es un nombre muy interesante el de señor Silla!

—¡¿Le parece?!

—¡Nunca había conocido a un señor Silla! ¡¿Usted?!

—¡¿Cómo?!

—¡¿Había conocido usted a algún señor Silla?!

—¡No lo sé! ¡Mi padre, ¿no?! ¡¿Mi padre cuenta?!

—¡Claro que cuenta! ¡¿Conoció a su padre?!

—¡Murió cuando era pequeño!

—¡¿Cuando era pequeño él?!

—¡No, no! ¡Cuando era pequeño yo!

—¡Eso tiene mucho más sentido! ¡Lo siento mucho, señor Silla!

—¡¿Cómo?!

—¡Le digo que lo siento mucho!

—¡Ah, ya! ¡No se preocupe! ¡Fue hace mucho!

—¡¿Y no lo echa de menos, señor Silla?!

—¡¿Cómo?!

—¡¿Qué dice?!

—¡Disculpe, no le oigo bien!

—¡Que si echa usted de menos a su padre!

—¡Ah, ya! ¡Es que era muy pequeño! ¡No sabría decirle!

—¡No diga más, señor Silla, está muy bien así! ¡Sírvase un café si quiere, ¿quiere?! ¡Tiene que haber café en alguna parte! ¡Prepáreme, si no le importa, otro a mí!

El señor Silla no entendía nada.

—¡¿Cómo un café?! —preguntó el señor Silla.

—¡Muy buena idea! ¡Me pongo cómodo y bajo!

El señor Silla, que no tenía ganas de preparar café, se preguntó, sin embargo, dónde se suponía que debía hacerlo. ¿Habría alguna cafetera allí mismo, bajo aquellas mantas? Seguramente sí. ¿Habría también un hornillo? Seguramente también.

O a lo mejor había una cocina normal en la casa y era ahí adonde le dirigía la voz, o adonde pretendía dirigirlo, una cocina común en una habitación común, forrada de azulejos, o a lo mejor pintada de verde, con motivos floreados, una cocina —podría ser— más grande a cada segundo, justo al lado de aquel vestíbulo menguante en el que apenas cabía ya nadie.

—¡Suba, ¿quiere?! ¡Suba ahora! —dijo entonces la voz.

—¡¿Cómo?!

—¡Suba un momento! ¡¿Le importa?! ¡Suba ya! ¡Suba aquí! ¡Ahora!

Al señor Silla le entró pánico. Así, sin avisar (el pánico suele entrar sin avisar). Un pánico afilado y puro.

—¡Creo que voy a salir! —dijo.

—¡¿A salir?! ¡¿Adónde?! ¡No salga, ¿quiere?!

—¡Creo que voy a salir!

—¡No salga, señor Silla, le digo! ¡Es mejor que no vaya fuera! ¡Podría estar mi hijo!

—¡Ahora vuelvo! ¡¿Le importa?!

—¡No salga, ¿no me ha entendido?! ¡Espéreme donde está!

—¡Creo que voy a salir! ¡Salgo!

—¡No salga!

—¡Salgo! ¡Ahora vuelvo!

II

El aire de la parroquia de Nuestra Señora del Cerro (aunque la iglesia no estuviera en ningún cerro ni hubiera ninguno cerca) pesaba como suele hacerlo el aire de las iglesias rurales, y un poco más por la culpa, otro por la vergüenza y otro porque el aire no pesa lo mismo en todas partes, verdad incontrovertible que depende de muchas cosas que dan igual. El aire de Nuestra Señora del Cerro era, además, arcilloso, si el aire puede serlo, con ese toque rojo que tiene el aire allí y esa cosa como pastosa que a veces se queda en la lengua sin ningún motivo. Era un aire, por lo demás, transparente y bastante respirable; su naturaleza —molida, densa— no afectaba en absoluto a los pulmones, sólo a la razón, que a veces se desviaba un grado si se daban las circunstancias adecuadas, como lo hacía la luz, que también se desviaba a veces, aunque con escasas consecuencias, lo justo para —a veces— revelar gente que no estaba ahí, más bien perfiles vagos, como si se tratara de ecos llegados del pasado, o del futuro, o de una realidad distinta, paralela o perpendicular, vaya usted a saber, simples formas caprichosas e interpretables del polvo en suspensión, porque en las iglesias —y fuera de ellas— es interpretable todo, también los sonidos, así está hecho el cerebro, de interpretaciones, y así va tirando cada cual, de una interpretación en otra.

El padre Consuelo (Sebastián) barría en persona la parroquia. Porque allí no había sacristán, él mismo era el sacristán, el cura, el jardinero, el manitas y el matón de la parroquia. Y el contable, el cocinero y el pintor. Y el organista, aunque no tocara en las homilías, no en directo (no podía), lo había grabado todo en una cinta de noventa, solía explicarle a quien le preguntaba, aunque le sobraran sesenta a los noventa, que tampoco la liturgia necesita tanta música, compuesta entera por él, en lo lírico y en lo matemático, con los espacios tasados para la oración, la primera lectura, el salmo, la segunda lectura, el Evangelio, la homilía y el paquete completo, porque el padre Consuelo (Sebastián) lo calculaba todo y lo mantenía bajo control, y si empezaba a sonar la música en mitad de la plegaria, aceleraba la plegaria él, o la adaptaba a la cadencia de la música, incluso al tono, y dejaba que se fuera disolviendo en las notas graves del órgano, que, pasados los primeros compases, en nada se diferenciaban ya de las palabras del cura.

Así de atado lo tenía todo el padre Consuelo.

También podía suceder lo contrario. También podía pasar que el padre Consuelo hubiera acabado de recitar algún pasaje del Eclesiastés y la música no irrumpiera aún.

En tal caso fingía seguir leyendo y le añadía una decimotercera tribu a Israel. O hacía que Dios, después de detener a tiempo la mano de Abraham, se lo pensara dos veces. O se inventaba una desgracia nueva para el santo Job, algo relacionado con un toro bravo, o con alguna mala caída, o con un incendio, hasta que por fin sonaba el casete y rescataba al santo del recelo de Yavé, que siempre andaba pidiendo pruebas y reconfirmándolo todo.

El padre Consuelo no sabía qué hacía en San Telmo. Por qué no se iba.

Llevaba años acumulando dudas, más de aspiración que de fe, más de foco, por así decirlo, preguntándose si algo de lo que hacía tenía el menor sentido en una comunidad más pagana cada día.

No es que no hubiera feligreses. Sobraban. Todo el pueblo estaba allí cada domingo, los que querían estar y los que no, bien puntuales todos, como un clavo, pero él sabía –todos lo sabían– que iban allí a protegerse de cosas peores que el Diablo, iban allí a estar a salvo y a temer la iniquidad, donde nadie pudiera molestarles, más receptivos cada mañana a las verdades antiguas de las raíces y la tierra, que el padre Consuelo despreciaba. Cada vez encontraba más señales abandonadas entre los bancos. Ramitas trenzadas. Insectos secos. A veces, rastros viscosos. Al padre Consuelo le irritaban aquellas provocaciones, aquellas huellas toscas y casi artísticas que le recordaban cada domingo que allí sobraba, en aquella parroquia de segunda –casi aneja a un bar de carretera que llevaban unos griegos– que la gente serpiente, por alguna razón, respetaba. O había respetado hasta la fecha.

–Buenos días, su santidad –dijo una voz infantil, sin asomo de ironía.

El padre Consuelo ni siquiera se giró. Siguió barriendo el suelo, concentrado en los espacios más estrechos, bajo los reclinatorios. Hay lugares donde la escoba no llega.

–Buenos días, Ángel –dijo sin girarse–. No me llames santidad. ¿Qué tal tu padre? ¿Qué tal tu hermano?

Ángel era, en realidad, una niña, lo que tiene algún sentido, si se piensa.

–Ya sabe –respondió la niña.

–No, Ángel. No lo sé. –El padre Consuelo dejó de barrer y acomodó la escoba entre los pies, apoyándose luego en el palo–. ¿Cómo están? ¿Están bien?

–Ya sabe.

–Yo no sé nada.

–Mi padre mejor que mi hermano.

–Es que tu padre es mejor que tu hermano, Ángel. Ya lo sabes. Y eso que tu padre es horrible.

—Me dice mi hermano que vaya a verle.

—¿Y por qué no me lo dice él mismo?

—Ya sabe.

—No lo sé.

—Ya sabe cómo es.

—No tengo ni idea, Ángel. No hay forma de entender a tu hermano. ¿Has venido sola?

—Sí.

—¿Seguro?

—Sí, su santidad.

—No me llames santidad. ¿Por qué eres tú tan guapa y él tan bicho?

—Mi hermano es más guapo que yo. Y no es malo, su santidad, es sólo que se siente confundido, estos días.

Ángel era una niña guapísima, de ojos tristes e infinitos.

—¿Puedo cantar un poquito?

—No, Ángel. No es el momento.

—¿Y si es una canción corta?

—Tampoco.

—¿Y si no es la canción entera?

—No.

—¿Quiere que dé una voltereta?

El cura negó con la cabeza.

La niña no parecía particularmente contrariada. Optó por cambiar de tema, o por volver al anterior, no estaba claro.

—Ya sabe, padre Consuelo…

—¿Qué sé, Ángel?

—Es mejor hablar con él. Es mejor hacer lo que él quiera.

—¿Está en casa?

—No lo creo. No. El que está en casa es mi padre.

—¿Y qué dice tu padre?

—Tonterías. Cada día está más loco. Allí no se puede estar. Hay días que sí se puede, pero hay días que no.

El padre Consuelo suspiró. Cada vez se sentía más cansado. No ese día: cada día.

—No podéis seguir así. Lo sabes, ¿verdad, Ángel? Tenéis que iros de San Telmo.

—Tiene que marcharse usted. Dice que le va matar.

—¿Tu padre o tu hermano?

—Mi hermano.

—¿Por qué?

—Dice que en cuanto pueda, dice. Dice que, en cuanto esté hecho del todo, coge y lo mata.

—Hecho del todo ¿qué?

—Hecho del todo él. Dice que ya está casi, que ya está casi hecho. Que lo nota.

—¿Y qué significa eso?

—Algo significará.

Consuelo escrutaba la actitud y movimientos de la niña, que parecía preocupada por él.

—Es mejor que vaya a verle, su santidad. No quiere matarlo aquí, dice.

—Entonces que no me mate, ¿no te parece?

—Dice que tiene que hacerlo. Que le sale así, que así son las cosas.

—¿Y tú qué piensas, Angelita?

A Ángel no le gustaba nada que la llamaran Angelita, pero no tuvo en cuenta el desliz, o decidió que había cosas más importantes que atender en aquel momento.

—No lo sé, su santidad.

—No me llames santidad.

—A veces creo que mi hermano está loco.

—Porque está loco, criatura. Aquí estamos locos todos, ¿no lo ves? Es el aire.

La niña rumió unos instantes las palabras del cura.

—¿Es verdad que el del órgano es usted?

—¿Importa mucho, niña?

—No.

Ángel estaba hecha a muchas cosas, también a la frustración. Su curiosidad era más científica que morbosa.

—¿Le importa si canto un poco?

—Mejor no. ¿Qué tal tu padre?

—Muy mal. Muy muy mal, su santidad, peor que nunca. Pero mejor que mi hermano.

—Ya. —El padre Consuelo frunció el ceño—. ¿Te da miedo tu hermano, Ángel?

—No.

La respuesta fue rápida, pero estaba llena de agujeros. Hasta Ángel se dio cuenta.

—Sí. No —añadió la niña enseguida—. Yo creo que no, pero igual debería, ¿no cree?

—Estoy tan cansado, Ángel… No puedes ni imaginar cuánto. No te haces una idea. Cansado de verdad, criatura. ¿Cómo podría saber una niña como tú lo que es estar tan cansado? —El padre Consuelo se apretó el puente de la nariz como si quisiera sacarse los ojos—. Estoy ya viejo, ¿no lo ves? Y muy cansado, ¿te lo he dicho? Insístele a tu hermano en eso, ¿quieres? Díselo. Está muy cansado, dile. Y a tu padre, aunque él ya lo sabe. Y diles, Ángel querida, recuerda, por favor, decirles, diles, por favor, que los aborrezco. Con toda el alma, diles. Tanto que a veces rezo para que este edificio se me caiga encima de una vez y me evite veros. ¿Lo entiendes? Querría mataros uno a uno. También a ti, criatura. —El padre se persignó—. Porque sé muy bien quiénes sois, ¿me oyes?, y, aunque no sé por qué sois así, sé que el mundo estaría mejor sin vosotros. Os mataría a todos ahora mismo —insistió el padre—. Empezando por ti, pobrecita, que tal vez seas la peor de todos, y siguiendo por tu hermano. Empezando, mejor, por él.

La niña, como si nada hubiera oído, consultó el reloj y, dándose la vuelta, dijo:

—Me voy ya, su santidad. He cumplido mi papel en esta historia. —No parecía ofendida. —No volverá a verme nunca. Adiós, su santidad —añadió—. Le diré a mi hermano lo que me ha dicho.

—No he acabado, Ángel, criatura, ¿te vas ya? Estaba precalentando.

Al pasar delante del cartel que anunciaba el bar de carretera, la niña se puso a canturrear. «Cinzano», decía el cartel. «Shake it off», decía Ángel.

III

No podían ser más de las tres. Las tres y media, como mucho. El sol estaba aún alto a pesar de ser octubre, así que igual eran las dos. ¿A qué hora estaba arriba el sol, arriba del todo, por decirlo así? ¿A qué hora era? A mediodía, ¿no? Pero eso ¿qué es?, ¿qué es a mediodía? ¿Las doce en punto? ¿Siempre? Según, será, ¿no?, dependerá de muchas cosas, dependerá de lo que duren el día y la noche, por ejemplo. Del país, de las costumbres, de la estación, del mes, del cambio de hora, de muchas cosas dependerá, ¿no?, no va a estar el sol siempre arriba, arriba del todo, quiero decir, a las doce en punto. Dependerá, quiero decir, de muchas cosas. Aunque el sol no depende de las costumbres, ¿no?, como no depende de las nubes. Menuda reflexión la de las nubes, ¿eh?, qué triste y llena de verdades, casi poesía, ¿eh?, un poco eso. Menuda reflexión me ha salido. Hace falta tener algo muy dentro para hacer esa reflexión y todo eso, debería ponerme a leer en serio. «El sol no depende de las nubes». El sol está donde está y punto.

Todo eso y alguna cosa más pensaba Simón, el nuevo cartero de San Telmo, cuando se dirigía a pie, empujando la bici recién pinchada, a la Casa House. A repartir el correo.

No le apetecía cargar con la bicicleta, pero tampoco podía abandonarla, y menos con sólo dos meses de cartero. ¿Cuánto duraría el período de pruebas? ¿Seis meses? ¿Cuatro? No estaba muy seguro, pero no quería jugársela.

No era su bicicleta, por otro lado. Igual podía cubrirla de hojas y recogerla luego. Aunque en San Telmo nada permanecía oculto mucho tiempo. Tampoco quería dejarla –aunque sólo fuera por unas horas– en la Casa House.

Porque la Casa House le inspiraba un miedo irracional, y más ahora, estando las cosas como estaban, por eso trataba de evitarla si podía, por eso seguramente pensaba tanto en el sol mientras empujaba la bici, porque, si tenía que ir allá, prefería hacerlo de día, con el sol bien arriba, a poder ser, con el sol tan alto y brillante como fuera posible, aunque tampoco es que un cartero pueda decidir cuándo ir a los sitios, ¿no? Y menos un cartero nuevo. Los carteros tienen sus rutas y sus tiempos, también los nuevos. Para eso están las rutas y para eso están los tiempos. Para eso están las normas.

A la Casa House —hasta que alguien decidiera hacerla arder— se accedía del modo en que se accede a las casas apartadas de San Telmo, que es con algún aprieto. Primero hay que perderse, eso es esencial (si no, no llegas), y luego hay que seguir el camino que toque, normalmente de tierra. El camino suele tener hojas secas, en verano y en invierno, porque en San Telmo se secan las hojas siempre, por cosas del clima, será. San Telmo es una hoya rodeada de montañas, por eso sería, por el clima, que es un microclima, pensaba Simón. Será por el microclima. O por la gente serpiente.

Simón no se acordaba de cuándo había llegado la gente serpiente a San Telmo, ni podía acordarse, porque había sido hacía mucho, hacía generaciones, creía, aunque tampoco tantas, dos o tres serían, o cuatro a lo mejor, había sido hacía un siglo casi, eso le había dicho su abuelo, que tampoco es que estuviera allí cuando llegaron, pero por muy poco, según le dijo. Su abuela tampoco estaba allí, aunque era mayor que su abuelo y de todas formas no habría querido contarle nada, porque de la gente serpiente —no se sabía por qué— en San Telmo no hablaban las mujeres, sólo ellos hablaban de ellos, como sólo los hombres podían ser gente serpiente, sin que ellas fueran víctimas de nada, si acaso urdidoras. Las cosas son de una forma en cada sitio.

A Simón le gustaba San Telmo, le gustaba el clima, le gustaba la forma de las casas, le gustaba la gente (la que no era serpiente), por eso no se había marchado del pueblo ni nada, ni había pensado en hacerlo, estaba bien donde estaba, aunque los que sí se iban —que eran la mayoría de los jóvenes— nunca le hablaban a nadie de la gente serpiente, a nadie que no fuera de San Telmo, se entiende, pero tampoco a ellos —o entre ellos— si llevaban lo suficiente fuera, por miedo a que se rieran de ellos sería, o por no sentirse tontos, o por lo que fuera, una cosa es lo que importa —o lo que uno cree que importa— cuando está allí y otra lo que las cosas parecen cuando uno se aleja un poco y todo empieza a desvanecerse no se sabe si en la memoria o en la bruma o simplemente en la mirada de los otros, que es la que da la medida de cuanto debe decirse y cuanto conviene callar, que las cosas se ven de una manera en San Telmo y de otra fuera.

—¡Eh, cartero! —le gritó a Simón un niño guapísimo, sentado junto a otros niños (todos chicos) al borde del camino, al lado de un montón de bicicletas muertas—. ¿Por qué no te subes a la bici, cartero? ¿Estás tonto o qué?

—No, no estoy tonto. Está pinchada. Y vosotros tendríais que estar en el colegio, ¿no, Loli?

Loli era —como casi cualquiera— un desliz adolescente que acabó en la guardería, primero con el nombre de Manuel (que era también el nombre del padre, quien a veces se diría la madre), y luego el de Manu o Lolín y, con el tiempo, Loli, el nombre que se le quedó pegado para desconcierto de todos.

Ahora Loli tenía nueve años y las facciones ambiguas de su padre, y su cuerpo delgado y sinuoso, aunque no su voz cambiante ni su locura, o no su locura desatada, sino más bien un trastorno calmo, más dirigido, más frío.

—Oye, cartero —insistió el niño—. No tendrás una carta para mí, ¿verdad?

—N-no..., n-no lo sé —tartamudeó Simón, que a veces se atascaba un poco cuando se ponía nervioso—. N-no s-sé quién eres.

—Pues claro que sí, cartero. Acabas de llamarme Loli, no te hagas el tonto. Claro que sabes quién soy. Para eso eres el cartero.

Loli ni siquiera miraba a sus amigos en busca de afirmación gregaria. No lo necesitaba. Tampoco ellos sonreían, ni se mostraban particularmente amenazantes, estaban sólo serios, un poco alerta, si acaso, y un poco indolentes también. Movían la cabeza de lado a lado, como dibujando eses.

—¿Por qué has pinchado, cartero? Has pichado, ¿no? ¿Has pinchado? No habrás visto una chincheta por ahí, ¿no? ¿La has visto? Se me han caído como tres. Tres o cuatro serían, no sé. No sé si las habrás visto. Estábamos buscándolas, cartero.

—N-no he visto ninguna ch-chincheta. M-me he dado contra una p-piedra. A lo mejor se te ha caído una p-piedra.

A veces Simón, si se daban las circunstancias adecuadas, sacaba un poco el orgullo, a veces subía un poco la barbilla y apretaba un poco los dientes. Simón sabía de sobra que podía ser un poco lento, que a veces le llevaba un poco más que a los demás entender algo. Pero, cuando sacaba el orgullo, el cerebro le iba —o eso le parecía a él— más rápido.

—No te pongas así, cartero, si no la has visto, no la has visto, no hay que ponerse así, ¿verdad? —Los demás niños asentían—. ¿Adónde vas, cartero?

—Ad-donde a m-mí me dé la gana.

—Vas a la Casa House, ¿verdad? Ojo con la Casa House, cartero. Yo vivo ahí, lo sabes, ¿no? Claro que lo sabes, cartero. Eres el cartero, ¿no? No es un buen sitio, cartero, te lo digo yo. —El niño levantó la vista al cielo—. Hoy el cielo está distinto, ya lo ves. Hoy el aire sopla raro. Menos mal que hay mucho sol, ¿no? Mejor para mi padre. A mi padre le gusta mucho el sol, no sé qué hará encerrado en casa, con lo bien que se está fuera. Aquí mismo, por ejemplo. Todos juntos. Con lo bien que estamos al sol todos. —El movimiento de cabeza de los niños parecía más pronunciado ahora—. Casi nunca hace tanto sol, ¿verdad, cartero? No en esta época del año.

Simón decidió seguir andando. No tenía —se dijo a sí mismo— por qué perder el tiempo con un grupo de mocosos. Que tendrían, además, que estar en el colegio.

Igual daba parte al llegar, cuando regresara a la oficina, se sabía el nombre de casi todos, por lo menos de tres o cuatro. Igual hablaba con sus padres, aunque hoy en día los padres se ponen a favor de los niños, ¿no?, se enfadan si hace falta con cualquiera, a veces de forma violenta, tengan razón o no. Por eso hoy en día los padres no tocan a los hijos, creo yo, por si los denuncian. No se atreven a pegarles por muchas ganas que tengan, por mucho que quieran cruzarles la cara, ¡pumba!, y lanzarlos, es un decir, contra la pared. Hoy los padres —si no son gente serpiente— se pasan el día preguntándose que para qué han tenido hijos si no pueden pegarles ni nada, si no pueden hacerles nada ya, ni decirles nada ya. Los niños ya no hacen caso a nadie y ni al colegio van, si no quieren.

—Oye, cartero.

Simón se giró de mala gana.

—Una cosa más, cartero…

El rostro de Simón decía «qué», pero era un qué fastidiado, un qué de niño pequeño; un vale, me he girado, sí, pero porque yo he querido; un qué de acaba ya, ¿quieres?

—¿Tú por qué te has hecho cartero, cartero?

—Porque me gusta —contestó Simón, con tal convicción que él mismo se sorprendió. Ya no tartamudeaba.

—Ya. Pero antes había otro, ¿no? El que se murió, digo.

Simón parpadeó dos veces.

—¿Por qué te han dado a ti el trabajo? ¿Tú no eras inestable, cartero? —«Inestable» dijo, específicamente. Simón se encogió un poco—. Yo no te habría dado el trabajo. ¿Por qué te lo han dado, cartero?

—Porque sí.

—¿Porque sí sólo?

—Hice un examen.

—¿Y qué?

—Y nada. Hice un examen y ya.

—¿Qué te preguntaron? ·

—Cosas.

—¿Cosas de qué?

—Cosas de calles.

—¿Qué cosas?

—¿A ti qué te importa?

—Eso, cartero, no es una respuesta. A mí me importa lo que me importa. Igual que a estos, ¿verdad? —Los niños no asintieron—. Igual que a todos. Igual que a este. —Señaló al que tenía más cerca.

—Me preguntaron cosas de calles, los nombres y los números, los códigos, los distritos, me preguntaron. Y me preguntaron sobre la gente del pueblo, me preguntaron, también los nombres y lo otro. El carácter de la gente.

—¿El carácter de la gente?

—Y si me gustaban los animales, me preguntaron. Y si tenía habilidades concretas.

—¿Habilidades concretas?

—Sí.

—¿Habilidades concretas?

—Eso me preguntaron.

—¿Y qué les dijiste?

—Que sí. —El nuevo cartero frunció el ceño—. Ahora, igual, cuando llegue a tu casa, tengo una charla con don Manuel.

—¿Con don Manuel, cartero? Nadie lo llama así. ¿Por qué quieres hablar con mi padre?

—Porque sí.

—No sé si yo haría eso. Mejor habla con mi hermana, ¿no? Es la buena de los tres. ¿No quieres hablar con ella?

—No.

—¿Porque eres mariquita?

—¿Qué?

—¿No quieres hablar con ella porque eres mariquita?

—¿Qué?

—¿Eres mariquita, cartero?

—N-no.

—Yo sí, cartero. Yo sí soy mariquita. ¿Verdad? —preguntó a sus amigos, girándose. Los demás niños asintieron—. Aquí somos mariquitas todos, lo que pasa es que no se nos nota,

¿verdad? Lo que pasa es que no hacemos nada aún, porque somos pequeños y aún no tenemos impulsos. Todavía cazamos ranas y les cortamos la cabeza. Pero, en cuanto tengamos impulsos, ¡pum! Mariquitas todos. ¿Tú tienes impulsos, cartero?

Simón parpadeaba.

—N-no.

—Tienes que tener impulsos, cartero. A partir de los once o así te llegan todos de golpe. A veces antes. Mira el cartero de antes, que estaba lleno de impulsos. Por eso lo mataron, ¿no?

—N-no lo mataron.

—¿No lo mataron?

—No. Se murió de otra cosa.

—¿De qué?

—No lo sé.

—Creí que lo habían matado.

—P-pues no.

—Pues iban a matarlo, seguro. Le salvaría lo de la otra cosa.

—Eso s-sería. —Simón no estaba dispuesto a mostrarse débil. A veces sacaba el orgullo, hemos quedado, unas veces mejor y otras peor.

—Menudo chasco, cartero. Menudo chasco. Qué pena que no seas mariquita, ¿no?

—M-me voy. N-no tengo por qué aguantar esto.

—Eso es verdad, cartero.

Simón reanudó la marcha. Decidió que esta vez no se giraría.

—Una última cosa, cartero.

Simón detuvo el paso. Se giró un poco. Casi nada.

—¿Q-qué quieres ahora? —preguntó.

—Mmmm…

El niño se quedó pensativo.

—Se me ha olvidado, cartero. Algo de mi padre era. Ya me acordaré.

Simón se dio la vuelta, soltó la bicicleta y echó a correr tan rápido como pudo.

IV

El señor Silla, apoyado en una valla desvencijada, fumaba un pitillo; para tratar de tranquilizarse, se repetía. Tenía los cigarrillos ya preparados en una caja de alpaca, todos con aspecto inmejorable, casi industrial, en perfecta alineación. Cigarrillos perfectos.

Deseaba regresar al coche y a la vez no deseaba nada, y eso era precisamente lo que le impedía recordar dónde lo había dejado. Un rumor de fondo, más que de una voz, le insinuaba que sería mejor largarse, pero ni tenía la suficiente fuerza ni formaba parte real de sus pensamientos, como si alguien hubiera instalado cerca un inhibidor de ideas o salir de allí no fuera una verdadera opción. O como si el coche en realidad no existiera.

El señor Silla —decíamos— chupaba un cigarrillo perfecto y exhalaba una nube de humo casi azul. Y miraba deshacerse las volutas en formas suaves que se perdían en el aire del jardín de la Casa House, si es que aquello era un jardín y no simplemente el exterior. Un exterior descuidado.

Todo parecía descuidado en aquella casa en la que nunca debió detenerse —pensó entonces el señor Silla—, lo que le hizo recordar por un instante la ubicación del coche, con la misma neutralidad con la que podría haber recordado la de un pijama o la de una taza, o como podría haberse acordado del grifo roto de la ducha, que algún día pensaba reparar él mismo, cuando tuviera menos trabajo. Y luego volvió a recordar a Alicia —¿se llamaba así?—, en la que no pensaba nunca, pero aquel día sí.

Lo que el señor Silla no sabía es que, si hubiera dedicado algún tiempo a pensar de verdad en el coche, si lo hubiera hecho con la seriedad suficiente, tal vez habría podido irse a tiempo de aquella villa imantada, aunque se habría topado con el obstáculo de no recordar adónde iba. Y nadie puede huir de un lugar si no sabe adónde va, ¿no?

—¿Está usted bien, señor Silla? ¿Se encuentra bien? ¿En qué está pensando?

La figura del porche, semioculta al otro lado de la puerta, era definitivamente masculina, aunque de un modo tan limítrofe como su voz, que no paraba de cambiar. El batín de seda —delicado, decadente— no ayudaba a cerrar el debate, sólo lo enrarecía.

—¿Seguro que no quiere entrar? —preguntó la figura sinuosa—. Ya sabe. Por si viene mi hijo.

El señor Silla le dio otra calada al cigarrillo y sopesó por un momento la situación. El caso es que se estaba bien al sol, esa era la verdad. Y tenía algo de tiempo.

Con un ademán distinguido se quitó una hebra de tabaco de la punta de la lengua (la costumbre hace elegante el gesto más banal). No entendía que nadie en sus cabales quisiera permanecer en aquel vestíbulo.

—Lo siento muchísimo —le dijo el señor Silla al hombre del batín de mujer, sin entender, en realidad, de qué se disculpaba.

—Es normal.

—¿Por qué es normal? —El señor Silla seguía confuso. Trataba de descifrar por qué había hablado siquiera.

—Tengo una hija que canta sin parar. ¿Lo sabía usted?

—Perdone. ¿Por qué es normal?

—Canta cosas que se inventa.

—¿Por qué es normal?

—¿No le interesa mi hija? Está bien, como usted quiera… Le decía que es normal porque a veces pasa. Hay gente que no sabe estar aquí, en esta casa. Gente a la que no le gusta este vestíbulo. ¿Seguro que no quiere pasar? Podemos hablar dentro los dos. Podríamos estar tan bien juntos… ¿Ha visto usted las mantas? ¿A que no sabe qué hay debajo?

—Estoy bien aquí, muchas gracias. Puede salir usted, si quiere.

—Se lo digo muy en serio, no sabe lo bien que se está dentro.

—Ya he estado dentro. Es angosto.

—¿Angosto?

—Es un vestíbulo angosto. Más angosto a cada instante, ¿no se ha dado cuenta? Y además hace frío.

—¿Cómo que hace frío, señor Silla? No hace frío, señor Silla. Hace calor, por fortuna. Me sienta muy mal el frío, ¿no lo sabía? Con el frío me quedo como tonto; parado o así; no puedo ni pensar, con el frío. ¿Qué quiere decir con que hace frío?

El señor Silla no estaba dispuesto a explicar lo obvio. En aquel vestíbulo hacía frío.

Y era angosto.

Y no había café.

Y las cosas se movían.

Aunque también en el exterior de la Casa House se movían las cosas.

—¿Por qué se mueven los árboles? —le preguntó el señor Silla a la forma sinuosa.

—¿Perdón?

—¿Por qué se mueven los árboles?

—¿A qué se refiere?

—Los árboles. Por qué se mueven. Aquel arce estaba allí y ahora está aquí, ¿no lo ve? ¿Por qué?

—Lo habrá movido el viento, ¿no? —La voz sonó femenina—. Los árboles se mueven todo el tiempo.

—No me refiero a eso. No digo que se mezan ni que se agiten ni nada, digo que se mueven; aquel estaba allí y ahora está aquí. ¿No lo ha visto? Por qué se acercan, es lo que le pregunto. Por qué están tan cerca ahora.

—Eso no tiene ningún sentido.

—Está bien, ya me voy. —El señor Silla se deshizo del cigarro, que cayó muy cerca del zapato (aún lustroso)—. Si no va a tomarme en serio, me voy ahora mismo y ya está.

—¡No se vaya!

El señor Silla pisoteaba el cigarro contra el suelo con elegancia de bailarín cuando oyó chirriar la puerta, que en realidad seguía entreabierta y no revelaba mucho más que antes.

El señor Silla suspiró.

—¿No va a tomarme en serio, entonces?

—Al revés. Me lo tomo muy en serio.

—¿No piensa salir?

—¿No piensa entrar?

La silueta sinuosa emitió un extraño cacareo.

El señor Silla no reía. Flotaba en el aire una agradable in-determinación que se le colaba por las fosas nasales y luego se dividía en dos, a la altura del pecho.

El señor Silla calculaba que aquel ¿hombre? tendría unos ¿sesenta años? Tal vez más. Por la posición de los hombros, por la actitud, por el peso aparente de la cabeza —por el ángulo de caída—, por las maneras gastadas y curvas, por esos detalles insignificantes que son los que acaban de darle sentido a todo.

Y por la voz.

—Si adivino a qué ha venido, señor Silla, ¿entrará en la casa?

—Ya he estado dentro.

—Entonces sabrá que no tiene nada que temer, ¿no?

—Eso no está nada claro.

—¿Entrará conmigo, por favor?

—Sí. No —contestó el señor Silla. (Las dos respuestas las dio de inmediato, aunque no sabía por qué había dicho sí primero).

La voz —la forma— suspiró. Tal vez asintió lentamente, era difícil asegurarlo desde allí, con la suciedad del cristal. Las nubes iban ganándole terreno al cielo.

—Conmigo estará seguro. Créame. No soy como mi hijo.

—¿Qué le pasa a su hijo?

—Nada anormal a su edad. Está descubriendo el mundo. Y está, claro, entusiasmado. Mi hija es más tranquila. Al principio es siempre así, ¿no? Nos ha pasado a todos.

El señor Silla escuchaba a la silueta con atención; valoraba sus palabras con objetividad admirable, sin prejuzgarlas ni descartar nada, dándoles la ocasión, si se lo ganaban, de adquirir sentido en su cerebro.

Después dijo:

—Va a venir gente, ¿no?

—¿Lo nota?

El señor Silla lo notaba. No sabía por qué ni cómo. Lo notaba como uno nota todo; por ejemplo, que se va a caer. O que va a sonar el teléfono.

—¿Está usted pensando en alguien, señor Silla?

El señor Silla no pensaba en nadie, y así se lo dijo.

—Me habré confundido, entonces. Va a venir gente, sí —prosiguió la voz—. Al final pasa. Al final nos juntamos todos, como los gatos y los ratones, ¿le gustan a usted los ratones? No puede evitarse, es ley de vida. ¿Seguro que no quiere pasar?

El señor Silla miró alrededor. Se había levantado algo de viento.

—Hace usted muchas eses, ¿no?

—¿Muchas eses, señor Silla?

—Al hablar. Lo llena todo de eses.

—Qué cosas me dice, señor Silla.

Las hojas se deslizaban —casi rodaban— por el camino de tierra, o sobre la hierba demasiado alta, o las escupía el sendero del bosque.

Al señor Silla le sobrevino la certeza de que en el interior de la casa la lámpara de cobre había cruzado ya la línea del suelo.

V

Simón se detuvo, exhausto, en mitad del bosque. No sabía por qué había echado a correr, a veces hacía las cosas sin pensar, a veces se precipitaba. No de esa manera, claro, así nunca. A veces había tenido ganas de irse de algún sitio y se había ido, como todo el mundo, o había dejado una conversación a medias, como todo el mundo, inventándose alguna excusa, fingiendo, por ejemplo, que le llamaban. Algunas veces se sentía intimidado entre la gente, eso era todo, pero eso era normal, ¿no? La gente puede ser muy intimidante a veces. A veces la gente no entiende que no está bien hacer ciertas cosas.

Simón estaba inclinado –doblado más bien– hacia el suelo, con ganas de vomitar, tanto había corrido. Aunque no pensaba hacerlo, desde luego, pensaba calmarse y ya está. Era una persona adulta, ¿no? Eso le decía su madre. Total, ¿qué había pasado? ¿Y qué podía sucederle allí, tan de día? Ya recuperaría la bicicleta, ¿no? No creía que los niños se la fueran quedar. ¿No?

Aunque, si se la quedaban… O si la hacían desaparecer… ¿Qué iba a contar él?, ¿que aún estaba en período de pruebas?

O a lo mejor eran los propios niños los que la llevaban hasta la oficina, ¿te imaginas?, los que le decían a todo el mundo que se la habían encontrado por ahí tirada (descuidada), para humillarlo (una cosa así sería humillante, ¿no?), o a lo mejor se inventaban una historia llena de historias más pequeñas para hacerle parecer una persona inestable. (Inestable era la palabra: i-nes-ta-ble).

Le habían llamado inestable muchas veces. Pero él no era inestable, no, es sólo que se ponía nervioso a veces. Sucedía que a veces reaccionaba mal a algunas cosas, a veces se enfadaba un poco y ¡patapam!, hacía alguna tontería. Pero eso era normal, ¿no?, todo el mundo se pone nervioso a veces. Si de verdad fuera inestable no le habrían dejado ser cartero.

Tenía que pensar algo.

Mentir no podía, claro. Mentir no está bien nunca, eso lo sabe todo el mundo. Las normas están para algo.

Aunque, ¿qué iba a pasar si los niños decían, por ejemplo, que se habían encontrado con él y que habían hablado con él, por charlar un rato, por ser educados con él, para que no se pusiera inestable, y que él había echado a correr dejando la bicicleta atrás –descuidada–, que ni siquiera era suya, que era de la comunidad de San Telmo?

Entonces no tendrían más remedio que admitir que no estaban en clase, ¿no? ¡Os pillé! O a lo mejor se inventaban también algo para explicar eso.

A saber.

Los niños son muy mentirosos.

O a lo mejor se inventaban la hora a la que había pasado todo, o a lo mejor resulta que estaban en una de esas semanas de exámenes en las que los niños no tienen que ir al colegio y eso lo complicaba todo, ¿podía ser? ¿Y si pasaba eso?

¿Qué iba a hacer él?

¿Iba a contarlo todo, iba a contar lo que le había dicho Loli y el miedo que Loli le había dado? ¿Y que Loli le había llamado «cartero» así, como insultando, para ponerle nervioso? No podía admitir eso, ¿no?, el miedo no es un argumento, le habría dicho su madre, ni tampoco los nervios, no se puede ir por el mundo diciendo que uno hace las cosas mal y que va dejando las cosas por ahí tiradas porque está nervioso o porque tiene miedo.

Por lo menos no se había dejado la saca, eso iban a tener que concedérselo, eso tenía que contar también, ¿no? La saca la tenía aún él, bien colgadita del hombro, con el correo bien protegido. Por eso estaba tan cansado, a lo mejor, no era sólo que hubiera corrido mucho, es que además llevaba la saca –la cartera, vamos, en la oficina la llamaban saca, pero era una cartera, ¿no?, no sé por qué la llamarán saca cuando en la oficina hay sacas de verdad, con forma y tamaño de saca–, la cartera era lo que contaba, ¿no?, más que la bici, al fin y al cabo él no era ciclista, era el cartero, lo importante era el correo de la gente de San Telmo y de los negocios de San Telmo y de la gente de fuera de San Telmo, aunque muy poca gente escribía a los de San Telmo, si no era desde la administración.

La administración…

Simón se recompuso como pudo.

Tiró bien de los faldones de la camisa azul, que siempre, delgado y alto como era, llevaba por fuera. Se alisó bien las arrugas, a puro palmetazo las alisó. Se sacudió la tierra.

Un día se iba a enterar Loli. Un día iba a ver. Un día que tuviera más tiempo.

Simón llevó la mirada a la espesura, al lugar del que creía proceder, donde creía que estaban el claro, los niños, las bicis y la falta −inaceptable− de respeto que había sufrido. Un día iba a ver Loli, como volviera a llamarle «cartero» así, con tonito, a ver si se pensaba Loli que no se había dado cuenta. A ver si se creía que era tonto.

Un día iba a ver.

Un día...

Simón decidió que lo mejor era proseguir la ruta y dejar de darles vueltas a las cosas, a veces pensaba demasiado, le había dicho su madre, a veces daba círculos y círculos alrededor de las cosas y todo eso. Lo mejor era seguir. Por mucho espanto que le inspiraran aquella casa y su dueño.

Ya era un adulto, ¿no?

Se iba a enterar quien fuera, como le tocara las narices. Se iba a enterar don Manuel, si le buscaba las vueltas, de lo que era ponerse inestable.

VI

El niño guapísimo irrumpió en la iglesia, alarmado, sudoroso. Recorrió con la mirada los escaños de madera hasta reconocer en la penumbra la figura del padre Consuelo, que había estado encerando los bancos y ahora, aún agachado, lo miraba con prevención.

−¡Padre! ¡Padre! −gritó el niño.

−¿Qué quieres, Loli?

−¡Tiene que venir conmigo, padre! ¡Antes de que sea tarde!

−No pienso ir a ninguna parte.

−Tiene que venir conmigo. Mi papá...

El padre Consuelo (Sebastián) no mostró la menor curiosidad por lo que el niño fuera a decirle. Simplemente se incorporó. Con el trapo en la mano.

−Papá está... −continuó el niño, que enseguida cambió de expresión, como si se le hubieran pasado las ganas de seguir con aquello.

El padre Consuelo alzó las cejas y las dejó levantadas un buen rato para mantener la pelota en el alero de Loli.

—Mi padre me da igual —admitió el niño.

Consuelo dio unos pasos hacia él sin apenas darse cuenta. Aquella gente era así. Magnética.

—¿Qué buscas, Loli? —preguntó Consuelo mientras se limpiaba las manos con la parte seca del paño—. ¿A qué has venido?

—No estoy seguro, Sebastián. Las cosas cambian rápidamente.

—¿Qué cosas?

—Las cosas, Sebastián. Las cosas. Las que sean. ¿A ti qué te importa, Sebastián? ¿Es verdad que no le has dejado cantar a mi hermana?

El padre Consuelo no respondió.

—Eso está muy mal, Sebastián. Pero que muy mal. Mi hermana no es como los otros.

—Como los otros ¿quiénes?

—Mi hermana es una persona estimable. ¿Qué te parece, Sebastián, que diga estimable? Mi hermana es un ángel, Sebastián, un animalito muy delicado. Con sentimientos y todo. Y llegas tú, Sebastián, y no la dejas cantar. ¿Y por qué, Sebastián, por qué? ¿Te lo pidió de malas maneras?

El padre Consuelo negó con la cabeza. No quiso hacerlo, pero lo hizo. La mirada de Loli era profunda.

—¿Se comportó de forma desagradable, Sebastián? Estoy por asegurar que no. Estoy, Sebastián, por jugármela. ¿A que no fue desagradable?

Esta vez el cura logró quedarse quieto. El niño sonrió, aparentemente complacido.

—Muy bien, Sebastián. Muy bien. Qué pena que pase el tiempo, ¿eh? ¿Te acuerdas de cuando aún era así? —Loli dejó caer el brazo izquierdo y puso la palma paralela al suelo—. ¿Te acuerdas de cuando ibas y me aupabas? —Loli sonrió un poco—. Eso no pasó, ¿verdad? Nos acordaríamos los dos. Me lo estoy inventando, Sebastián.

El padre Consuelo miró alrededor, tal vez asegurándose de que Loli no tuviera compañía, tal vez sopesando una posible salida. Tal vez sólo buscara la mirada de la Virgen, policromada, comprensiva.

—¿Y yo, Sebastián? —continuó el niño—. ¿Puedo cantar un poquito yo? Me gustaría. Yo también me sé muchas canciones, a lo mejor puedes acompañarme con el órgano. Canciones, por ejemplo, de anuncios. ¿Tienes tele, Sebastián?

El cura, que sonreía frente a la talla de Nuestra Señora del Cerro, se topó, al girarse de nuevo, con los ojos amarillos del niño.

—No pienso acompañarte, Loli.

—Vendrás.

El padre negó, sereno. La Virgen lo había reconfortado. Sabía que todo acabaría pronto.

—¡Vendrás, Sebastián!

—No.

—¡Vendrás!

—No pienso hacerlo.

—¡Vendrás! ¡Vendrás! ¡Vendrás!

Loli extendió la lengua partida, que se desplegó como un matasuegras de carne, y, dejándose caer, sin protegerse con los brazos siquiera, golpeó el suelo en dos tiempos, ¡pum, pum!, silbando y alabeándose sobre la madera vieja.

—Vendrás, Sebastián. Vendrásss.

Loli, sin parpadear, reptaba en dirección al cura, que recuperó como pudo la escoba y, con inesperada agilidad, se encaramó a uno de los bancos, dispuesto a todo.

El niño cambió de dirección.

Consuelo, lejos de arredrarse, avanzó hacia él, presto a usar la altura a su favor.

Loli levantó el torso para mejor enfrentar al padre, quien se puso a golpearlo con el palo, que era de los gruesos.

Por algún motivo, fue al cura a quien le apeteció cantar ahora, alto y con vibrato. Sonaba casi a latín, pero era italiano.

Loli se incorporó un poco más y se echó a reír con desenfado. Todo era, después de todo, una gran broma. (Se agitaba como podía para evitar los golpes).

El cura cambió de postura. Sin dejar de cantar (¿un himno?, ¿una marcha militar?, ¿un salmo?), le cruzó la cara al niño con el mango de madera, a dos manos, infligiéndole una herida horizontal de la que al instante empezó a brotar sangre.

—¡No pienso acompañarte, Loli! —gritaba al batearlo el cura, como podría haber gritado: «¡Triple!».

El niño reía y reía.

El cura cantaba y cantaba.

Consuelo se proyectó hacia atrás, volcó el banco sobre Loli, reteniéndolo por sorpresa. Luego volcó otro banco. Y luego un tercero, que acabó de aplastar al niño contra el suelo.

El cura lucía exultante. Jamás se había sentido tan fuerte ni con la mente tan clara.

Como en un juego de habilidad, el cura se dedicó a meter el palo entre los huecos que dejaban los bancos, hurgando en la piel resbaladiza de Loli, quien, incapaz de esquivarlos, parecía disfrutar. Hasta que encontró el modo de zafarse y, con un grito que removió el aire arcilloso del recinto, contrajo cada músculo del cuerpo y movió por sorpresa los bancos, que, como impulsados por una corriente subterránea, se alzaron varios palmos del suelo.

El cura dejó de cantar para concentrarse en mantener el equilibrio, con el palo bien sujeto.

Expectante.

Ni Loli ni él se movieron durante un minuto entero.

Entonces, el niño abrió la boca, convertida de repente en buzón —o, según se descubrió pensando el cura, en teleñeco—, y Consuelo volvió a cantar.

Con un aspaviento animal, Loli cargó contra él como un relámpago, salvando en un soplo las traviesas de madera, y desencajó aún más la mandíbula para engullirle el pie de un bocado.

No lo mordió, lo tragó sin más.

Hasta el tobillo primero. Hasta la pantorrilla luego. Hasta el muslo. La cintura de Consuelo, el vientre de Consuelo, el pecho de Consuelo...

El abdomen infinito de Loli, de piel elástica y brillante, se hinchaba como se hincha un globo mientras el cura se escurría en su interior, esófago abajo, empapado en jugos gástricos, sin dejar en ningún instante de cantar para conferirle cierta dignidad a la muerte.

Siete minutos después —cuando Consuelo dejó de agitarse—, se hizo el silencio.

VII

La forma sinuosa de la Casa House se asomó un poco más, casi incitante, a la puerta oxidada del porche (la semioscuridad del exterior parecía darle confianza). El señor Silla, por su lado, dio un paso atrás de forma inconsciente; y otros dos sabiendo lo que hacía.

—No se inquiete, señor Silla. No pienso salir. Aún no. No debe tenerme miedo.

—No le tengo miedo.

—Mejor.

El color del cielo iba pegándose al de los árboles, que borraban poco a poco sus perfiles.

El olor de los ruibarbos del otro lado de la valla acarició por sorpresa al señor Silla, haciéndole recordar de nuevo que estaba allí (a veces se olvidaba), como si el ambiente se hubiera aclarado un poco, o como si lo hiciera a ratos.

Recordó que buscaba una dirección. Para eso había entrado en la casa.

Recordó que había abandonado la carretera principal, y luego la comarcal, y luego la vía asfaltada, y luego la pista de tierra. De camino ¿adónde?

¿Adónde iba?

—¿Cómo se llamaba, señor Silla?

—Señor Silla.

—De nombre, digo.

—Señor Silla está bien. ¿Y usted?

—Muchos me dicen Manuel.

Al señor Silla Manuel le parecía un nombre demasiado corriente para aquel hombre mujer. Y así se lo hizo saber.

—¿Por qué no habría de ser corriente, señor Silla?

—Usted no es normal.

—No, ¿verdad?

—Pero eso no se decide, ¿no?

—Yo creo que no, señor Silla.

—Uno es normal o no lo es.

—Exacto, señor Silla. Muy bien.

—Yo soy normal, por ejemplo.

—Ya lo veo.

—No crea que me avergüenzo de ello.

El señor Silla volvió a mirar al cielo mientras, con la yema del pulgar, se golpeaba el pantalón siguiendo un ritmo ternario que sólo él podía oír. Luego se apretó los dedos hasta dejarlos bien blancos.

—¿Está acordándose de alguien? —le preguntó Manuel.

—¿Cómo dice?

—¿Está acordándose de alguien, señor Silla?

—No. —El señor Silla no entendía la pregunta—. Estaba mirando al cielo.

—Me habré equivocado, entonces. —La forma sinuosa se rio, percutiendo, al hacerlo, la glotis. Lo que resultaba raro en una figura tan afectada.

El batín de seda reflejaba los últimos rayos del día.

—No debería haber venido, señor Silla.

—No era mi intención hacerlo.

—¿Adónde iba, entonces?

—No lo recuerdo.

Manuel sonrió tras el batiente, como si esa fuera la respuesta que esperaba.

—Ahora vendrá alguien, señor Silla —susurró—. Tenía usted mucha razón.

—¿Quién?

—Un pobre hombre, da igual. Un cualquiera, señor Silla. Alguien más normal que usted.

—¿Por qué me lo cuenta?

—Por nada. Porque voy a comérmelo. Por eso le decía.

—¿Cómo ha dicho? —El señor Silla no estaba seguro de haber entendido bien.

—«Por nada», he dicho. Y luego que voy a comérmelo.

—¿Va a comérselo? ¿Con qué? ¿Por qué? —No sabía por qué había preguntado «con qué».

—Porque yo soy así, señor Silla. Y para no comérmelo a usted.

—¿Tiene que comerse a alguien?

—Cada uno es como es; lo entiende, ¿verdad, señor Silla?

—Creo que no.

—Es difícil de entender, supongo.

—¿Por qué va a comérselo? —insistió el señor Silla—. ¿Con qué? —No sabía por qué seguía preguntando eso.

—Para no comérmelo a usted, le he dicho. ¿No le vale esa respuesta? ¿No se alegra?

—¿Por qué habría de alegrarme?

—Yo me alegraría, creo.

—¿Iba a comerme a mí, entonces? ¿Ya no va a comerme?

—Ya no.

—¿Con qué iba a comerme a mí?

—Es usted muy agradable, señor Silla. Menos mal que no se ha encontrado con mi hijo. Es muy especial mi hijo. Crecen tan rápido… Me gusta usted, señor Silla.

En la opinión del señor Silla —casi siempre moderada—, las palabras de Manuel escondían demasiados sobreentendidos; le costaba seguir el discurso.

Empezaba a marearse.

—Me gusta usted, señor Silla —repitió Manuel—. Me cae muy bien. Me cae estupendamente.

—No me conoce.

—Más a mi favor. Aunque debo de haberle conocido alguna vez. En el pasado.

—Me acordaría.

—Tal vez sí. El cuerpo se acuerda siempre de esas cosas.

En las ramas de los árboles batían las alas las abubillas, mientras del estanque cercano se escapaban las quejas de un millón de somormujos. Nada era silencioso en aquel lugar.

—Una cosa, señor Silla. Cuando me coma al pobre diablo, es importante que no se mueva.

—¿Con qué va a comérselo?

—Es importante que se esté quieto. Él sí va a moverse, ya se lo adelanto. Siempre es igual. Él va a hacer todo lo que pueda por seguir vivo.

—¿Aquí no hay policía?

—Sí. Pero como si no la hubiera. San Telmo es un lugar extraño, ya lo verá. Es especial. Retirado. Si se queda por aquí ya se dará cuenta.

El señor Silla trataba de imaginarse al hombre que Manuel decía que iba a comerse. ¿Sería alto, cojo, obeso? ¿Le gustaría el cilantro? ¿Le gustaría el fútbol, sería paciente?

¿Sería un hombre malo?

—¿Merece acabar así? —preguntó el señor Silla.

—¿Quién? ¿El hombre normal, dice?

—Sí.

—¿El pobre diablo?

—Sí.

—Claro que no. No, no, de ninguna manera. —Manuel espantó con la mano la que sin duda era para él una idea tonta—. Cuando se come usted un ratón, señor Silla, ¿es porque el ratón se lo merece?

—Yo no como ratones.

—Yo sí.

—¿Con qué? —preguntó el señor Silla.

—De ningún modo, señor Silla, no se lo merece en absoluto. Es un pobre hombre, nada más, ya se lo he dicho. —La voz de Manuel volvió a hacerse femenina–. Deje de pensar, señor Silla, ¿quiere? No piense tanto. A veces no hay que pensar tanto. Mejor él que usted, ¿no cree? Piense en eso, confíe en mí. ¿Sabía que es usted muy atractivo?

—¿Cuándo va a venir esa persona?

—Pronto.

—¿Cuándo va a venir?

—Está al caer.

—¿Debo verlo yo?

—¿El qué?

—Todo. Cómo se lo come. ¿Tengo que verlo?

—Sólo si quiere.

—¿Sabe él que quiere comérselo?

—Se lo he dado a entender muchas veces. De muchas maneras.

—Entonces, ¿por qué viene?

Manuel se encogió de hombros.

—Porque es el cartero –respondió.

—No sé si quiero verlo –insistió el señor Silla.

—No importa lo que quiera, señor Silla. Lo verá igualmente.

—A veces importa.

—A veces no.

Manuel se encogió de hombros.

VIII

Si quiero, regreso y ya está, pensaba –y pensaba– Simón. Y a ver quién me dice que no, pensaba. Si quiero, me doy la vuelta, voy donde los niños y ya. Cojo la bici y me voy. Y que me digan algo.

Simón tendía a la rumia, pero también a las emociones confusas, a menudo desligadas de las causas, o mal identificadas. Cuando Simón se enfadaba podía creerse pesaroso. O cuando desconfiaba de alguien podía suponerse cansado. Podía enfadarse con su madre pero gritarles a las tortugas, o sentirse feliz y arropar a su madre con cuidado, para que no se le enfriaran las piernas cuando la sacaba a pasear en la silla de ruedas.

Ahora creía estar sereno, pero seguía furioso con Loli y alerta con el mundo en general, al que sentía desagradable y hostil. Si alguien tenía en mente buscarle las cosquillas, aquel no era el momento, por eso las ardillas no le salían al paso y los pájaros –aunque Simón no lo supiera– desviaban, al sentir su presencia, el vuelo.

La Casa House asomaba ya al final del sendero, o al final del final del sendero, según se mirara, porque el sendero había cambiado muchas veces de aspecto y no había nada más detrás de la Casa House.

Allí acababa el mundo.

Simón retuvo el paso. Una parte de su mente trataba de convertir el temor en recelo –o en prudencia, al menos–, pero esta vez no pasó, no había confusión posible. Las emociones estaban por una vez claras. Lo que sentía era sólo miedo.

Tener miedo es normal, ¿no?, se repetía para darse ánimos. A veces, por lo menos, se repetía, cuando la gente no se comporta bien, se repetía, cuando la gente es cruel porque sí, cuando es desconsiderada porque puede, o porque le da la gana, o porque no pone esfuerzo suficiente en no serlo.

A Simón le pareció atisbar una figura a unos veinte metros del porche, junto a la valla que cerraba el lindero, un hombre era, ¿no?, con traje y corbata, era, y ¿un cigarrillo, era? Desde ahí parecía un cigarrillo, desde luego, al final de la mano del hombre, con la punta naranja y todo.

Era raro ver a alguien fumando en la Casa House, con lo que le molestaba el humo a don Manuel (a quien sólo su madre, la de Simón, llamaba don Manuel y, por lo tanto, él mismo, que siempre hacía caso a su madre). Don Manuel podía pasarse horas y horas bajo el sol junto a aquel porche, casi siempre a solas, a veces con su hijo –horrible horrible, se recordó–, para desperezarse, explicaba don Manuel, para recuperar fuerzas, explicaba, porque el sol le daba energía, le daba vida, explicaba. Le hacía coger, explicaba, el tono. Así que don Manuel no dejaría nunca que nadie fumara allí, ¿no?, no en su propia cara, ni que hiciera ruido ni nada. Ni siquiera Loli se atrevería a fumar en su presencia.

Niño horrible. Horrible.

¿Quién era aquel hombre, entonces, que podía fumar allí sin que le dijeran nada? ¿Sería también un hombre malo, como casi todos allí? Porque en ese bosque todos eran malos, ¿no? O casi todos. ¿Se burlaría también de él aquel hombre malo malo, igual que hacía don Manuel, o como acababa de hacer Loli? ¿Le llamaría también «cartero» como el niño horrible horrible, como si fuera tonto de remate, como si no se diera cuenta de nada y todo eso, como si fuera retrasado o algo?

Simón cogió una piedra del suelo.

Ahora el hombre tiraba el cigarro, ¿por qué no le reprendía don Manuel, que era tan ordenado? Aquello tenía que ser muy serio. Tiraba el cigarro allí mismo, delante de sus narices, junto a las hojas secas. ¿Por qué le dejaba don Manuel? Don Manuel no toleraba esas cosas, ¿no? A él nunca se lo habría permitido.

¿Sería una trampa, entonces?

¿Querría don Manuel volverle loco? ¿Era eso? ¿Estaría todo preparado? ¿Sería un teatro para él? ¿Querría don Manuel que se hiciera muchas preguntas y todo eso, así, a toda prisa, que tuviera el cerebro así, a toda máquina, echando humo y todo, para que no se enterara de lo que pasaba, para que no se diera cuenta de que todo estaba a punto, de que todo estaba listo?

IX

—Mire. Allí está —le dijo Manuel al señor Silla mientras echaba a andar—. Se llama Simón, me parece. Simón algo. Es un buen hombre. Un poco lento.

—¿Tiene que matarlo seguro?

—Quédese ahí, ¿quiere?

—¿Con qué se lo va a comer?

—Quédese quieto.

Hay días normales y días extraños, pensó el señor Silla sin moverse del sitio, hay días en que habría sido mejor no haberse levantado, días que se salen del termómetro.

La primera luz de la luna reveló al cielo de San Telmo el semblante bellísimo, casi esculpido, de Manuel. El rostro de un semidiós, pensó el señor Silla. Un rostro griego. Porque, al dejar la puerta atrás, al descender del porche, cuando la suciedad del cristal dejó de interponerse entre él y el mundo, lo que el señor Silla contempló fue la mirada cetrina, pero cegadora y letal, de un hombre irracionalmente guapo, seductor hasta lo inconcebible. Con el pelo —a pesar de su juventud— blanco como la nieve (al señor Silla no se lo había parecido tanto a la sombra del porche).

Manuel no tenía sesenta años, después de todo, o había rejuvenecido en un momento, ¿era eso posible? Seguramente sí. No pasaría de los cuarenta, pensaba el señor Silla, tal vez de los treinta, mientras lo veía enfilar el camino de tierra en dirección al cartero.

Tal vez no tuviera edad.

Lo demás pasó muy rápido.

Manuel le dijo a Simón:

—Eh, tú. Ven aquí, cartero.

Y Simón simplemente se cansó. Llevaba mucho encima.

El señor Silla apenas fue capaz de interpretar la situación, no al menos mientras sucedía. La entendió un poco después, cuando todo había pasado.

La entendió haciendo memoria.

Un destello plateado, que resultó ser el eco del brazo del cartero, describió un arco exacto cuando la esfera del reloj le devolvió al cielo uno de sus rayos de luna.

Luego se oyó un grito sordo. «¡Ay!». O: «¡Um!». O: «¡Auh!». Algo apagado.

Y luego el señor Silla vio a Manuel caer al suelo.

Y luego vio la sangre.

Y luego vio cómo el cartero abría la mano y se la llevaba a la boca, como para tragarse un grito, y dejaba caer la piedra.

Y cómo volvía la vista atrás.

Y cómo salía de allí corriendo, con el rostro demudado, abandonando en el suelo un cuerpo perfecto.

Y entonces, con la muerte de Manuel, regresaron los sonidos. Los pájaros y lo demás.

Y luego regresaron los recuerdos:

Alicia —en quien ya no pensaba nunca—, que nunca lo quiso.

Y su padre abogado.

Y su abuela grande y terrible.

Y luego recordó su reciente viaje en coche, para visitar, después de todo, a un cliente; un asunto de ganado, una formalidad rutinaria, cosas de abogados.

Un aburrimiento.

Y cómo el coche se las había arreglado para salirse del camino por su cuenta, porque así debía ser. Uno no puede decidirlo todo.

Y recordó dónde había dejado el coche, no muy lejos de allí, al borde del camino, debajo del sicomoro.

Y recordó que no le había dicho a nadie dónde estaba ni adónde pensaba ir, ni siquiera en la oficina, porque pretendía regresar temprano después de comerse un bocadillo de ternera donde los griegos, en ese bar tan normal que llevaba allí desde siempre, detrás de la iglesia vieja, una iglesia muy bonita y triste, austera, se decía ahora, como le gustaban a él las iglesias, aunque no fuera muy creyente. A menudo se detenía en aquel lugar en algún viaje corto, donde los griegos primero y en la iglesia luego. Para pensar en sus cosas. Allí se estaba bien, nadie lo molestaba a uno, nadie le hacía preguntas. Lo dejaban a uno en paz.

Nuestra Señora de algo.

Y de repente tuvo muchas ganas de comerse aquel bocadillo.

Muchísimas.

Así que el señor Silla, con esa hambre inaplazable que no
sabía que tenía —aunque sentía la boca pastosa y suponía que
el aliento no debía de olerle muy bien—, se subió a su Skoda
verde botella, que tenía que tener gasolina de sobra, y marcó
en el GPS —porque también tenía GPS— el nombre del local
de los griegos.

Y ya no pensó más en Manuel, ni en Alicia (¿se llamaba
así?), ni en aquel pobre diablo que ni siquiera sabía que acababa de salvar la vida, a quien pronto encerrarían o algo peor
en alguna parte, porque el mundo es un lugar terrible.

Ya no pensó en aquel vestíbulo oscuro donde seguro que
seguía haciendo frío, y que a esas alturas mediría lo mismo
que una caja de zapatos.

Pensaba sólo en el bocadillo, pensaba en la ternera de los
griegos, que se deshacía en hilillos con sólo mirarla, bañada
en salsa de yogur y pimentón, pensaba en los pimientos verdes, en la capa fina de mayonesa, en las dos mitades de pan,
bien calentito y crujiente, por la plancha, cortado a cuchillo
por la mitad. Pensaba en la cerveza fría, en la jarra recién sa-
cada de la cámara, con la marca serigrafiada en el vidrio.
Pensaba en las servilletas del bar, impermeables todas, perfectamente inútiles. En las sillas rojas de plástico de Coca-Cola
de la terraza de fuera. En el ruido del televisor, que tampoco
molestaba tanto. En el rugido de los camiones furiosos al
enfilar la carretera y sacudir el suelo frente al bar. En su rumor animal al detenerse.

Y, al contrario que Simón, no volvió la vista atrás.

Y no volvió a pensar nunca en la gente serpiente.

AGOSTO Y EL AUTÓMATA

Hay brisas y brisas. Está la brisa matinal, que aún arrastra como un eco el frescor de la noche, y está la brisa vespertina, que lo preludia. Y ya. Lo demás son corrientes de aire. Las brisas, por descontado, pueden ser alabeadas o circulares, en zigzag o en línea recta (las menos, a pesar de las apariencias; siempre hay una curva final que lo arruina todo), se dan sólo en primavera y verano, más en este que en aquella, y, como en primavera no llaman la atención porque nada en principio arreglan, sólo las del verano sirven. Así de complicadas son las brisas.

Eso mismo, aunque con otras palabras, pensaba al levantarse Agosto, la hija del herrero, que tenía nombre de mes pero en realidad se llamaba Agustina, lo que sólo funciona en Zaragoza y, si acaso, en Reus, pero no en el Bierzo, que es donde ella vivía, en una fragua caliente (la de Compludo no, la otra), o encima, a mediados de agosto precisamente, en una de esas mañanas en que el aire no quiere moverse pero se mueve, impulsado por el aletear de los pájaros y el puro deseo de los bercianos, que a veces miran al cielo como si estuvieran pensando en hacerse una cometa.

Agosto era una niña prudente y seria, lo que lejos de contener su imaginación la ordenaba. Su pensamiento era libre y metódico; ancho, pero encauzado; no se perdía en frivolidades. Si pensaba en desayunar, imaginaba un desayuno frondoso y específico con leche pasteurizada de cartón (a pesar de ser de aldea y al contrario que a los toros, no le gustaba el sabor a vaca), yogur cremoso, arándanos aún húmedos de rocío y una magdalena grande. Y se ponía a ello. O se imaginaba un vestido verde con mucho vuelo, para cuando quisiera girar y girar sin distracciones, y, lejos de conformarse con cerrar los ojos y flotar sobre laderas inventadas, los abría de par en par y se hacía uno allí mismo con las sábanas, o se lo compraba en China por Amazon y, con algo que sobrara de la herrería, le plomaba un poco el dobladillo. Y así. Una imaginación ordenada puede conseguir muchas cosas.

Agosto tenía, por gusto o accidente, una bicicleta, un cajón lleno de grillos, una caja de lata con nada, un montón —pero un montón— de acuarelas, un cubo de Rubik blanco que se había hecho ella misma y que estaba siempre resuelto, una máquina de movimiento perpetuo que se paraba a las dos horas o así y un abrelatas. Eso en la habitación. En la fragua tenía un rincón para ella sola que empezó siendo una mesita y que su padre, a golpe de yunque y tolerancia, había dejado que le fuera ganando terreno al local, porque a Agosto no se le podía decir que no; o se podía, pero no por mucho tiempo. Allí, de espaldas a las ollas y a las armas de templario que su padre fabricaba, se hacía Agosto sus propios amigos, porque Agosto, que era espabilada y buena y tenía más de diez virtudes (era, por ejemplo, generosa), no tenía amigos, amigos de verdad, un poco por el carácter, un poco por la falta de tiempo (Agosto estudiaba mucho y pasaba el resto del tiempo repasando) y un poco por la distancia a la aldea, que estaba abajo, muy abajo, detrás del bosque de abedules, detrás del río, detrás del hayedo y el castañar, delante de los tejos, donde los robles y los fresnos, un poco más cerca en verano y un poco más lejos en invierno. Así que Agosto, mes a mes y estación a estación, se había ido haciendo un perro para ella, una niña ucraniana, un mirlo, un pescador de barbos, un chaval de gafas sin nada que decir, un gnomo, una pera y un rododendro, todo de metal y tuercas y cuerdas y lastres y levas, todo hecho por ella sola, sin ayuda de su padre, que recelaba de su condición demiúrgica pero también callaba, dividido entre el orgullo y el miedo, poco dado a la confrontación desde la muerte de su esposa, que un día se cayó de una roca a otra y dejó medio huérfana a Agosto y viudo del todo al herrero.

La cosa es que Agosto —que era, como digo, espabilada— decidió una noche de insomnio que lo que de verdad le apetecía era volar. Más todavía que tener amigos, más que andar rápido, más que comer todo el chocolate que quisiera. Volar, así, como suena. Volar por encima del Bierzo, por encima de la provincia de León y por encima de España entera (con Francia no se atrevía, por si allí volaban de otra manera). Volar como vuelan las gaviotas, o como vuelan los estorninos, las urracas y los colirrojos de las Médulas, por decir algo, pero más bajito y más despacio, con más juicio; Agosto era, insisto, prudente y gustaba de marcarse metas, pero también en lo posible de acercarlas (Agosto era soñadora y realista, las dos cosas); buena conocedora de sus límites, los extrapolaba al mundo, al que demandaba lo justo, o eso pensaba ella, que tenía la equidad por cuarta o quinta virtud. Pero Agosto sabía también que volar no se podía, y que hacerse una máquina que lo hiciera excedía sus posibilidades, por mucha compañía mecánica que hubiera inventado ya, así que, como también era práctica, decidió que tenía dos opciones: o se ponía a estudiar veinte años de su vida, diez horas al día o más, hasta saberlo todo sobre aerodinámica, materiales y mecánica de fluidos, o se construía un autómata que lo aprendiera todo por ella en la mitad de tiempo y que estuviera al día, a ser posible, en lo de las restricciones ambientales, la sostenibilidad y el ruido, porque ahora en Europa —leía— miraban mucho lo del ruido, y ella —se decía a sí misma, un poco altiva y un poco haciéndoselo— no tenía tiempo para tonterías.

Lo que Agosto se propuso fue, entonces, inventarse un inventor. Que se inventara a su vez un aparato volador capaz de salir airoso de situaciones complicadas y que no necesitara más impulso que el del arrojo de Agosto, que hasta entonces había impulsado de maravilla cuanto se había propuesto.

Así que una mañana de agosto, una mañana sin brisa, Agosto bajó a la fragua de su padre y se puso a diseñar un autómata, al que llamó Jesús Javier antes de imaginarse cómo sería, para no planificar en abstracto y conferirle desde el principio una personalidad concreta. Tomó un lápiz de los buenos, un papel tirando a grande, una regla normal, un compás, una goma, un subrayador, y comenzó a dibujar rectas y círculos hasta que le salió a Agosto un señor con el cuerpo de su padre y la cara de Porfirio Díaz, el presidente de México, que murió en París aterrorizado por todo tipo de visiones a los ochenta y cuatro años.

Replicar el cerebro humano a base de engranajes y cigüeñales es difícil, pero no imposible, sobre todo para Agosto, que siempre sabía encontrar claros en la espesura. Lo difícil es el cuerpo. Para replicar un cerebro funcional bastan doce ejes, treinta y dos ruedas dentadas, dos correas o cadenas, según (una grande y otra pequeña), y una única palanca para elevar con un gesto la capacidad de atención del autómata cuando decae el estímulo. El resto son tensores, tirahilos, un devanador, ganchos, un batidor de varillas y una paleta mezcladora. El cerebro humano es simple si se reduce a lo esencial, que es jugar al ajedrez, razonar sin distracciones y mirar de cuando en cuando qué tiempo hace.

El cuerpo es otra cosa.

Para replicar un cuerpo hacen falta tal cantidad de poleas, bielas, pernos y electroimanes que impulsen los miembros, tanto anclaje, tanta agua, tantos volantes, vástagos y ruedas de escape, que la mayoría de inventores se conforman con producir una cabeza parlante, que es lo que tendría que haber hecho Agosto, como enseguida veremos.

La cosa empezó con un simple desacuerdo:

—Hola, Agustina.

—Hola. ¿Hablas ya?

—Parece que sí.

—No me llamo Agustina.

—Sí que te llamas, sí.

—¿Sabes ya diseñar aviones?

—Casi. Tengo una lista de cosas que voy a necesitar.

—¿Son caras?

—No lo sé.

—No me llamo Agustina.

—Sí.

—A ver, ¿qué cosas?

—Te lo he escrito todo aquí.

—¿Sabes ya escribir?

—Parece.

—Me gusta tu voz. ¿De quién es?

—Es voz de sabio. Voz de sabio en general.

—Pues me gusta.

—Muchas gracias, Agustina.

—No me llamo Agustina.

—Que sí.

—No sabía que tenías la capacidad de hablar, no lo tenía previsto.

—He puesto un poco de mi parte.

—Bien hecho.

—Gracias.

—Muy larga la lista, ¿no?

—Un poco.

—¿Lo necesitas todo?

—Si quieres volar, sí.

—Pensé que te llevaría diez años. Te ha llevado una semana.

—He tenido suerte.

—¿La suerte del principiante?

—Será.

—No me llamo Agustina.

—Bueno.

Así que Agosto tomó la lista (principalmente madera de balsa, telas de distintas clases, cosas de ferretería, gasolina), le recordó una vez más al autómata que no se llamaba Agustina y bajó al pueblo a toda prisa pero evitando minuciosamente dar saltitos, porque, por muy buen tiempo que hiciera y por luminoso que fuera el día, a los trece años recién cumplidos ya no era ninguna niña.

El resto transcurrió más o menos como tenía que transcurrir y como la propia Agosto habría anticipado de no haberse centrado tanto en los fines y tan poco en los medios. Porque una tarde de finales de verano en que soplaba el solano y el aire olía a limones, la tarde de un día de agosto que Agosto había pasado con su padre en Villafranca comprando provisiones, vasos, un libro de arte rupestre y cachivaches para la herrería, Agosto, sacudida por una intuición, regresó a la carrera a su taller, donde, en lugar de a Jesús Javier, se encontró una nota. Que decía:

«Querida Agustina. ¿Cómo estás? Espero que bien, al recibo de la presente. Tenía una cosa que contarte». (La letra de Jesús Javier era impecable, pero su prosa estaba aún en desarrollo). «Te preguntarás por qué te escribo. Pues bien, Agustina, pues bien, no sabría por dónde empezar. Déjame decirte ante todo que me siento agradecido por que me hayas dado la vida y la oportunidad de sentir. Ha sido un detalle, Agustina. Pero me di cuenta muy pronto de que, con la capacidad de razonar, llegaba de golpe el albedrío, y con él cierta atención por uno mismo que ha ido imponiéndose poco a poco al deseo, Agustina, de complacerte. Entiéndeme bien, Agustina, no es que no quiera verte feliz ni pretenda rehuir mis obligaciones; he perseverado mucho, ya lo sabes, en ese tonto empeño tuyo de inventar una máquina unipersonal de vuelo; he hecho al respecto, ¿cómo decirlo?, grandes progresos. Ha sido una semana notable. Es sólo que, conforme avanzaba en el conocimiento de los tornillos helicoidales y los rotores, los ornitópteros y las alas, conforme iba aprendiendo a usar con provecho las masas y corrientes de aire, más me apetecía volar a mí y menos que lo hicieras tú, si eso había de retenerme aquí, en esta fragua tan bonita y cálida pero tan —y de tantos modos— estrecha. Así que, a sabiendas de lo objetable de mi decisión última, que cuestiona en apariencia la gratitud que decía sentir al principio...» (la prosa de Jesús

Javier mejoraba por momentos) «… he decidido acabar el aparato, montarme en él en cuanto sople el viento y marcharme planeando de aquí, para vivir aventuras. Hay dos brisas buenas, Agustina, no sé si lo sabrás, y tengo la intención de aprovechar la primera que se presente. Te dejo sobre la mesa un plano detallado del ingenio que tanto ansías poseer y que más, aun sin saberlo, ansiaba poseer yo, ingenio al que aún no he puesto nombre por falta de aptitud y tiempo. Si decides construirte uno para ti, o que lo haga el chaval de gafas que tan admirablemente te has hecho —que hablar no hablará, pero que, por lo que he podido observar, es muy bueno con las manos—, te cedo los privilegios de su potencial patente y te dejo como único encargo, sabedor de no tener derecho a nada, que el nombre que finalmente le des me recuerde de algún modo».

El autómata se despedía luego con dos o tres formalidades que no recogeremos aquí por sentido natural de la economía, y remataba con una extraña firma que parecía haber sido trazada de derecha a izquierda y de abajo arriba, lo que no mejoró —ni empeoró— el ánimo de Agosto, que ya jugaba en su cabeza con nombres como el miseragiro, el traidomotor o el gusanohélice.

La cosa es que Agosto, a quien llevó siete días perder la fe en el género mecánico, pero que había aprendido a cambio una lección valiosa, se quedó contemplando desde la ventana la columna de humo negro que, a menos de medio kilómetro, disipada por la misma brisa que había propiciado la huida del autómata, manaba de un roquedal rodeado de altísimos pinos. Y, con mirada fría y determinación de adulto, guardó a buen recaudo los planos que Jesús Javier le había dejado (necesitados, por lo visto, de ajustes), subió sin darse prisa al cuarto de planchar, junto al trastero, sobre la cocina, debajo del desván, al lado del dormitorio, entre el baño principal y la escalera, alisó y se puso el vestido verde con el que pensaba girar como un derviche en media hora aproximadamente —dependía del terreno, pero pensaba llevar botas—, y le preguntó a su padre, sin pestañear siquiera, que dónde había dejado la escopeta.

Y así concluyó Agosto, entre tornillos, matas, granito y musgo, su agosto accidentado, que había resultado también ser —en resumen y contemplado con distancia— esclarecedor y provechoso.

EL JURADO

El jurado no tendrá en cuenta el último testimonio. El jurado no tomará en consideración lo que ha escuchado. Aunque el jurado ha oído lo que ha oído y ha observado con claridad lo que ha observado, el jurado hará como que no lo ha hecho y su criterio no se verá por ello afectado. El jurado tomará en adelante sus decisiones usando de forma selectiva su conocimiento y establecerá conexiones neuronales nuevas que le permitan sacar las mismas conclusiones que habría sacado si no hubiera conocido lo que ha conocido por ser miembro del jurado. Que, a todos los efectos, no habrá conocido. Aunque forme parte del jurado. El jurado obviará sus prejuicios, ideas y particular experiencia, obviará sus desengaños, cuál es su equipo, su música predilecta y sus pasiones, obviará sus inclinaciones y debilidades, sus rencores conscientes e inconscientes. Obviará sus fobias y sus filias, confesas e íntimas, racionales e irracionales. Obviará cuanto de él sea o parezca propio, resulte privativo, sobresalga o se distinga de cualquier modo como individual o personal. El jurado no será singular en ningún aspecto. El jurado será objetivo. El jurado obviará sus sueños. Obviará sus deseos. Obviará sus aspiraciones. Obviará, si está a su alcance, que forma parte del jurado.

El jurado evitará familiarizarse con las generalidades formales del procedimiento y olvidará cuanto las anteceda. El jurado ignorará el objeto de la causa, las alegaciones de parte, el material probatorio, el propio lenguaje legal y el contenido mismo de las resoluciones, a las que se mostrará en todo mo-

mento ajeno en cuanto no sea razón de su labor en este juicio. El jurado negará la expresión plena de los principios
básicos procesales de inmediación y de la prueba formada con
fundamento en la libre convicción. El jurado excluirá de su
recuerdo la presentación —de producirse— de pruebas de carácter problemático o dudoso y de toda argumentación apa-
sionada contraria a sensibilidad o derecho. El jurado se man-
tendrá alejado de la publicidad y las muestras de oralidad de
cualquier clase. El jurado vivirá en reclusión y aislamiento e
ignorará cualquier forma de vida social, afectiva o comunica-
cional de carácter real o simbólico. El jurado vivirá en el
desierto, rigurosamente aislado, y se abstendrá de entrar en
contacto con otros semovientes, incluidos los irracionales,
hasta el inicio mismo del juicio.

El jurado borrará de su mente la última declaración y va-
lorará en adelante cuanta información le sea presentada sólo
si se desarrolla en los términos que la ley prevé y no viola,
dirige o condiciona la voluntad del jurado. Si el jurado es
informado por accidente de algo que no deba saber o que
simplemente resulte inadecuado o no haya sido debidamente
justificado, el jurado interceptará la información a la altura
del cuello, antes de que alcance el cerebro, y la devolverá de
inmediato a su origen sin reparar en pormenores. El jurado
dará la declaración por no recibida y por no comprendida.

El jurado será imparcial. El jurado será desapasionado. El
jurado será neutral y ecuánime. El jurado no tendrá meta,
finalidad o propósito, intención o fin, deseo, noción o destino. El jurado carecerá de ideales que expresar, compartir o
sentir. El jurado será virgen cualquiera que sea su edad. El
jurado será analfabeto cualquiera que sea su discernimiento.
El jurado será inmune a la tentación cualesquiera que sean sus
flaquezas y anhelos. El jurado será mudo. El jurado será sordo. El jurado será ciego. El jurado carecerá de pecado original y no tendrá ombligo. El jurado no tendrá sexo. El jurado
creará autopistas neuronales actualizadas, tan profundas como
le sea posible, que eviten todo eventual desvío e inutilicen

cualquier conocimiento adquirido con anterioridad. El jurado sorteará en todo momento el pensamiento lateral. El jurado ignorará la identidad de aquel a quien juzga. El jurado no sabrá quiénes son los demás miembros del jurado.

El jurado será voluntariamente sometido a una operación quirúrgica que trepane su corteza frontal y destruya sin extirparlas sus células nerviosas. Al jurado se le seccionará uno o más fascículos del lóbulo cerebral. Al jurado le será limada la superficie del hipocampo. El jurado será sometido a hipnosis. Al jurado se le practicará la ablación completa de los lóbulos temporal, parietal, frontal y prefrontal. El jurado será afligido y/o angustiado hasta ver confundidos y/o alterados sus sentimientos y percepciones. Será sometido a tortura. Será abrumado de forma impersonal. Verá destruida su conciencia. Será lobotomizado. El jurado aceptará una terapia regresiva a cargo del Estado que elimine de su mente recuerdos superfluos y convierta su inteligencia en un lienzo en blanco. El jurado recibirá duchas frías. Al jurado le será denegado el sueño y dormirá en un jergón de dimensiones reducidas en una habitación de dimensiones reducidas, con la luz siempre encendida. El jurado ingerirá aceite de mostaza, salmuera o materia fecal hasta que admita no haber visto u oído nada. El jurado será entregado al Departamento de Seguridad Pública para que su idoneidad sea o no reconocida y su competencia evaluada antes de proceder con su misión como miembro del jurado. Al jurado se le prohibirá sentarse. El jurado será atormentado. El jurado será privado de alimento y bebida. El jurado recibirá instrucciones en lenguas desconocidas y códigos indescifrables a cualquier hora del día y de la noche. El jurado será golpeado en el cuerpo con puños, pies, porras y palos. El jurado ingerirá drogas psicotrópicas que faciliten su labor cívica y garanticen el impecable desarrollo de su función de jurado.

El jurado empeñará su voluntad en asegurar el bien del proceso. El jurado recibirá la instrucción de morir sacrificado como aval último de prudencia. El jurado obedecerá de buen grado.

EL LIBRO

—Muy bien, Caracol y Gusano —dijo la señora Rata—. Lleváis siete meses de incógnito en cuarto grado, pegados a la pared norte del aula tres de educación primaria. Habéis demostrado ser discretos y sagaces, y comprender y recordar bien los conocimientos más intrincados, que hasta ahora nos habéis transmitido con efectividad. El Nido está complacido. ¿Tienes algo que decir, Gusano? Te noto inquieto.

—No, señora Rata.

—¿Y tú, Caracol?

—Tampoco, señora Rata. Es siempre un placer servir al Nido.

—¿Estáis preparados para el examen?

—¿Un examen, señora Rata? —preguntó Caracol.

—Al Nido, ya lo sabéis, no le gusta decir «interrogatorio». Tomadlo como un ejercicio. Un sondeo.

Caracol se removió junto a los líquenes de la caldera. Gusano, en cambio, se encontraba a gusto. Claramente, no compartía el recelo de Caracol.

—Habéis mostrado gran facilidad para resumir nociones matemáticas complejas y geografía avanzada. Caracol ha recogido conocimientos de física mecánica que ya estamos analizando, y los informes de Gusano sobre cultura clásica y francés son apreciados. Nos habéis trasladado arcanos del lenguaje que nos han sido útiles, y hasta consejos sobre calistenia que pronto empezaremos a aplicar. La mayoría, gracias a vosotros, sabemos hacer divisiones y analizar frases compuestas.

La señora Rata tomó un poco de aire.

—Nuestra cosmogonía —continuó («mitología», prefiere el Nido) es, sin embargo, aún pobre, y se beneficiaría de las verdades del hombre, si sois capaces de hacerlas comprensibles, especialmente para las arañas, que nunca entienden nada y esperan con impaciencia vuestro informe. Hablamos, huelga aclararlo, de la Verdad. ¿Quién quiere empezar?

Gusano y Caracol se miraron.

—A mí podría llevarme un rato —aclaró Gusano sin entusiasmo.

—Tenemos todo el tiempo del mundo —replicó la señora Rata—. No tengo ninguna prisa y estoy bastante segura de que las arañas tampoco. ¿Por dónde quieres empezar?

—Por el inicio —respondió Gusano—. Por el inicio de todo.

—¿Y tú, Caracol?

—Por la parte de la lluvia, si puede ser —dijo Caracol.

—¿Qué lluvia?

—Por lo del barco.

La señora Rata no sabía aún a qué barco se referiría, pero se removía de anticipación sobre los azulejos gastados del sótano de la escuela, aunque intentaba que no se le notara, lo que requiere una explicación: los roedores no acostumbran —o no acostumbraban entonces— a demostrar en público ningún afán de saber, si es que lo sentían; preferían comerse el papel a descifrarlo; pero ella era distinta, todo lo que despertara o satisficiera su curiosidad de rata le generaba un placer casi voluptuoso del vientre a la cola.

—Está bien, comienza tú —resolvió la señora Rata.

Gusano se arrastró hacia delante buscando una mejor ubicación sobre la aguja roja del calentador, o, para ser más precisos, sobre la esfera que la recubría.

Inspiró profundamente.

Y dijo:

—En el principio creó Dios los cielos y la tierra. Y la tierra estaba desordenada y vacía, y las tinieblas estaban sobre la faz del abismo, y el espíritu de Dios se movía sobre la faz de las aguas. Y dijo Dios: Sea la luz. Y fue la luz.

—¿Me estás tomando el pelo?

—Iba a añadir «tachán».

—No es suficiente, Gusano. Eso puede repetirlo cualquiera. Cualquier hormiga, cualquier culebra. Usa tus propias palabras.

—Iba a añadir «tachán».

—No pongas mi paciencia a prueba.

Gusano, a pesar de su juventud, sabía que no era buen negocio desafiar a una oficial del Nido, así que, aprovechando su estructura de anélido, distribuyó mejor el peso, carraspeó dos veces y volvió a empezar:

—El Edén, según he podido averiguar, no tiene una ubicación definida, aunque sí, por lo visto, precisa.

—No te entiendo, Gusano.

—Que no se sepa dónde está no significa que no esté en ninguna parte, señora Rata. En una parte bien concreta, si me lo permite, señora Rata, y en ninguna otra. El Edén está, pues, donde debe, que es: en su sitio.

—Y ¿cuál es su sitio, Gusano?

—En mis propias palabras: cualquiera.

La señora Rata frunció el ceño, pero prefería no dilatar el relato. Gusano era un narrador peculiar; sentía curiosidad por saber adónde iba.

—Edén era propiamente un lugar, por tanto. Un lugar muy concreto, decía. Y el paraíso en él plantado era, según he podido deducir, un huerto ubicado al este.

—¿Al este de dónde?

—Al este de Edén, se entiende, que no de aquel edén, señora Rata, pues Edén se asimiló, por lo visto, a paraíso como Imedio a pegamento.

—¿Cómo Imedio a pegamento?

—O Cello a cinta adhesiva —puntualizó Caracol, a quien nadie había dado vela en ese entierro.

—O Cello a cinta adhesiva —repitió Gusano—. Mejor ejemplo. Muy bien. Decimos «celo», ¿no? Todo producto que pegue tiende, por lo visto, a la asimilación.

—Que no es, al fin y al cabo —completó Caracol—, sino una forma de adherencia.

Gusano asintió.

Los animales del Nido podían ser muy ingeniosos y, en ocasiones, hasta sofisticados.

—«Y Dios plantó un huerto en Edén, al oriente, y puso ahí al hombre que había formado», dice el libro. —La señora Rata volvió a ponerse en guardia; podía admitir, como cualquiera, una cita o dos, y hasta paladearlas con gusto si eran pertinentes. Pero quería un informe, no una transcripción, el Nido era inflexible en eso—. «Tomó, pues, Dios al hombre —continuó Gusano— y lo puso en el huerto, para que lo labrara y guardase». Eso viene en el libro también, un poco más adelante. ¿Sigo?

—¿Se trata del mismo Dios que el nuestro? —preguntó la señora Rata.

—Yo creo que sí, señora Rata, yo creo que sí. De lo que se deduce, señora Rata, o eso creo yo, que Dios se hizo una alquería, o algo parecido, la resguardó del viento y, como propietario ocupado que al parecer era, se buscó un guardés. Con serpiente, por lo visto, y seguramente perro. Y si «que lo labrara y guardase» era su objetivo desde el principio, eso de que el Paraíso fue un recreo con frutas carnosas al alcance de la mano y que sólo la obstinación de la mujer, llegada al jardín por magia simpática, lo convirtió en jornalero, es necesariamente una exageración.

—¿Una exageración, Gusano? Hablamos de la Verdad y anhelamos conocerla. Cuidado con lo que dices.

—Los términos eran claros.

—Un momento, Gusano. Vas muy rápido.

—Es la felicidad simple —prosiguió Gusano— la que figura siempre en la letra pequeña, ¿no cree, señora Rata?

—No te sigo.

—Así lo entiendo yo.

—Gusano…

—Es decir, señora Rata: Dios plantó un huerto, puso al hombre al cargo y le dio derecho a descanso. Colocó a su lado una mujer bella, si es que hay humanos bellos, para que le dijera que ganaba poco y le hiciera sentir miserable y, ante la primera excusa (ante lo simplemente inevitable, señora Rata), los expulsó a los dos del Paraíso como se expulsa a un niño de la sala cuando quieren hablar los mayores. Y ya no les quitó el ojo de encima hasta el final de sus días, señora Rata, bien atento desde las alturas al espectáculo de varias generaciones entregadas por fuerza al incesto. ¿No es terrible? —La señora Rata no respondió—. De modo que Edén, señora Rata, que no «el edén de Edén», estaba en Edén, que es donde siempre había estado. Antes incluso de lo que debemos considerar una recalificación (legítima, señora Rata, aunque, a la vista de los resultados, apresurada). Y el edén de Edén estaba, por tanto, al este, pero no al este de todo, sino al este de Edén, solamente. Y al oeste, por tanto, de todo.

A la señora Rata empezaba a dolerle la cabeza. Caracol, en cambio, parecía interesado. Siempre había envidiado la prosodia de Gusano, que consideraba en general hipnótica, aunque ahora más que nunca.

—Y si al este de Edén todo era felicidad y ventura, en el este del edén de Edén, que algunos llaman «el Edén», sólo había tristeza, miseria y renuncia, tal es la importancia de un artículo, señora Rata. Un yermo árido y huero

¿«Huero»?, pensó Caracol, que no sabía qué era «huero».

—Un yermo desnudo —continuó Gusano como si hubiera oído sus pensamientos— donde el viento soplaba y sigue soplando justo al este del Este, donde el hombre plantó la realidad misma, señora Rata, a falta de jardines, y hasta inventó el fuego, para recalentar, digo yo, las cosas, y hasta el espejo inventó, para no llevarse a engaño. Justo donde el sol nace a diario y sale derechito al cielo, harto seguramente de tanto polvo y tanto vacío y tanta existencia y tanto denuedo.

«¿Denuedo?», pensó Caracol.

—En el oriente de Occidente, señora Rata —siguió Gusa-no—. ¿Se entiende por dónde voy? Donde la hierba deseca sin compasión el suelo para poder crecer ella. Donde el viento silba cuando roza el fuego de los incendios. Donde los pájaros callan por elemental prudencia, como hacemos tantas veces nosotros en el Nido. Al este de todas las cosas, señora Rata. Al este también, por tanto, del este del edén de Edén.

Caracol rompió a aplaudir hasta que la mirada de la seño-ra Rata le hizo recordar su lugar. (La señora Rata, que en parte se sentía exasperada, estaba también complacida, así que, como el Nido estimulaba la naturalidad pero no el exhi-bicionismo, se encontraba dividida).

—Está bien, Caracol. Ya hemos escuchado a Gusano. Es-pero que también tú tengas algo que contarnos.

Caracol, al contrario que la señora Rata, no esperaba nada de sí mismo, como tampoco de la prueba (o el sondeo) ni, a decir verdad, de la propia vida. No esperaba nada de nada.

Así era Caracol.

Pero se desplazó igualmente abriendo un carril viscoso en la herrumbre que el tiempo había ido acumulando sobre el calentador.

Después dijo:

—¿Le importa, señora Rata, si empiezo *in media res*?

—No me importa nada, Caracol. ¿Te importa a ti, Gusano?

—En absoluto, señora Rata.

—He estado practicando empezar *in media res*.

—Me parece muy bien, Caracol.

—¿Comienzo entonces?

—Cuanto antes.

—Muy bien, señora Rata.

Caracol cerró los ojos, que basculaban como podían sobre los tentáculos móviles (que algunos erróneamente llaman an-tenas).

Y dijo:

—Lo suyo, señora Rata, habría sido que Dios le hubiera dicho a Noé: «Os subís tú y tu mujer. Tú y tu mujer, os subís. Una pareja por especie, como el resto de los animales. Nadie más». Pero ¿hizo eso?

—¿Vas a hablarnos de animales, Caracol?

—Creo que sí, señora Rata.

—Está bien, Caracol. —La señora Rata estaba contenta. A la señora Rata le encantaban las historias de ratones. Y las de osos malabaristas que hacían el pino y alimentaban a sus oseznos boca abajo con pastas y té, y que, con su sagrada danza, producían energía para el bosque. Y las de águilas vigilantes con mal carácter y nutrias atrevidas, avezadas en la talla realista y el salto de longitud. Y las de pulpos pintores y las de llamas indiferentes y las de pájaros que esperan sentados en salas de espera—. Las cosas que aprenden esos niños —dijo la señora Rata—. Si nos dejaran, al menos, en paz… Prosigue, por favor.

—Noé se subió al Arca con su esposa —su estilo y el de Gusano eran muy distintos—. Y también, señora Rata, con sus tres hijos, que llegaron con sus tres esposas. Cuatro parejas, por tanto, de una misma especie, señora Rata, para asegurar el tiro, me parece a mí. Para no jugársela. Con las ranas no afinaron tanto, ranas mandaron sólo dos, como hicieron con las demás especies, que es lo que Dios había pedido. ¿Sigo?

—Sigue.

—Gracias, señora Rata. Para enfrentar la lluvia…

—¿Qué lluvia, Caracol?

—Un poco de paciencia. Para enfrentar la lluvia en condiciones más ventajosas que, pongamos, un koala…

—No hay koalas en el Nido, no sé bien cómo son.

—Yo tampoco.

—Tal vez debáis infiltraros en Ciencias Naturales. ¿Te gustaría, Gusano? —inquirió cambiando de interlocutor, torciendo el cuello y arrugando un poco la nariz—. ¿Querrías pasar algún tiempo en Ciencias Naturales?

Gusano, que prefería seguir escuchando a Caracol, no contestó (padecía más que gozaba sus labores de informador).

Frente a él, Caracol adoptaba un rostro serio y seguía con la exposición.

—Dios le dio a Noé un plazo. Para construir el barco.

—¿Qué barco, Caracol?

—Por aprovechar el buen tiempo —continuó impertérrito Caracol—. Y Noé lo hizo bastante bien: buscó la madera, cortó la madera, alineó la madera, claveteó la madera, curvó la madera, y, al cabo de un período que no sabría determinar...

—¿Tú o Noé?

—Yo, señora Rata.

—El libro tampoco se pilla los dedos —confirmó, en su ayuda, Gusano.

—... ahí estaba el Arca —concluyó Caracol.

—¿Qué arca? —preguntó la señora Rata.

—Ahí mismo. En dique seco. —Caracol no se dejaba distraer—. Con Noé, Sem, Cam, Jafet y sus respectivas esposas a bordo. Cantando, por lo que me pareció entender, «No nos moverán».

—¿«No nos moverán»?

—Eso entendí. —Caracol tosió dos veces—. Y empezaron a llegar los animales. De dos en dos, llegaron.

—¡Hurra! —gritó Gusano.

—De dos en dos sin excepción. Y miraban, al subir, a los hijos de Noé, con esa cara que ponemos en el Nido cuando sabemos que algo va mal pero no sabemos qué. —La señora Rata asentía—. Subieron al Arca farfullando y como haciendo cálculos. Unos a pie y otros a cuatro patas, otros reptando (como yo mismo y los abuelos de los abuelos de mis abuelos, y como el mismo Gusano, que también repta muy bien) —Gusano hizo una reverencia—, otros dando saltitos... Él y ella, ella y él. De dos en dos, ¿lo he dicho ya? Mejor avenidos que nunca por venírseles, me parece a mí, la que se les venía.

—Y ¿qué se les venía, Caracol?

—Paciencia, señora Rata. Lo que cuenta es el camino...

La señora Rata afiló la mirada.

—Con las aves hubo debate. —Caracol había encontrado una linde y no pensaba abandonarla—. «¿Qué hacemos, Señor, con las aves?», preguntó Noé. «¿Que se suban, Señor, al barco, o que se busquen la vida?», preguntó después, tal vez con otras palabras. «Que se suban, que se suban», contestó Dios, que yo también opino que era el nuestro. —Gusano afirmó en silencio—. «Es mi intención, Noé, que el agua llegue a cubrir hasta las montañas más altas», advirtió el Señor. «Que no quede nada por fuera, quiero decir, y más te vale ayudarme: cuando se me mete algo en la cabeza y no sucede, ya sabes lo que pasa».

—Suena al nuestro, desde luego —confirmó Caracol.

También la señora Rata se mostró de acuerdo.

—Noé se quedó pensativo. «Vale», dijo. «Lo haré. Pero quedarán un montón de maderas flotando por todas partes, ¿eso cuenta? Sobre eso no puedo hacer nada». Noé pensaba en tejados arrancados y en bosques devastados por la fuerza de las aguas. Incluso en alguna barca suelta aquí y allá, sin padre ni madre.

Caracol enmudeció un instante como si se hubiera quedado sin ideas, o como si las estuviera ordenando. Tomó un poco de aire.

—«Por lo que a mí respecta», pensaba para sí Noé, que había cosas que se guardaba, «los pájaros podrían posarse en cualquier parte aprovechando esos mismos restos y dejar más espacio aquí para un par de vecinos con los que me lleve bien, o para rifar, o para un armario grande, que nos vendría muy bien a todos, o, aún mejor, para unos primos». Pero, claro, a ver quién le venía a Dios con eso.

—Yo no.

—Yo tampoco.

—Sigue.

—Noé pensaba todo esto, señora Rata, y no otra cosa, porque amaba a la humanidad siempre que fuera de la familia. —La señora Rata arrugó el hocico más como acto reflejo que con intención de expresar nada—. Pero lo pensaba en voz baja, insisto, porque tampoco quería despertar la ira de Dios, que en aquellos días se despertaba con mirarla.

—Normal.

—El asunto de los peces estaba mucho más claro. —Caracol continuó el relato—. Los peces se quedaban donde estaban, nadando o buceando, a lo suyo, flotando o a la deriva, sin mucha vigilancia y en su propio medio, y nada de de dos en dos, sino de muchos en muchos, sin subirse a nada y con la supervivencia más que garantizada: es sabido que Dios ama el pescado sobre todas las cosas, ¿no? Por eso no queremos peces en el Nido.

—No hagas juicios que no te corresponden, Caracol.

Caracol agachó la cabeza.

—Lo siento, señora Rata. —Caracol reanudó la explicación—: Llovió cuarenta días con sus noches.

—¿Ya hemos llegado a la lluvia?

—Ya hemos llegado a la lluvia. Al principio se formó algo de barro, y luego algo de revuelo con la gente que quería subirse al arca y todo eso, o que, arrastrada por la corriente, iba golpeándose con las cosas que también arrastraba la corriente; barqueros (no creo que fueran barqueros, pero eso es lo de menos) que, por muy rápido que remaran, no pudieron evitar que Noé, resentido por meses de burlas, les pasara el arca por encima…

»Y luego dejó de llover. Y las mujeres de Noé, que se llamaban, según he dicho ya —Caracol consultó, para asegurarse, una libreta minúscula que extrajo del caparazón—, Sem, Cam y Jafet, pusieron la ropa a tender en la cubierta del barco, porque, señora Rata, aunque dentro había tendales, la ropa no se secaba, que es lo que nos pasa aquí, ¿verdad? Por la humedad. Y, si abrían las ventanas para que hubiera corriente, entonces entraba el agua, y, si encendían fuego, se les llenaba el arca de humo.

—Al grano, Caracol.

—Y Noé empujó por la ventana, a la fuerza, a un cuervo (que salió, pero haciendo resistencia con las alas) y le dijo: «¡Vuela, cuervo infecto, vuela! ¡Y no se te ocurra volver sin nada!». Porque los cuervos tenían aún peor prensa que ahora (qué voy a decir yo). Así que el cuervo, aunque a regañadientes, fue y volvió, y volvió y se fue de nuevo, y así una vez y otra, hasta que se secaron las tierras al mismo ritmo que, con la brisa de la tarde, se secaba la ropa interior de la familia de Noé.

–Y entonces ¿qué? –preguntó impaciente la señora Rata.

–Entonces «envió también de sí a la paloma, para ver si las aguas se habían retirado de sobre la faz de la tierra. Y no halló la paloma donde sentar la planta del pie, así que volviose al arca, porque las aguas estaban…».

–Con tus palabras, Caracol.

Caracol suspiró…

–Entonces, en vista de los resultados, Noé decidió enviar a la aventura, en lugar de al cuervo, a una paloma, que ya me dirás tú, Gusano –dijo mirando a Gusano–. Y la paloma volvió, pero de vacío, como había hecho antes el cuervo. Y luego regresó de nuevo (porque se había ido de nuevo), pero esta vez con una rama de olivo en el pico, como quien sugiere un condimento, que ya hay que ser idiota. Y luego salió otra vez. Y ya no volvió más.

–¿Y ya no volvió más?

–Así que, mientras encaraba el día (que despuntaba en el oriente, no sé si del Edén o de Edén), Noé gritó: «¡Paloma, rata inmunda!». (Perdón, señora Rata, no lo digo yo). «¡Criatura pestilente portadora de infecciones! ¡Tenía que haber dejado que te buscaras la vida encima de cualquier neumático!». No dijo neumático, señora Rata, pero nos entendemos. –La señora Rata hizo un gesto condescendiente–. Y entonces, con un humor de perros, Noé, que era un atrabiliario, encalló el arca de cualquier manera en la primera porción de tierra que encontró y sacó a los animales a patadas: «¡Fuera! ¡Fuera todo el mundo!», dijo. «¡Todos a vuestras casas!». (Lo dijo de otra manera). «¡Abajo de una vez, bestias infames, criaturas desnaturalizadas!». Porque Noé, señora Rata, obedecía de buen grado a Dios, que sí, que yo creo que era el nuestro, pero a nosotros, los animales, nos tenía en la misma estima que los niños de arriba, que, si nos ven, nos pisan.

»Y Dios, que tenía, por lo visto, mucho que celebrar, dibujó tras una loma de un verde iridiscente...

—No te gustes, Caracol.

—Dibujó, señora Rata, un arco iris que simbolizaba algo. Algo simbolizaría. Un arco iris precioso que ganaba en brillo y espesor a medida que el sol se elevaba, mientras Noé enviaba a sus hijos en diferentes direcciones, armados hasta los dientes con tridentes, redes y palos, enseguida explicaré por qué. —Ahora era Gusano quien, subyugado por el estilo de Caracol, no parpadeaba—. Y cuando el arco alcanzó (ya acabo, señora Rata) el cenit de su hermosura formando delante del cielo una semicircunferencia exacta que ofrecía, señora Rata, colores nuevos al mundo, aún podían oírse, resonando en la mañana, los gritos de Noé: «¡Y no se os ocurra volver si no es con la puta paloma!», gritaba. Y luego añadió: «¡Viva o muerta!».

Caracol vació los pulmones y aflojó los músculos, y se encogió un poco de hombros, como para hacerle saber a la señora Rata que había acabado ya.

—Viva o muerta... —repitió bajito.

La señora Rata permaneció unos segundos con la mirada perdida. (Mientras procesaba la información, movía los bigotillos de forma muy graciosa). Ni Caracol ni Gusano se atrevían a interrumpirla, a la espera de la pregunta que ambos sabían que llegaría.

La señora Rata levantó la cabeza e hizo rotar las orejas como si fueran radares.

—Caracol...

Gusano, aliviado por no haber oído su nombre, dio un paso atrás (o se deslizó más bien la distancia equivalente).

Caracol alzó los tentáculos y los ojos con ellos.

—¿Sí, señora Rata?

La expresión de la señora Rata era, a pesar de todo, indulgente.

—Te agradezco mucho, Caracol, el trabajo realizado. También el de Gusano. —Gusano inclinó la cabeza—. ¿Qué dirías, Caracol, que debo transmitirle al Consejo?

—¿Se refiere a un resumen, señora Rata?

—No un resumen, Caracol, cualquiera puede hacer un resumen, salvo, tal vez, un escarabajo. Una conclusión, si lo prefieres. ¿Un destilado? Algo que le resulte al Nido de provecho.

Caracol lo meditó mucho.

Y luego dijo:

—Dios apoyó a Noé cuando decidió dar caza a la paloma, ¿no?

—¿Lo apoyó, Caracol?

—No trató de detenerlo. No le importó que la matara.

—Tampoco a mí me habría importado.

—Lo entendió bastante bien, creo yo. Le pareció bastante bien, quiero decir. Me parece.

Gusano observaba la escena sin atreverse a respirar. Su compañero buscaba las palabras justas.

—Creo que le explicaría al Nido —dijo por fin Caracol—, en los términos más claros posibles, que el Dios de Noé, al igual que el nuestro, si algo aprecia más que la obediencia es, señora Rata…

—¿Sí?

—Es, señora Rata…

—¿Qué?

Caracol miró a los ojos a la oficial del Nido.

—Si Dios aprecia algo más que la obediencia es, señora Rata, la simetría.

La señora Rata asintió.

—Puedes retirarte, Caracol.

La señora Rata permaneció en soledad largos minutos. Después se fue a informar a los miembros del Consejo.

Caracol y Gusano, conscientes por primera vez del profundo cansancio que los embargaba, se habían retirado sin cruzar palabra a la quietud de sus aposentos, en el rincón más oscuro del pabellón sur, bajo el muro ancho y fresco de la enfermería del colegio.

Allí se despojaron de sus ropas y durmieron del tirón toda la noche.

Una noche larga y sin sueños.

SOUTINESQUES, II
Espectros y aparecidos: apuntes del natural

13. *Margaux*

Estaba tan cansada de todo, tanto de todos, tanto de agradar, de acariciar a cualquiera, de gritar por dentro. Tan cansada de alentar. De no molestar. Tan harta. Estaba tan hastiada de llevar los zapatos de otra...

14. *Serge*

El pequeño Serge jugaba en la cocina con un faisán colgado para recordarse a sí mismo la fragilidad de la vida. Se aferraba a las cosas importantes. Serge era una criatura grave que no hacía distingos entre recreo y muerte.

15. *Antoine*

El negro Antoine, pasante y poeta, creyó rendirse muchas veces, pero nunca como aquel día, al despertar de golpe con la clarividencia que sólo mirar atrás procura. En un segundo crucial había acallado sus anhelos y resuelto vagar calmo e infeliz por siempre.

16. Arlette

Arlette de Évreux había amado tanto y con tal exigencia, se había entregado tanto y había reclamado tanto, que se plantó en los tres siglos sola y llena de razón. El señor Gerbert había rehecho su vida después de sólo uno, ya no había nada que salvar.

Arlette se mantenía inexpugnable. A salvo de toda contrición.

17. Léa

Léa recorría el paisaje de su infancia, inmarcesible, plácido, sin viento ni polvo ni lluvia, sólo olores recordados. Ahora había en él casas nuevas, de escritores de París que iban allí algunos viernes, había oído. Abogados. Arquitectos. Una actriz de teatro.

Los tomates del mercado sabían, según decían todos, a tomate.

18. Delmer

Recordar. Recordar. Recordar. Recordar. Recordar. Recordar. Recordar. Supo que lo había perdido todo al descubrir que hablaba en pasado.

19. *Ferman (y Eléonore)*

El señor Lefebvre había invertido sin prudencia; su esposa, que siempre lo odió con discreción, lo hacía ahora abiertamente, más contenta que nunca. La señora Lefebvre había puesto la casa en venta y recuperado la pistola con la que el señor Lefebvre se había quitado la vida, que guardaba en un cajón.

El señor Lefebvre ya no recordaba a la señora Lefebvre.

20. *Roel*

Pobre niño malo, pobre, pobre niño malo. Tan bien atendido en casa. Tan querido. Que mataba a los animales perdidos sin razón ni placer ni ganas ni culpa. Pobre niño malo, tan bien alimentado y vaporoso, tan sereno. Tan aburrido. Tan muerto.

21. *Soleil*

Soleil, pobrecita, se sentía mejor cuando menospreciaba a sus hijos, no sabía bien por qué. No les deseaba ningún daño, pero, si encontraba una debilidad en ellos, removía bien la herida y se quedaba a mirar.

Soleil no era una mujer mala, era fría y curiosa.

Y ya no se sentía tan guapa como antes.

22. Acel

Acel había comido de tal manera, tantas veces, tanto tiempo, que se le habían pasado las ganas. No quiso hacerlo más. Acel disfrutaba muy poco dando permiso a sus empeños, por eso precisamente vivía en el comedor, para mirar sin deseo el plato de los otros.

23. Galina

La extraña madurez de Galina no constituía una ventaja; resultaba más bien perturbadora. También su amor por Pierre fue maduro y errado: le quiso antes de tiempo y trató de humillarlo cuanto pudo. ¿Cuántas niñas de catorce años dejan de fascinarse así, con esa ferocidad?

24. Isabelle

Isabelle fue muy feliz una vez. No hacía mucho. Había vivido momentos plenos, de los que dan sentido a una vida. Ahora no sabía regresar y, en cierto modo, no quería. Se embriagaba con la tristeza que queda cuando el dolor ya ha pasado.

HIMNO

El hombre gordo permanecía fuera del banco.

El hombre gordo –muy gordo– que vivía en un mundo que desaconsejaba decir «gordo» pero no desaconsejaba comer, contemplaba el estrecho cubículo que albergaba el estrecho cajero automático en el estrecho vestíbulo del banco estrecho –ahora cerrado– de un pueblo muy alargado que a veces existía y a veces no, o que existía cada cien años, o que sólo cada cien años asomaba a nuestro plano en lo que para el pueblo sería sólo un día y para nosotros treinta y seis mil quinientos.

Su gordura –la del hombre, que no era estrecho en abso luto– no era una gordura normal. Excedía el sobrepeso natural de la indulgencia y se derramaba en torno a la cintura sin alcanzar lo mórbido pero recreándose en la esfera, rota sólo por dos piececitos a modo de base endeble y dos apéndices anexos –o alerones– cuajados de dedos inflables que apenas lograban asomar de la general turgencia.

El hombre gordo era un viajante que llevaba un maletín de viajante lleno de cosas de viajante. Como, por ejemplo, peines, peonzas y repuestos de batidora para batidoras que hubieran vendido otros viajantes a otras personas. El hombre gordo era dueño de sí mismo porque era el presidente de su propia junta y el amo y miembro único de su propia empresa, que no tenía sede en ninguna parte porque el mundo era su sede, o eso le gustaba pensar a él, que vivía en la carretera –aunque no tuviera coche– y a veces, a pura suela, en los caminos terrosos.

Al hombre —bastante gordo— le urgía en esa hora concreta, frente a ese banco concreto, conseguir dinero en efectivo para sus necesidades básicas, que en aquel instante pasaban por comprar agua y rosquillas, inmune, al menos en lo aparente, tanto a la magia del lugar como a la improbabilidad cronológica de su presencia en él, que recomendaba puntería. Los oriundos de la zona —que seguían su propio ritmo secular— estaban acostumbrados a los visitantes, que podían vestir así o así, o a veces hasta usar palabras incomprensibles para quien sigue su propio calendario, y los contemplaban indiferentes, agotada hacía mucho su curiosidad.

El hombre gordo permanecía, ojalá haya quedado claro, fuera del banco.

No era fácil para el visitante accidental permanecer impasible ante los efluvios ondulantes de aquel paraje, por invisibles que fueran; ante el poder telúrico del desierto, apenas importunado por la presencia de aquel pueblo apretado en el que abundaban los prodigios. En los días más áridos podía verse cómo el polvo en suspensión dibujaba figuras espirales que se desenrollaban a un metro del suelo sin posarse nunca. O a las ovejas evitar lugares específicos que a veces formaban grandes calvas en los líquenes rojos, que se fundían, o a veces confundían, con la devastación del desierto. Así funciona la magia, que a aquel hombre gordo e indolente no parecía tocarle.

O lo tocaba con enorme delicadeza.

O igual era que su fascinación flaqueaba ante la urgencia del hambre y la sed.

Por razones que debemos entender, el hombre gordo desconocía que aquel cajero era, además, el lugar de poder —sobrevenido, como veremos después— de aquel pueblo. Su flamante corazón espiritual.

Su centro.

Muy pocos cajeros rurales son el centro espiritual de nada, aquel era único en su clase, aunque careciera en apariencia de motivos para serlo y no se diferenciara en nada del más vulgar de ellos.

Frente a él —decíamos— estaba el gordo. Que había acabado allí siguiendo una cadena particular de acontecimientos que podríamos enumerar así:

Uno. El hombre gordo había salido de la capital a pie a las ocho y media de la mañana, después de haber escogido rumbo, como siempre hacía, arrojando sobre la bandeja del desayuno un dado normal: uno, norte; seis, sur; dos, este; cinco, oeste; tres, noroeste; cuatro, sudeste. El noreste y el sudoeste, por razones lógicas, nunca le habían interesado.

El dado dijo que dos.

Dos. Unos salteadores de caminos le habían robado la mochila en que llevaba el avituallamiento junto a una gasolinera de autoservicio, aunque, no está claro por qué, no le arrebataron el maletín, lo único que contenía piezas de valor.

Un enigma.

Tres. Al hombre gordo, de lunes a viernes, a las once o así, le entraba antojo de dónuts. Le sucedía desde la infancia, desde que su madre le diera dinero para que se comprara algún dulce para el recreo, para disfrutarlo en soledad (la madre le había prohibido que compartiera nada con nadie). La madre del hombre gordo —entonces un niño gordo— era una mujer gorda y cansada que, cuando acababa de hacerse el bocadillo para ella, ya no encontraba energía para hacerle a él otro, y por eso lo del dónut, que costaba veinticinco pesetas al principio y luego treinta.

(Esa es otra historia, más triste que esta).

Cuatro. Al ver un pueblo alargado —alargadísimo— en lontananza, en medio de aquel paisaje que creía conocer tan bien y que normalmente no albergaba nada, convencido de ser, por tanto, testigo de un espejismo magnífico, se dirigió a la promesa de vida que el sol aplastaba para ver cuánto tardaba en esfumarse, pues el hombre gordo tenía alma de científico.

Cinco. Una vez dentro del pueblo y confirmada por la vía de los hechos su existencia, el hombre gordo, con las brújulas del hambre y la intuición, había ido directo adonde suponía estaría la panadería −visita que priorizaba en todos sus desplazamientos, que a veces hacía rodando−, donde solicitó amablemente que le pusieran unos dónuts caseros (para llevar) y una botella de agua, urgido como decíamos por el empuje de la inercia, pero también por el de las bacterias que poblaban en silenciosa muchedumbre su sistema digestivo.

A partir del punto cinco, recuperada de nuevo la sensación de presente −de dos presentes en este caso, pues, como ya sabemos, el panadero vivía en un tiempo y el hombre gordo en otro−, todo se hace más pedestre.

El hombre gordo permanecía fuera del banco.

Como quiera que el panadero −malencarado, retorcido− no le había dejado pagar con tarjeta cinco minutos antes, el hombre gordo contemplaba ahora el único cajero operativo en más de sesenta kilómetros a la redonda −operativo sólo, recordémoslo, un día de cada siglo, lo que le exigía al visitante suerte y la capacidad de correr para no acabar atrapado en aquella realidad lenta−, clavado como una chincheta en el único lugar poblado en mitad de ningún sitio, donde sólo el optimismo de sus habitantes −la mayoría, viajeros interdimensionales que habían buscado refugio en esa grieta, huidos de la justicia por las más diversas razones, aunque muchos inocentes, con la excepción segura del panadero, gran artesano, mal tipo−, sólo su optimismo, decíamos, explicaba la fundación de un núcleo urbano −ocasional desde el exterior, permanente dentro−, inexplicable en aquel asador. Más allá de las leyes de los hombres.

Pero con banco y cajero.

Como corazón espiritual −decíamos− del lugar.

El hombre gordo permanecía fuera del banco.

El hombre gordo observaba el cajero como un niño miraría un pastel, que es lo que el hombre gordo en realidad hacía al saltarse todo paso intermedio mientras sudaba profusamente sin que pudiéramos hacer al sol, en este caso, culpable de nada.

El hombre gordo contemplaba la (inalcanzable) pantalla azul mientras reflexionaba sobre las diferencias más evidentes entre cerca y lejos, en las que el volumen −noción objetiva donde las haya− desempeñaba su papel.

El hombre no juzgaba la estrechez de aquel vestíbulo, y menos aún lo habría hecho de haber sabido que su sola existencia resultaba descabellada y milagrosa. Desconocía que el cajero se hubiera materializado de la nada hacía sólo unas horas dejando como testimonio de su brote un coro celestial afinadísimo que habría de apagarse al día siguiente con un glissando que los habitantes del lugar, pasado el tiempo, acabarían atribuyendo a la imprecisión de los recuerdos, como sucede con lo prodigioso cuando se disipa en la desmemoria.

El hombre −gordo, muy gordo− no juzgaba, por tanto, y menos reprochaba, la anchura efectiva del vestíbulo, impracticable para él. Contemplaba imparcial el cajero, consciente de que nunca podría acceder a sus botones, a su lejanísima ranura y, por tanto, al antojo lacerante de harina, leche y huevo que se había apoderado de él; y menos aún en los minutos −muy pocos ya− que restaban para que el dueño del horno impidiera a la clientela el acceso a sus dulces artesanos, de mucha fama en la zona. Para bien.

El hombre gordo −que permanecía, si no ha quedado claro, fuera del banco− miró hacia la derecha, donde sólo el horizonte latía −¿a qué distancia queda el horizonte?− en la bruma del crepúsculo.

A la izquierda brillaba la superficie de un lago que no hemos descrito aún porque sólo ahora y por sorpresa aparecía en aquel pueblo pródigo en milagros. Asombrado por el advenimiento, el hombre se tragó un respingo que a punto estuvo de poner en riesgo la genuina dignidad con que había sido educado, que sólo lo es de verdad entre quienes la practican cuando nadie mira. Y volvió a clavar la mirada en el cajero, la mente llena ya sólo de dónuts, acunada por el murmullo de las olas nuevas.

Pero el cajero ya no estaba allí.

O estaba, pero no podía verlo.

Porque, frente al hombre gordo, un niño con aspecto de gato montés, muy serio y vestido como visten los niños en los pueblos (igual que los de la ciudad, pero sin cinturón), lo miraba fijamente.

No había emoción en sus ojos. No una en particular, al menos.

El niño —tal vez un lince ibérico— observaba al hombre gordo con una neutralidad aterradora que le devolvía al hombre gordo su reflejo, avergonzándolo por sus antojos, aunque no tanto como para alterar en lo más mínimo su propósito inicial, lo que lo avergonzaba aún más.

—¿Me sacas dinero del cajero, niño peculiar? —le preguntó el hombre gordo al niño gato, blandiendo una tarjeta de crédito—. Te la doy, toma, es tuya. Puedes quedarte con ella —le dijo—. Puedes usarla y robarme el dinero —le dijo—, no haré nada ni podría, aunque quisiera, hacerlo. Pero también podrías —añadió— ir corriendo a la panadería, que cierra en unos minutos, y comprarme los dónuts que quieras. Puedes quedarte con la mitad de ellos, si te apetece —le dijo—. Puedes comprar tantos como desees y darme a mí uno solo, si es lo que prefieres —le dijo—. Sólo te pediré una cosa: respeto.

«Respeto», le dijo el hombre gordo, lo único que le reclamaba al mundo desde que era un niño gordo, y también desde las ocho y media de la mañana de aquel día. Respeto y sólo respeto, el mismo que merece todo hombre gordo y toda mujer gorda, y hasta los gatos monteses, que no son buitres ni ginetas ni murciélagos ni lagartos ocelados, pero que están hechos al desierto como los mejores ejemplares de cada uno de ellos, y que son capaces de saltar entre planos eludiendo la trampa centenaria que amenaza allí la inocencia de los exploradores y los fuereños.

Sólo doce minutos después, el hombre gordo mordisqueaba un dónut −el último de seis−, sentado en las rocas porosas que acariciaba el lago recién alumbrado, mientras el niño gato extendía un saco de dormir en el suelo del vestíbulo de la sucursal. Despacio. Dispuesto a ser el nuevo dios, al menos por otros cien años, de aquel lugar discreto.

AQUILINO Y LA GRAVEDAD

Aquilino Vázquez Entralgo tenía problemas. Problemas relacionados con la Navidad, se entiende. Aquilino colgaba de un balcón cubierto de nieve.

Que Aquilino tuviera problemas no representaba ninguna novedad en su accidentada vida, se llamaba, al fin y al cabo, Aquilino, y eso no le había hecho más fácil la infancia, ni siquiera en 1716, fecha de su nacimiento, hacía ciento ochenta y cuatro navidades ya, que lucía, la verdad, como un chaval: no parecía apilar más de sesenta, cincuenta si cuidara más su aspecto, desaliñado y de sonrisa insólita, por infrecuente. Aquilino —justo es decirlo— no era exactamente una persona, aunque una vez lo fue y en muchos aspectos recordaba a una. Aquilino era una sustancia semicorpórea, ni espíritu ni materia, que encarnaba —o cristalizaba— si le convenía y que aún no se decidía a subir o bajar, como tantas sustancias atrapadas entre planos por juramentos de diversa índole o, de forma más frecuente, por simple estupidez. Aquilino era un ejemplo perfecto del segundo caso.

Aquilino nació el 24 de diciembre de 1716 en un pesebre de un pueblo de Santander; no en un corral ni una cueva, simplemente en un pesebre: su padre era ebanista y hacía, entre otras cosas, pesebres, como podría haber hecho cunas, que también hacía, pero más en marzo, que es cuando suelen nacer en Santander los niños, mientras que las bestias comen todo el año, y por eso. El asunto es que Aquilino, que en realidad vino al mundo en una cama pero acabó en el pesebre por indicación de la matrona, que era simbolista, se cayó del comedero a la media hora de vida y se hizo un chichón de los buenos en el mediodía de la frente que no le bajó del todo hasta que cumplió los diecisiete.

A los nueve se volvió a caer, esta vez de la bicicleta, que frenaba la mar de bien, pero sólo por delante y ni la mitad de bien que el mentón de Aquilino, que quedó clavado al suelo seis horas hasta que un amigo volvió con un cabrero para que se lo encajara. Aquilino no volvió a sonreír hasta pasados los veinte. Y poco.

A los doce se cayó de nuevo por un tropezón tonto que se complicó en el segundo apoyo y le dejó el tobillo caliente, dilatado y fuera de lugar, según pastores y médicos (en Santander, lo mismo). Nunca volvió a caminar bien.

A los dieciséis se quebró la clavícula al perder el equilibrio en un molino de agua que tenía el acceso mal pensado. Cayó del revés a la acequia, se sujetó como pudo a unas ortigas y hubo de sumar a la fractura la irritación de palmas, que, más que desviar el dolor, lo diversificaba, colmándole los sentidos de matices, de lo atornasolado a lo amarillento, con su punto de salado, su punto de caliente, su punto de rasposo, su punto de cegador y su punto de agudo.

Aquilino se caía siempre en Navidades, o muy cerca, por ninguna razón concreta, a menudo el propio 24, a menudo de noche.

Por lo que sea.

Aunque nunca tan bien como el 24 de diciembre de 1737, cuando cumplió los veintiuno y, recién empleado como mozo de obra en la capital, decidió resbalarse de un andamio y partirse el alma contra un banco de piedra que lo dejó irreconocible y le arruinó a la familia las vacaciones.

Aquilino no desapareció sin más. En cuanto se le pasó la aprensión de contemplar desde fuera su propio cuerpo, le cayó encima la luz que siempre cae encima y que normalmente anuncia el espectáculo completo: el túnel largo, los coros suaves, el picor de piel, los parientes saludando... Sonaban hasta villancicos.

Al final del túnel había tres puertas, una que decía ARRI-BA, otra que decía AL FRENTE y otra que decía AQUÍ, todo con mayúsculas y en tiza. De repente Aquilino tenía más opciones de las que había tenido en vida, pero, como tiraba a continuista, echó la vista atrás para ver cómo unos peones recogían su cuerpo malparado alejándolo a toda prisa de la concurrencia con el torso hecho un acordeón y la cabeza colgando como la de un pavo. Sin pensarlo dos veces, abrió la puerta de AQUÍ y, a saber cómo, se vio en el mismo lugar en que había caído un minuto antes, en medio de la misma sangre pero sin cuerpo presente ni nadie que lo mirara, aten-to como estaba el tropel a ver aupar el cadáver al interior del carro en que lo descargaban los mozos como si fuera leña.

Allí comenzó para Aquilino una semivida de aprendizaje de ciento sesenta y tres años, con música de Zubieta primero y de Abadía luego, antes de llegar a Pedrell, Tárrega, Albé-niz y el resto, hasta alcanzar el presente, el día exacto de hoy, 24 de diciembre de 1900, a las siete y media de la noche, enseguida un poco más tarde. Semivida en que aprendió que ser sustancia tiene ventajas como tiene inconvenientes, con un poco más de los segundos que de las primeras, y que la materialización (o encarnamiento) sólo es posible con algo de motivación y a contraluz, y que encarnar de cuando en cuan-do −aquí o allá− es el modo que una sustancia tiene, si no de evolucionar, sí de adquirir experiencia, y que el reposo sólo es recomendable durante períodos breves si se quiere evitar la dispersión, el peligro más común entre sustancias incorpóreas con poco dominio aún de su naturaleza.

Eso no significa que Aquilino Vázquez Entralgo, con nombre de notario y realidad exigua, desconociera los misterios del pasado y el futuro. Su condición de sustancia le había permitido ser novicio en el XVI, borracho de apar-camiento en los sesenta, peregrino en 1113, bailarina (de ballet) en la guerra del Rif (prostituta al poco) y falso Papá Noel en Galerías Preciados en 1984. Aquilino tenía su orgullo y su currículum, y, aunque otras sustancias semicorpóreas lo aventajaban en mundo, pocos podían presumir de su mayor gracia: la de la resignación, que viene con la práctica y espanta toda expectativa (y con ello la frustración, o la mayor parte).

La cosa es que Aquilino, que llevaba años tratando de evitar cristalizar en individuos interesantes, se encontraba en la Nochebuena de 1900, por razones que han de sernos indiferentes, colgado de la cornisa del hotel Jamaica de Madrid, mientras un niño colgaba a su vez de su pie derecho (el de Aquilino) y un duendecillo menudo se aferraba como podía al pie del niño.

Aquilino, a todo esto, era entonces —o había encarnado en— un sacerdote de Pendueles, cerca de Llanes, capaz de sostener conversaciones teológicas de cierto fuste.

El niño era un niño de verdad, de los espabilados, muy adelantado a su edad, que rondaría entre los seis y los ocho según cualquiera.

El duende —aunque pinta poco en nuestra historia y sólo por casualidad— era también de verdad. Y era a la vez de mentira, pues sólo podían verlo quienes creyeran en él, que en el Madrid de 1900 eran pocos, por el auge de los toros y las cupletistas.

El niño estaba allí para robar, el cura estaba allí para impedirlo y el duende, invocado sin querer por una imprecación del cura (que el duende, acogiéndose a un tecnicismo, había interpretado a su favor), se agarraba con fuerza al tobillo del niño, porque la materialización, con gorro de punta y todo, se había producido en altura: si no llega a andar listo, se estampa contra la Gran Vía.

—¿Por qué habrá tenido usted que enredar, padre, de este modo inoportuno como si hubiera de importarle a nadie lo que robo o dejo de robar? —le dijo el niño al cura evitando en lo posible mirar al suelo.

—Entiendo muy bien tu confusión —le respondió Aquilino—, ni yo mismo lo sé. Tú ahora me tomas por cura, cuando soy en realidad una sustancia semicorpórea sin inquietudes morales y sólo por encarnar en un cura, aun de forma provisional, me he visto impelido a evitar un acto que, tal como sugieres, en nada me incumbe.

—¿Todo bien por ahí? —preguntaba el duende—. No irá a soltarse nadie, ¿no?

El niño, que de milongas sabía, empezó a contarle al cura que venía de una familia numerosa pero tristemente subordinada a su precoz iniciativa. Eso justificaba en parte la irrupción en un hotel tan grande —condenado a la desaparición precisamente por su magnitud, disparatada para esa zona del centro—, mientras los clientes del lugar cenaban en Lhardy el menú especial de Nochebuena, del consomé a la tarta de avellana, con pollo del maestro, faisán, perdices encebolladas, macaroni de la Pulla y gachas manchegas, y por eso el cura debía primero alzarlo —según pensaba el niño—, ponerlo a salvo después y por fin dejarlo libre, a lo que Aquilino respondió:

—Te diriges a mí, querido niño, como si cuanto dices me importara un bledo. En mis frecuentes tratos con Dios he aprendido a respetar su cada vez más impersonal mirada, y es mi propósito si no imitarle en todo sí al menos en eso, con lo que, querido niño, si eres capaz de auparte hasta el balcón por tus propios medios para salir de él corriendo, no se me dará una higa que desaparezcas siempre que seas capaz de hacerlo en los próximos treinta segundos, que es el tiempo que me llevará, según calculo, desmaterializarme y regresar a mi plano, que no pertenece a este tiempo ni a ningún otro, so pena que tú y ese extraño duende queráis acabar vuestros días como yo acabé los míos. Una larga historia.

Así que el niño, que no entendía del todo lo que oía, comenzó a escalar a toda prisa la sotana del falso cura, clavándole uñas y dientes mientras prometía a pleno pulmón rehabilitarse, algo que nadie le había pedido, con lo que, en diez segundos o doce, niño y duende quedaban a salvo de la gravedad en una de las cuatrocientas habitaciones del Jamaica, hotel definitivamente desproporcionado que pronto habría de ser pasto de inversores, primero, y oficinistas, luego.

Y, mientras el duende del gorro y Aquilino desaparecían a la vez con un ¡flop! (con dos, en realidad) en la noche helada de la capital, el niño, que le había echado el ojo a un collar que asomaba de un abrigo que descansaba, desmayado, en una silla de volutas de madera y patas finas, murmuraba para sí que la mañana siguiente podía ser tan buen momento como aquella noche (o aun mejor) para empezar a ser bueno, mientras salía disparado del Jamaica con el collar en la mano, saludando y esquivando a la vez a botones y porteros, muy contento de que un cura desganado le hubiera salvado la vida en la noche más bonita del año, la noche en que todo cierra, salvo las iglesias y las tiendas de empeños, que, en el centro de la capital, custodian el secreto —y, por tanto, el recuerdo, y, por tanto, el sentido— de la Navidad verdadera.

LA CASA BRUC

El crítico de provincias se sienta en la cuarta fila, ni muy cerca ni muy lejos del escenario. Es una sala pequeña. La luz del local es tenue; el crítico de provincias, que viene directo de cualquiera de sus otros trabajos, es el primero en llegar y no quiere hacerse notar, aunque todos saben que está ahí; nadie lo mira desde la escena, no hace falta. Su función no es esta vez la del murmurador, no acude por encargo del periódico (el único que queda en la ciudad) ni del suplemento de turno. Lo ha llamado la propia compañía, se trata de un favor, un favor profesional —algo inusual, sí, pero no insólito, se dice—, para abordar lo que nadie llama aún gestión de daños: la compañía desea recuperar un puñado de entremeses con los que la nueva directora (que ha estado revisando el repertorio del grupo) se ha encaprichado, por si alguno mantiene alguna vigencia.

La compañía —Ja Teatro— se dedica de forma casi arqueológica al sainete, de Jardiel y Mihura acá, aunque cultiva el teatro cómico en general y a veces, como en este caso, el material propio, escaso desde la fuga de Juan Juanes, ahora en Barcelona, en la televisión de allá, ni siquiera en ficción, dicen, en algo de concursos.

Los miembros de la compañía saben hacer de todo o al menos lo hacen: coser, bailar, apañárselas con las luces; algunos tienen baúl propio. Hace mucho que deberían haber pasado de moda, pero mantienen —nadie está seguro de por qué— cierta fidelidad en la ciudad, cierto interés por parte de cierto público, cierta calidad también (serían profesionales en una ciudad más grande), y hasta cierto predicamento fuera, en un mundillo que a veces honra las anomalías.

La directora se ha atrevido a solicitar la ayuda del crítico local —que escribe también un poco de poesía y es funcionario de la Diputación—, aunque podría haber recurrido a cualquier amigo; o a un enemigo, mejor, más controlable. Podría haber llamado a alguna actriz (en la ciudad abundan) o al dramaturgo de guardia. O a algún otro poeta. O a alguno de esos periodistas que por las tardes leen (en las ciudades pequeñas no suena la campana a cada rato, basta con cubrir las ruedas de prensa de las doce, llamar a la policía por si alguien se ha tropezado en un alcorque y visitar la Feria del Barro). Pero el crítico local —y eso el crítico lo sabe— genera en la familia del teatro algún temor, pero también algún respeto: es implacable, pero raramente encarnizado; inabordable, pero en general decente; un orate a veces, cuestionable, pero también honesto; habla desde la profunda devoción que siente por la única disciplina en la que cree ya, si bien de forma menguante, después de treinta años de oficio, cuarenta de sinsabores (más o menos los mismos que de lecturas) y el inexorable ocaso de las salas de cine.

El crítico amontona en la cartera un buen catálogo de cenizas: ha llevado al barranco (local) a más de un escenógrafo y a más de un intérprete. Pero fue también quien consiguió que *La salvedad* —monólogo exquisito nacido para morir enseguida— acabara, por su crítica encendida, convirtiéndose en un éxito mediano que incluso se mudó a Madrid una semana corta para congregar en La Mansión a un puñado de divinas, en general con bolígrafo, que arreglaron así la lánguida conversación de la noche o la columna lánguida del día siguiente.

Una o dos chicas más ocupan alguno de los asientos vacíos —que son todos menos el del crítico—, actrices casi seguro, amigas de alguien o la pareja de alguien, de otros actores, según norma, o de la directora, que últimamente tira a ambidextra.

Aunque el crítico no siente frío, se deja puesto el abrigo, manía que todos conocen y nadie interpreta ya. A su manera comprenden que prefiera estar listo para salir corriendo.

Se trata, decíamos, de una sala pequeña, la más pequeña de la Celda, la que se usa para los ensayos y para el teatro experimental, o para los cantautores, que suelen llevarse puesto un chelista del conservatorio.

La luz de la sala declina en un atardecer instantáneo. Luego muere del todo.

En el pequeño escenario, más allá del proscenio, se oyen instrucciones y algunos murmullos. La penumbra permite entrever cómo uno de los actores le da a otro un golpecito en el hombro.

La joven directora cruza la mirada con la del crítico, que extrae un cuadernito del abrigo. La directora le sonríe modesta y se retira tras el escenario con la modestia congelada aún para que el crítico tenga tiempo de verla. (Trata de esconder los nervios, por poco que haya que esconder: es un ensayo, nada más, no hay nada en juego, nada está cerrado aún, todo son intentos; y hay más números que probar, no nos volvamos locos, otros dos esa misma tarde, sin ir más lejos).

—Mucha mierda —susurra alguien.

El crítico anota en la libreta: «Vamos allá».

Un hombre orondo se pasea de lado a lado por el escenario. Parece atribulado. Se atusa el bigote —postizo— con los dedos.

Frente a él, sentado en una silla, otro hombre —este delgado y de actitud pusilánime, seguramente un empleado— se sujeta las gafas y observa al hombre orondo, que comienza a hablar:

—Ahora qué hacemos, Ángel —dice mientras camina en círculos y aletea como un pingüino—. La oposición se nos echa encima, a los periódicos les viene bien echar fuego y toda la ciudad cree que los anónimos los estoy mandando yo.

—Bueno, alcalde, es que los anónimos los estás mand…

—¡Silencio! ¡Hay que hacer algo! ¡Hay que encontrar una solución!

—¿Y si los firmamos? Si los firmamos ya no serían…

—¡Qué injusto!, ¡qué injusto, Ángel! Intentas salvar a la ciudad de la gestión de otros, de un contratiempo heredado, y ¿cómo te lo pagan?

—Pues con la mayoría absolu…

—¡Silencio! ¡Qué injusto todo!

El crítico sonríe. Al crítico le gusta el género. El crítico es severo y refractario a lo trivial, pero nada tiene de afectado y disfruta de las bufonadas, también de las arqueológicas, tanto como cualquiera (aunque al crítico, justo es señalarlo, le gusta más Neville que los Quintero).

—Eres mi jefe de gabinete, Ángel. Tienes que encontrar una solución. Buscar un culpable. Algo.

Un tercer actor se asoma a la puerta (o al hueco que la sugiere) haciendo toc, toc con la boca.

—¿Se puede?

El crítico local recuerda el número. Lo vio hace ¿cuánto? ¿Diez años? ¿Quince? Quien acaba de entrar es el jefe de la oposición, el jefe de antes, ¿no? Santos, se llamaba —y se llamará, supone—: Paco Santos. Pero entonces tiene que haber pasado más tiempo; seguramente conoció el número en su estreno, en el Segura o en La Palanca. Seguramente en el Segura.

El crítico se recoloca en la butaca, que no es cómoda.

—Hombre, Paco. Pasa, pasa —le dice el alcalde al recién llegado (que tiene sombra de barba y tira a repeinado).

—¿Cómo está usted, señor Santos? —le saluda también el jefe de gabinete—. ¿Todo bien?

—Bien, Ángel, bien. Pero llámame Paco, por favor. Y tutéame, por Dios, que somos rivales, pero también personas.

—Eso es cierto —le concede el secretario—. Aunque a mí vas a llamarme Navarro, si te parece bien. —El secretario es implacable con la oposición—. Y de usted.

Paco Santos acusa el golpe.

Al escuchar tanto nombre el crítico se ubica del todo. Son veinticinco años, no veinte (todos vamos a morir). Fue en el Segura, definitivamente.

El hombre orondo es el alcalde —el de entonces, claro—, don Joaquín de Villanueva.

El alfeñique agazapado es, por tanto, su jefe de gabinete, Ángel Navarro, que tenía, le pareció siempre, algo de lacayo isabelino.

Y el joven que acaba de entrar es —acaban de decirlo— Paco Santos (aunque actor y personaje no se parezcan mucho), recién nombrado, en aquellos días, jefe de la oposición local, promesa eterna de pelo mojado y raya a un lado a quien nadie votaba entonces ni encontró motivos para hacerlo luego; que ahora estará, pensaba el crítico, atendiendo la mercería de su madre, o dando clases en algún instituto.

—Ángel, Paco —prosigue el alcalde—, os he convocado aquí, a este humilde despacho, mucho más grande que los vuestros...

El crítico sonríe.

—... porque tenemos que encontrar una solución. ¿Tú qué piensas, Paco?

Paco parece desconcertado. (El actor lo hace bien, no se gusta).

—Hombre, alcalde, yo es que soy del otro lado, se me hace raro obviarlo. Lo que te está pasando nos viene, a priori, bien. Aquí estoy, pero porque me has llamado. Y porque ante todo somos personas, eso por descontado. Pero no sé si ayudarte nos conviene, lo entiendes, ¿verdad, alcalde? Como estamos en contra...

Al crítico el parlamento se le hace errático. Quizá funcione mejor con público, piensa. El crítico no juzga aún. El crítico los primeros minutos los regala.

—Perspectiva, Paco, perspectiva. Tienes que tener visión de Estado, ¡ma-cro-vi-sión! Gobernar es priorizar, gobernar es decidir, gobernar es...

El alcalde (o el actor que lo interpreta, que es de los hábiles) repara en el desconcierto de Santos.

—Sí, Paco, sí. Macrovisión. No me mires de ese modo. Tú no sabes lo que es gobernar, por eso te lo cuento yo. Tú pégate a mí, Paco, tú escucha y aprende algo, abre los ojos y...

El alcalde consulta el reloj (al actor le basta con mirarse la muñeca, ya se pondrá algo en el estreno).

—Perdona, Paco. Es que espero una visita y... ¿Por dónde iba? ¡Ah, sí!

—Alcalde —le interrumpe Santos con su raya a un lado y todo—. No quiero ser descortés, pero tiene que llamarme mi madre y ya sabes cómo se pone, así que...

Paco Santos, según recuerda el crítico, tenía fama de estar muy unido a doña Margarita Sauvageot, antigua cantante lírica, además de madre, ahora pequeña empresaria, muy querida en la ciudad.

—Mejor «señor alcalde» —le corrige el hombre orondo, que para eso es el corregidor—. Llámame señor alcalde. Y de usted.

Paco Santos se sonroja. (No es fácil para un actor).

Los tres se acomodan como pueden alrededor de la mesa.

El crítico aprovecha la pausa para preguntarse si, para disfrutar el texto, será preciso estar al tanto de la historia. Se pregunta también cómo reaccionará un espectador joven. Aunque ya no hay espectadores jóvenes, piensa enseguida, eso podría resolver el problema.

Él mismo recuerda la trama sólo de forma vaga y sólo porque alimentó los periódicos de la ciudad durante un tiempo: el museo de la casa Bruc señalaba al Ayuntamiento por incumplir sus acuerdos, a saber ahora cuáles, y el alcalde llenaba de informes anónimos un millar de buzones para dejar en mal lugar al museo por alguna irregularidad administrativa.

Algo así era.

El crítico decide que no hay nada que entender, que las obras se explican solas o no se explican y que a ver esta. Que si no no habría forma de ver nada, ni de Lope ni de Beckett ni de Esquilo ni de nadie. Ni de Ramón de la Cruz (que es en quien el crítico de verdad piensa).

—Pues verás —dice el alcalde—, así están las cosas, Paco. Parece que los del museo...

El actor que interpreta a Santos pone una cara muy graciosa.

—¿Eh?

—Los del museo, Paco.

—¿Qué museo?

—Cómo que qué museo. ¿No te enteras de nada o qué? El modernista. El de la casa Bruc.

—Ah, ya, el museo. Muy bonito. Lo vi ayer. Qué de cosas, ¿no? Cómo brillan.

«El contexto queda establecido», anota en su libreta el crítico. «Eso ya está. El número sabe ubicarlo, los detalles no importan, los detalles son los mismos siempre, y no es más que un sainete». (Iba a añadir «inofensivo», pero se detiene en el último momento).

—¿Cómo que lo viste ayer? ¿No habías ido al museo antes?

—Pues claro que no. —Santos parece ofendido—. Ni yo ni nadie. Si hubiera sabido que hay un perro de porcelana en la entrada, pues lo mismo sí, igual habría ido. —El actor, con un simple gesto, logra resultar evocador—. Qué bonito el perro, ¿no? Parece de verdad, de los de así, de los de poner en el salón y no usar el salón y usar la sala de estar, que el salón no es para hacer vida, que es sólo para las visitas. Qué perro tan sabio.

—Sí que es sabio —concede el alcalde.

—Y cómo brilla —añade el jefe de gabinete, a quien también le gusta el perro.

El actor que interpreta al alcalde consigue parecer grave, como si quisiera conferirle dignidad al género.

—Entonces, los de la plataforma...

—¿Eh? —dice Paco Santos como si fuera tonto. El actor que hace de Santos tiene instinto cómico.

En la sala, dos personas ríen. (Van a lo fácil, piensa el crítico, a lo gestual, a lo que funciona). Otras dos personas, que llegan tarde (una pareja de hombres, amigos seguramente de la directora), ocupan sendos asientos.

«Detesto que la gente llegue tarde», escribe el crítico para no decirlo en alto. «Detesto que los dejen entrar». El crítico de provincias detesta muchas cosas.

—Pues los de la plataforma —aclara el alcalde.

—¿Qué plataforma? —insiste Santos.

—¡Cómo que qué plata…! ¡Pues la de los Amigos del Museo!

—Ah, ya, la plataforma.

La directora ríe (demasiado alto). Su voz sale de la tela negra y llega a la butaca casi a la vez.

—Esos tampoco habían ido hasta ahora —explica el alcalde, dándole un codacito a Santos—. Tampoco sabrían lo del perro.

—Es que lo del perro hay que decirlo —insiste Santos—, esas cosas tienen que saberse. —Mira al público—. Al fin y al cabo somos personas.

Risas cautas.

Al crítico de provincias le molesta la insistencia en lo de las personas. No aprecia los recursos fáciles, ni tampoco los apartes. Y empieza a encontrar cargantes las recurrencias.

—Si se publicitara más, si se dijera lo del perro… Las personas tienen ganas de hacer cosas, aunque no se diga. De culturizarse. Pero si no se corre la voz de lo del perro…

Las risas van liberándose. Son discretas pero amables, risas amigas, nadie examina a nadie (lo que, en cierto modo, desconcierta al crítico). La alegría es franca.

La directora se muerde las uñas entre cajas, donde nadie puede verla, salvo la actriz que espera su entrada, que le dedica una sonrisa benévola mientras se alisa la camisa.

—A eso voy, Paco, a eso voy. ¿No ves cómo se han hecho las cosas? ¿Cómo van a publicitar nada si se han gastado las ayudas en abrigos? ¡En abrigos, Paco! ¡En abrigos de piel! ¡Y luego decís de nosotros!

—Hombre, en abrigos... —dice Santos—. Para eso harían falta pruebas, digo yo, no basta con decirlo. Si no hay pruebas, alcalde...

—Señor alcalde —le corrige el alcalde.

—Señor alcalde. El invierno ha venido muy malo, señor alcalde, eso también. Que no es que esté a favor de los abrigos, entiéndame, ni tampoco en contra. —Enseguida se corrige—: Vamos, en contra sí que estoy; en contra de malversar, quiero decir, no vaya a entendérseme mal; y más en contra aún de los de piel, que no son sostenibles. Pero es que al final todos somos gente, y eso también hay que decirlo.

El crítico agradece el cambio de «personas» por «gente». «Mejora un poco la cadencia», anota.

—Si es que no son sólo los abrigos, Paco. Ojalá. ¡Es que se han gastado el dinero en putas! —Levanta el índice—. ¡En putas!

—Eso es mentira, alcalde.

—Sí, bueno, es mentira, es mentira, pero podría haber sido verdad.

Los espectadores ríen. También el crítico, a su pesar (al crítico no le gustan las groserías).

—Porque, y si hubiera sido verdad, ¿qué? ¿Eh? ¿Qué, si hubiera sido verdad? Es fácil mirar para otro lado y escudarse en que no es cierto. Es muy fácil. Pero ¿es responsable? ¡No! No, amigo Santos, ¡en absoluto! Yo lo sé, tú lo sabes y, lo que es más importante, el señor Smith-Renta (director del museo, te lo aclaro, antes de que me lo preguntes) lo sabe. En putas, Paco, ¡de las de verdad! ¿No bulles de indignación?

—No, no. Si visto así...

—¡Si es que así es como hay que verlo! ¡No hay otro modo!

—Haré lo que pueda, alcalde.

—Señor alcalde —le corrige el secretario.

—Señor alcalde.

«El mayordomo está muy bien», escribe en la libreta el crítico. (Al crítico le sale natural llamarlo mayordomo en vez de secretario y se da cuenta. Anota también la reflexión, por si la encuentra de algún valor luego).

—No fuerces, Ángel —dice el alcalde—; piano, Ángel, que cada día tiene su afán. —Luego se dirige a Santos—: ¿Puedo hacerte una pregunta? En confianza.

Santos asiente.

—Vosotros —indaga el alcalde—, cuando prevaricáis, ¿cómo lo arregláis luego?

—Pero si nosotros ya no prevaricamos. Muy poco, señor alcalde. En Madrid igual sí, pero aquí... Ya me gustaría a mí, pero claro, como no nos votan...

—Es que tenéis que hablar más de las guerras —le explica el jefe de gabinete, siempre dispuesto a ayudar—. ¿No ves que no aparecen las armas, que al final nunca aparecen? Pues decidlo, haced como nosotros. Decid: «¿Dónde están las armas?, ¿dónde están las armas?». O: «¡Se acabó!». O: «¡Ya está bien!». O: «¡Hasta aquí!». O: «¡Y ahora ¿qué?!». O lo que sea. Y, antes de que os deis cuenta, ya estáis prevaricando.

—A ver si me lo lías, Ángel...

El crítico no sabe si hablar de aquello, tan concreto, tan de entonces, tendrá sentido hoy; si no hará perecedero el número (aunque el crítico abomina de la actualidad).

Por si acaso, lo anota.

En escena, a Santos no se le ve convencido. Levanta el dedo y lo convierte en parabrisas. (El joven domina el tiempo y sabe resultar ligero).

—No me fastidies, alcalde, eso es jugársela. Porque un día aparecen las armas y ¿qué? Ahora no, pero un día aparecen y ¿qué hacemos? Yo prefiero a mi manera.

Al actor (al personaje) se le ve receloso (lo hace bien).

El crítico anota que lo hace bien.

—¿Ves, Ángel, como me lo lías? —se queja el alcalde—. A dos cosas al tiempo no puede estar. A ver, Paco, vamos a centrarnos. ¿Cómo resolvéis vosotros los asuntos turbios?

Santos levanta la cabeza. A veces no se sabe si es Paco o el actor (que también se llama Paco).

—¿Los asuntos turbios?

—Los asuntos delicados. Los difíciles.

El joven Santos se lo piensa.

—Antes, con el que mandaba antes, lo echábamos a cara o cruz. Ahora tenemos una pitonisa.

—¿Una pitonisa?

—Muy leal, ¿eh? Muy del partido. De los nuestros de toda la vida.

—Enhorabuena.

—Una pitonisa rusa.

—Como tiene que ser.

—Tome...

Le entrega una tarjeta de visita.

El alcalde la estudia.

—Una adivina, ¿eh? Muy buena idea.

—¿Rusa? —pregunta el secretario, siempre atento a los detalles—. ¿Y tiene los papeles?

«No sé si es buena idea que sea rusa», anota el crítico. «Un poco convencional. Igual rumana. Armenia».

—Hombre, Ángel...

—Llámeme señor Navarro.

—No fuerces, Ángel. No fuerces.

—No puedo saber ahora —se defiende Paco Santos— si tiene los papeles o no. Supongo que sí, porque sería lo suyo, pero la pregunta ofende. —El joven opositor busca una salida—. Aquí personas somos todos, ¿eh?, hasta los rusos. —El joven opositor se saca un teléfono de la manga (el móvil particular del actor; ya conseguirán uno para el estreno)—. Pero vamos, que la llamo ahora mismo y se lo pregunto. —Teclea el número.

«Limpiar el parlamento», taquigrafía el crítico sin apenas mirar el papel. «Mejorarlo. Darle foco».

—O aún mejor —dice el alcalde—: le dices que venga aquí y así nos conocemos todos.

Paco Santos reacciona al ruido (tal vez chasquido) que oye al otro lado de la línea (o que el actor que lo interpreta hace como que oye).

«Resulta creíble», anota el crítico. «Es un gesto banal, pero en las pequeñas cosas se ve cuándo hay un actor».

—¿Madame Polina? —le dice al móvil Santos—. ¡Al despacho del alcalde! ¡Ya! —Luego levanta las cejas—. ¿Cómo que ya lo sabías?

El joven opositor mira al alcalde.

—Que ya lo sabía, dice.

—Claro, claro, es natural.

Santos regresa al móvil.

—Pues, si puedes, ya mismo.

La mujer entra en escena en ese mismo instante. El efecto es magnífico.

La gente ríe (han llegado otros tres espectadores; uno de ellos un niño arrastrado por su madre, que no habrá encontrado con quién dejarlo).

El crítico también ríe (le gusta, por exactitud e ímpetu, la entrada de la actriz. Le atribuye a la directora parte del mérito).

—Madame Polina prrresssente —declama la actriz con fuerte acento—. ¿Me querrrían parrra algo? —La actriz habla como una espía de cine.

—Anda, qué mujer más graciosa —dice el alcalde—. No, si los extranjeros otra cosa no, pero al hablar tienen unas cosas…

Algunos se ríen, otros no.

Al crítico la reacción le parece de otro tiempo: «No, si los extranjeros otra cosa no», anota, para recordarlo. «Muchas eses», anota también. El tono es (o eso le parece) un pelín xenófobo, sin llegar a molestarlo (el crítico no es un moderno, al revés), y encaja en el género. «Si entras, entras», añade luego (el crítico no es Góngora cuando escribe para sí mismo).

El crítico de provincias —no lo habíamos dicho— tiene uno de esos bolígrafos con luz en la punta: el boliluz, lo llama él (que tampoco es Góngora para los bautizos); de los que permiten escribir sin molestar a nadie. (Hacía tiempo llevaba una linterna diminuta —la linternita la llamaban los actores—, pero desde que alguien le regaló el boliluz no sólo es lo único que usa, sino que vive con el miedo de perderlo por si no es capaz de encontrar otro: el crítico de provincias no compra por internet). Cuando la lucecita se enciende, los actores tiemblan.

—¿A que sí, a que es graciosa? —le dice Santos al alcalde—. ¿A que tiene un acento muy salado?

«¿Salado?», escribe con el boliluz el crítico.

—¿Dónde estaba usted, señorita? ¿En la puerta?

—Sssoy buena, ¿eh?

—Muy buena. —El alcalde le acerca la silla—. Siéntese, por favor, ¿quiere?

La adivina obedece y extrae una baraja del bolso. Sin tiempo que perder, por lo visto, empieza a colocar las cartas sobre el tablero.

El alcalde vuelve a tomar la tarjeta (en realidad, un papel en blanco. Al actor que lo interpreta se le ve tan natural que se diría que de verdad lo lee).

—Madame Polina, aquí dice que es usted nigromante, exorcista, vidente, quiromante, tarotista y mesmerizadora.

—Y técnica de sonido —señala Polina.

El crítico ríe con ganas. (Algo le resulta familiar en el diálogo).

El alcalde revisa la tarjeta.

—Y técnica de sonido, sí. Aquí lo pone.

«No es para todos», anota el crítico. «El absurdo y todo eso». (Cuando pase las notas a limpio se esforzará un poco más).

El crítico hace clic para encender la luz y clac para apagarla.

El crítico ha sido siempre de Ionesco, aunque los espectadores parezcan preferir a Muñoz Seca (que tampoco está tan lejos de Ionesco y por eso también ríen, sólo que donde ellos quieren).

—Vamos allá… —continúa el alcalde (a quien el cómico interpreta con confianza creciente)—. Ante todo me gustaría dejar claro que no creo en estas cosas. Usted ya lo sabrá, me dirá usted, ¿verdad? Ja, ja, ja… En fin, queda aclarado. —Ríe otro poco. (El alcalde, por lo visto, se hace gracia)—. ¿Qué va a ser, entonces? ¿Cartas? ¿Bola? Espero que no destripe ninguna golondrina, porque yo, la sangre, ni verla. Si hay que estudiar el vuelo, sí, vamos fuera y lo estudiamos, pero nada de sangre, ¿quiere?

El público se lo está pasando en grande, más con las caras que con el texto.

Tiranquilisssessse, ssseñor alcalde —le calma madame Polina—: Ningún método es extrrraño, todo esssstá en la mente. La mente esss extrrraña. La fuerrrsssa no esssstá en lasss velasss, ni en lasss carrrtas, ni en losss posssos del té. Todo esssstá —se toca la sien— aquí. Jusssto aquí, ssseñor alcalde. No debe buscarrr fuerrra nada que... —Polina cambia de postura, afloja el cuerpo, echa un bufido, sacude los brazos, pone los ojos en blanco, tuerce el morro, alza las cejas, dice con entonación de Valladolid (que es de donde es la actriz)—: Oiga, ¿le importa si nos olvidamos de lo del acento? Francamente, no cobro tanto y tampoco querría que...

—Nada, nada, faltaría más. No se preocupe. Usted como usted quiera.

El público ríe. El crítico sonríe.

La directora se asoma para otear la platea. Le alivia no ver la linternita.

Fuera, en el vestíbulo, un acomodador cierra el acceso a la sala y se pone a barrer.

En la calle, una señora pasa por delante del teatro, cansada, sudorosa, arrastrando un carro de la compra.

Detrás de ella, otra mujer va a un despacho de abogados porque se está divorciando. Llega tarde. La segunda mujer adelanta a la primera.

La ciudad, vista desde el aire, tiene forma de guitarra.

En China, a nueve mil kilómetros, pasan un montón de cosas que no significan nada en Manila, que está a doce mil kilómetros del teatro y a unos tres mil de la China.

A una escala diferente, entre dos tablas del suelo, se cuela una hormiga carpintera, que mira a madame Polina como si fuera un gigante.

Un ácaro misántropo, rodeado de ácaros de una décima de milímetro cada uno, mira a la hormiga de la misma manera.

—Pues eso —continúa Polina (cada vez más en su salsa)—. Que qué.

La actriz también se relaja, ya no siente la autoconsciencia del inicio: abandona la vocalización dibujada que le ayuda a encontrar su centro.

—¿Amor, trabajo, salud, dinero?

El alcalde duda. Mira al secretario.

—Trabajo, ¿no, Ángel? Es trabajo, ¿no?

Navarro se encoge de hombros.

—Trabajo, trabajo —le aclara Santos, más experimentado que él. Se gira hacia la adivina—. Trabajo, madame Polina.

—Un instante, por favor. —El alcalde no quiere ir tan rápido—. ¿Puedo probarla más?

—No son unas botas, señor alcalde. Probarla ¿para qué?

—Para lo que sea, Paco, tú respétame, que yo te he respetado a ti. Si eres tú quien me la trae, tampoco me da garantías.

—¡Encima!

—Te haces cargo, ¿no?

—Muy bien dicho, señor alcalde —le apoya Navarro.

—Hombre, yo creía que…

—Es que —explica el secretario— tiene aspecto de farsante, las cosas como son, Paco.

La adivina tuerce el gesto.

—Tampoco tiene usted muy buena pinta y yo no le he dicho nada.

—¡Madame Polina! —se escandaliza Santos.

El jefe de gabinete no se ofende en absoluto. Tiene la espalda ancha.

—Adelante —concede Polina, que no está para tonterías—. Acabemos de una vez.

El alcalde se frota las manos (más por concentrase que impaciente).

—Vamos allá. Vamos allá…

«Pasaje farragoso», anota el crítico. «No acaba de avanzar. Se pierde en réplicas vacías, puro relleno». Luego dibuja un óvalo y escribe dentro: «Recortar». (Se pregunta por qué no ha escrito «Recortar» primero y ha hecho el óvalo luego).

—Madame Polina —pregunta el alcalde—, ¿me seguirá promocionando el partido?

—¿Promocionando?

—¿Me ayudará a avanzar en mi carrera?

Polina levanta la primera carta.

—No.

El crítico sonríe un poco.

—¿Qué va a pasar con mi dinero? Es decir —rectifica—: con mi situación económica.

Polina levanta otra carta.

—Nada.

El crítico sonríe aún más.

—¿Adelgazaré, al menos, un poco?

—No.

—¿Me ve usted haciendo algo especial?

—No.

—¿Pasaré a la historia?

—No.

—¿Mejorará en algo mi vida?

—No.

—Y de salud ¿qué?

—Va a enfermar. Ya. Pero ya, ¿eh?, ya tiene que estar empezando a dolerle.

El crítico ríe con ganas. Identifica el diálogo. «Reciclaje parcial de la primera novela del autor», anota. «Que no ha leído nadie», añade con regocijo.

El alcalde mira a Santos.

—¡Es buena!

—Ya se lo dije, señor alcalde. Y de toda confianza.

El jefe de gabinete se incorpora, deslumbrado a su pesar.

—¿Y a mí? ¿Cómo me ve de salud a mí?

El alcalde lo calla con un gesto.

—Madame Polina, ¿cree que saldré de rositas de lo de los anónimos?

—¿Anónimos? —pregunta la adivina. (Parece desconcertada)—. Yo es que de eso no sé nada.

—¡¿Cómo no va a saber nada de eso?!

El alcalde estira el cuerpo y se palmea los costados. Se gira hacia el joven Santos.

—No me jodas, Paco, no me jodas. Mira lo que dice tu adivina.

—Ya, señor alcalde, ya. Yo qué quiere que le diga. Ella verá lo que vea, qué quiere que le diga yo. Si no ve lo de los anónimos…

—Paco, hombre. Con lo que yo he sido.

—Está bien… —contemporiza Santos. Toma de las manos a la adivina—. Madame Polina, concéntrate, tú puedes. Hasta tú tienes que haber recibido uno.

—Si está censada… —aclara el jefe de gabinete.

La adivina parece recordar algo.

—¿Se refieren a un librito de como diez folios?

—¿Diez? ¿Cómo diez? —Santos está confundido—. Lo que recibí yo tenía dos.

—Es que hicimos dos envíos; los había básicos y premium —explica el secretario—. A ti te lo habremos mandado normal.

—Pero coño, Navarro, no me jodas, me lo podíais haber mandado premium, ¿no?, que soy el líder de la oposición. ¿Cuántos hicisteis de cada?

—Ya ni sé —contesta Navarro—. Dos mil normales, o tres mil. Y premium, unos ochocientos. —Navarro se gira hacia el alcalde—. Ochocientos, ¿no?

El alcalde asiente.

—Por lo menos.

—Y, de ochocientos que había, ¿no me mandáis uno a mí? ¿No estoy entre las ochocientas personas más importantes de esta ciudad?

La adivina va recordando.

Estaba muy bien encuadernado, con su alambre en espiral y todo, con su plastiquito duro, su portada...

—El mío venía con grapa —dice desolado Santos.

A Navarro se le ve entusiasmado:

—Pues tenía que haber visto el que le enviamos al rey. Con tapas de piel buena y el título a golpe seco, iniciales en pan de oro, una cinta roja para marcar las páginas... Una obra de arte. Tengo una foto aquí mismo.

Navarro hace como que saca la foto de la cartera (en el estreno lo hará de verdad). Se la muestra a la adivina (hace como que se la muestra) como enseñaría el retrato de un hijo.

—Qué bonito, sí, señor. —La adivina parece admirada.

—¿Verdad? —replica Navarro—. Y mire qué remates. Mire.

—Muy bien rematado, ya le digo.

—A Toledo lo llevamos a hacer. Y el resto aquí. En Gráficas Arco Iris.

El alcalde se dirige al público:

—Más barato, dónde va a parar.

Risas generales.

—Pero el rey —recuerda Navarro— es el rey.

—Eso desde luego —concede el alcalde—. Eso es aparte.

—Eso es aparte —repite, como un eco, la adivina, que estudia de nuevo la foto—. Un trabajo muy fino, ya lo creo.

Al crítico de provincias (que había aplaudido la llegada de Polina porque evitaba la congestión) empieza a atragantársele el personaje; o el texto, porque la actriz lo hace bien. «El juego en zigzag», anota, «busca la música». Y luego añade: «Falta la letra». Concluye: «Navarro, por otro lado, está muy bien, muy patético».

El actor que hace de Navarro ni sabe lo que piensa el crítico de él ni le importa mucho a esas alturas. Se siente en vena. Para él sólo existe el personaje.

La directora —que no ha dormido mucho— busca una silla entre bastidores. Un técnico se la alcanza.

El Paco que interpreta a Santos (recordemos que comparten nombre) clava la irritación:

—¡Bueno, bueno! ¡Ya está bien! ¡A ver si dejamos de presumir!

—¿A qué te refieres, Paco? —pregunta el alcalde.

—¡Nosotros también sabemos hacerlo!

El alcalde se pone paternalista.

—Paco. Paquito. Francisco querido. Paco Santos. Querido Fran. Patxi… No quiero alardear de nada, pero tienes que admitir que el trabajo es de diez. De dulce.

—Si yo no digo que no. —Echa un vistazo a la foto—. Sólo digo que, si nos hubiéramos encargado nosotros, también habríamos sabido hacerlo. —Busca la mirada de Navarro—. ¡Y habríamos llegado a…!

En ese mismo instante, la sala empieza a temblar.

No es una sacudida fuerte, se parece al vibrar del suelo cuando el metro pasa por debajo, o demasiado cerca, aunque en la ciudad no haya metro.

Los focos tiemblan en el peine, que también oscila ligeramente. Los actores levantan la mirada.

El crítico de provincias se aferra apenas al asiento, más por sentir una referencia espacial que para sujetarse de verdad. Ni siquiera está seguro de lo que está pasando, si es que está pasando algo. La sala tiembla tan poco que se diría que es el aire lo que tiembla. ¿Puede temblar el aire?

Nada resulta peligroso, nadie se preocupa demasiado, sólo cunde la extrañeza, como cuando alguien se pone a cantar sin avisar. O como si un balón hubiera entrado botando en la platea.

Los actores observan al público sin saber si proseguir o no. Los invitados se miran confundidos.

—¿Soy yo? —pregunta alguien.

—No. Creo que somos todos —le contesta una mujer.

—Creía que estaba malo.

—No, no. Yo también lo noto.

—Y yo.

—Y yo.

El parqué sintético cruje bajo los pies de los presentes. Un señor levanta las piernas como si alguien pasara la aspiradora.

Los bafles de las paredes (la sala a veces es un cine) emiten un zumbido sedoso, casi inaudible, y un pequeño tacatá —o tiquití más bien—, como si no estuvieran del todo anclados, o como si hubiera en su interior algo suelto.

El acomodador entra en la sala por la puerta principal. Mira alrededor sin soltar la barra y se va de nuevo.

Las bombillas oscilan levemente (cuando forman parte de una lámpara; si no, ni eso). Apenas parpadean.

El suave ondular del recinto es una caricia eléctrica, un tiritar del ambiente, más que del teatro en sí, un suave estremecerse —un soplo— que pellizca los cabellos de la concurrencia y los encrespa tímidamente, aunque surja del suelo. O tal vez de las paredes.

Las cortinas del escenario forman pequeñas olas rápidas, muy juntas entre sí, que sólo pueden verse desde muy cerca.

La directora se asoma con cautela para ver si alguien ha hecho algo en la platea; si se le ha caído algo, si ha roto algo; si algo se ha puesto en marcha solo. Sólo ve gente girándose con expresión prudente. El niño que había ido allí de mala gana la mira con recelo. La directora le devuelve una sonrisa tonta.

La sala deja de temblar…

El crítico de provincias se incorpora, frotándose contra el respaldo, preguntándose si no habrá obras cerca. (No anota nada al respecto).

Los actores vuelven a cruzar miradas y luego se encogen de hombros.

El jefe de gabinete (el actor que lo interpreta) vuelve a inclinarse hacia el peine, detrás de las bambalinas, y comprueba que no pendulea.

Todo parece tranquilo.

–¡¿Cómo a más gente?! –brama el secretario, como si nada hubiera pasado–. ¡¿A quién, si puede saberse?! ¡Nosotros se lo mandamos hasta a menores de edad! ¡Y a disminuidos físicos!

–¿A disminuidos físicos? –pregunta Paco Santos, que tampoco deja que decaiga el ritmo–. ¡¿Y a mí qué los disminuidos físicos?! –El crítico olvida la interrupción y ríe sin complejos. No vio venir el dislate–. ¡A mí los disminuidos físicos qué! –prosigue Santos–. ¡Menuda cosa! Nosotros se los habríamos enviado a los presidiarios y a los enfermos terminales. ¡Perfectamente, además! ¡Y por menos dinero!

Navarro balbucea de indignación.

El público se reacomoda de forma instintiva.

El crítico ríe de nuevo, encantado con la falta de tiento.

(El actor que hace de Navarro está tan enojado que la cara se le vuelve roja. Las palabras, aunque estén escritas, no acuden, aunque esté escrito que no acudan).

–¡¿P-por menos?! ¡¿P-por menos, dices?! ¿Has oído, alcalde, lo que me ha dicho?

Todos vuelven a lo suyo, nada ha sucedido ya, nada ha temblado. Así funciona la atención, que encuentra dónde mirar y olvida el resto. (Sólo el niño estudia el entorno aún, más curioso que inquieto. Le ayuda el aburrimiento).

–Tranquilo, Ángel, que te pierdes.

–¡A cuarenta céntimos el sello de cada envío normal, más los sobres, más los folios, más las fotocopias, más las portadas, más el canutillo de los premium, más irte a enviarlos a La Coruña, para despistar…! ¡Ya me dirás tú cómo bajas de los diez mil euros!

El líder de la oposición se reafirma en su dictamen:

–¡Por menos dinero, he dicho!

–¡Pero si no pagamos ni el IVA! ¡Si no hicimos ni factura, que lo pagamos en B! ¿Verdad, alcalde, que lo pagamos en B?

–Hombre, Ángel, tampoco hay que jactarse.

–¡Pero si ha empezado él!

–¡¿Que he empezado yo?!

El joven opositor se hincha tanto como el secretario, como si de alcanzar la mayor indignación posible se tratara. «Que es lo que pasa en la vida», anota el crítico. (El crítico subraya la reflexión).

Clic, enciende la luz.

Clac, la apaga.

—¡¿Que he empezado yo?! —repite Santos—. ¡Empezaste tú!

—¡De usted! ¡Trátame de usted! ¡¿Cómo quieres ganar así?! ¡¿Con el voto de tu madre?!

—¡Eh, eh, eh, sin ir a lo personal, ¿eh?!

—Niños, niños...

—¡Sin mezclar las cosas!

El alcalde intenta un gesto conciliador que nadie parece reconocer.

La actriz que interpreta a Polina hace lo más difícil del oficio: nada.

La directora se asoma de nuevo, con extrema precaución, haciéndose pequeñita. Se aferra a un botellín de agua de cuya etiqueta sólo queda el pegamento.

—Ángel —media el alcalde—, lo dejamos en tablas y ya está, ¿te parece? Pídele perdón a Paco y santas pascuas. Justo es reconocer que estos señores, cuando se ponen, saben perfectamente cóm...

—¡Sin condescendencia, ¿eh?! —le interrumpe el opositor, que no necesita que lo defiendan—. ¡Sin condescendencia, que nos conocemos! ¡Aquí corruptos somos todos, no vengamos a dar lecciones!

Tanto el público como el crítico ríen.

El secretario extiende las manos como si se hubiera dado cuenta de que ha ido demasiado lejos.

—Tienes razón. Disculpa, Paco. Tengo la mecha corta, ya me conoces. Acepta, por favor, mis excusas.

—¡No admito lecciones de nadie! —insiste el joven Santos.

—De nadie, de nadie, Paco. Lo que yo decía. En serio.

Santos se tranquiliza como puede. De rojo va pasando a rosa. Se recoloca la chaqueta. Se mete la camisa por dentro.

—Está bien —concede al fin.

—Venga, démonos la mano —les pide a ambos el alcalde—. Todos, ¿eh? —Le guiña un ojo a la rusa a ver si también se anima.

—Está bien, está bien…

De forma inexplicable, absurda, todos los personajes extienden los brazos y colocan una palma sobre otra. «Como si estuvieran a punto de empezar», anota el crítico, «un partido de baloncesto».

Sacuden tres veces las manos y secundan lo que el alcalde grita.

—¡Viva el excelentísimo Ayuntamiento!

—¡Viva!

—¡Viva el excelentísimo Ayuntamiento!

—¡Viva!

—¡Viva el excelentísimo Ayuntamiento!

—¡Viva! ¡Viva! ¡Viva!

Los actores se echan a reír —el público no— como si vivieran en un poblado de gnomos, o en una de esas series japonesas llenas de gente de ojos gigantes.

Alguno de los actores dobla el codo, como rascándose la espalda. «En una suerte de gimnasia», anota el crítico, «referencial, o metarreferencial acaso, sobre algo que sin duda se me escapa. ¿Dibujos animados, tal vez?». (El crítico duda de si tales gestos procederán de las acotaciones de Juanes —el autor— o de la directora —cuya risa es la única que se oye, para aclarar las dudas).

—En fin… —continúa el alcalde, llorando aún de risa—. Entonces ¿qué hacemos? —Extrae un pañuelo del bolsillo. Se seca las lágrimas—. Sacrificamos a Ángel, ¿no?

—¡¿Cómo?! —replica el secretario, a quien se le ha cortado la alegría de golpe.

—Yo creo que va a ser lo mejor —conviene Santos, que también se limpia las lágrimas (él con la manga).

—Oigan, ¿cómo que…?

—Yo no he querido decir nada —se suma Polina—, pero, ya que se animan ustedes…

—Pero ¿qué dice?

—Nada, nada —zanja el alcalde—, si lo dice la adivina…

—Pero, alcalde…

—Por algo será, Ángel, que esta gente sabe de estas cosas.

—Alcalde…

—Mañana mismo, Ángel, convocas una rueda de prensa, dices que los anónimos los has mandado tú y seguimos con nuestras vidas. Tú lo ves igual, ¿no, Paco?

—Pero igual —confirma el joven opositor—. Es que lo veo igualito.

—Ya, si ya, pero es que yo… —intenta razonar Navarro.

—Ángel, Ángel. No vayas a obcecarte ahora. Has sido muy leal. Un jefe de gabinete estupendo. Pero hazte cargo, Ángel, esto es como lo del torero y el criado, ¿te acuerdas? Si yo atropello a alguien una noche (sin querer, se entiende), pues luego vas tú y lo arreglas.

—Está claro —corrobora Santos.

—Es que es de cajón —confirma la adivina.

Abrumado por la unanimidad, el secretario duda. Se deja caer en la silla. Los ojos le bailan sin asiento.

Por fin, más resignado, dice:

—Hombre. Si de verdad es de cajón…

—De cajón, Ángel, de cajón. Lo que yo te diga.

El pobre secretario se encoge de hombros.

—Si es como lo del torero…

Todos caminan hacia el fondo —salvo Navarro, que musita algo—. Abandonan el escenario.

El actor que interpreta al alcalde se deja alcanzar por el que hace de Santos.

—Una cosa, Paco —le dice—. Una duda… ¿Es verdad que te peina tu madre?

—Yo con mi madre, alcalde, tengo una relación extraordinaria.

—No, no, claro. Y haces bien.

Las voces se oyen ya fuera de escena.

—Así que no te habías fijado en el perro, ¿eh, pillín?

—No, que no me había fijado no: que ni lo había visto.

—¿Qué perro? —pregunta (ya entre bambalinas) la actriz que hace de Polina.

—El de la casa Bruc. El del museo.

—¿Un museo?

—Muy bonito.

—¿En la casa Bruc hay un museo?

—Desde hace años, Polina. Y muy bueno, por lo visto.

—Lleno de cosas —confirma Santos—. Diferentes todas, todas brillantes, todas distintas. Con un perro de los de así, como de verdad, de los de poner en el salón.

—Ah, pues me tengo que pasar sin falta.

—Pero-sin-falta. Digno de verse, Polina.

—Con un perro de los de así. ¿Verdad que parece de verdad?

El público afina el oído para no perderse nada.

—De tú, Paco, de tú. Y llámame Joaquín, coño. ¿Somos o no somos personas?

«¿Están improvisando?», anota el crítico. «¿Esto no va a acabar nunca?».

—¿Y yo? —pregunta la actriz—. ¿Puedo ser amiga yo?

Al alcalde se le oye bien, ni muy alto ni muy bajo. A los demás, algo menos.

—Por favor, madame Polina. Eso ni se pregunta.

A Navarro se le ve abatido. Abandonado en la silla. En el centro del escenario. Entrelaza las manos. Junta las rodillas. Fija la vista en las tablas recién barnizadas.

La luz se apaga poco a poco.

El telón se cierra suavemente con un arrastrar pausado.

Los diez o doce espectadores —todos amigos, todos contentos— aplauden y se miran entre sí, como si despertaran de un sueño.

El crítico hace clic con el bolígrafo y escribe:

«Está bien, o no está mal del todo. Las referencias a la actualidad pasada, si vale el oxímoron, no hacen sufrir al número: el mundo, por lo visto, ha cambiado poco. El ritmo no es malo, con cierta querencia por el tenis, por decirlo así, que no está del todo mal pero que abusa del peloteo: no siempre funciona en los juegos largos. Uno vuelve a preguntarse qué pensará el espectador que no recuerde los hechos. Acaso nada. Recogen la agonía de la mediocridad humana tan bien o tan mal como cualquier otro cuadro, la política como estado de la opinión, etcétera, como mal juego de ajedrez, o mal parchís. ¿Intentaba Juanes mostrarnos que todos somos sacrificables? No vuela tan alto. Funcionaría mejor si se arropara con parlamentos más reflexivos (dentro de lo cómico), o interpretaciones algo más hondas (sin llegar a lo pedante) que generaran el necesario contraste. Me reservo la opinión sobre la duración del número hasta no conocer los demás textos y, sobre todo, su orden.

El juego del sainete funciona, lo recordaba peor, las alusiones (confesas o inconscientes, no importa) a las vanguardias, ciertas humoradas, a veces de trazo grueso... Otras referencias parecen atender a rasgos más populares y ser más, digamos, recientes, incluso paradójicamente recientes, dada la naturaleza del texto, que se beneficiaría de una reescritura a fondo, no necesariamente actualizadora (los hechos son los que son y ha quedado establecido que no importan) pero sí más intolerante con el original: a veces la intolerancia saca el mejor zumo de las frutas más inesperadas, y este número, que es definitivamente una fruta, no es del todo irrecuperable.

Los actores están bien.

Carlos Martín está, como es habitual, impecable, esta vez de alcalde (como siempre, ha reclamado para sí el papel protagonista); hay que agradecerle el celo y pedirle más rango. Si sigue así, pronto podrá dejar de trabajar en el concesionario.

Jaime Zubiri ha compuesto un gran Navarro; ruin, altivo, sumiso.

Sorprende el joven Iglesias, chispeante en el papel de Santos sin caer en el patetismo que el texto tantas veces bordea (al menos con su personaje). A veces se descontrola, pero tiene madera y espacio de mejora. No se emborracha de público, eso es bueno.

En cuanto a Elena Martori, ¿qué añadir que no escribiera ya en su debut en *El cielo entero*? No es el mejor texto para ella, pero la Martori sabe adaptarse a cualquier estilo, dramático, cómico, clásico, en verso. Incluso a estos papelitos intrascendentes que exigen lo mejor de los más dignos (quienes, mereciendo más, a veces logran, sin que el espectador lo note, que un texto destinado al naufragio flote).

El arranque es eficaz. Clásico. Se define la situación desde el diálogo, el contexto se establece solo.

Desarrollo interesante, con algunos momentos casi buenos y otros que requerirán más trabajo por parte de la aún verde Julia Arbó.

Resulta llamativo —no sé si esperanzador o insensato— que haya tanta gente interesada en la farsa aún. ¿Por qué? Lo desconozco.

En cuanto al final, urge rehacerlo. La conclusión es perezosa; el cierre, decepcionante, o no lo hay (¡no acaba nunca!); se diría que alguien se ha cansado de pensar. Aunque tiene arreglo.

Creo que ha habido un terremoto.

A ver qué tal el nuevo número. Vamos allá…».

Clac.

MUJER DEL TIEMPO
SOBRE FONDO AMARILLO

El calor de aquel julio era diferente y mejor, más pesado. Satisfactorio en muchos sentidos. El del año anterior no había estado mal, muchas meteorólogas –sólo las mujeres lo son, como es sabido– se habían dado la mano al final del verano para felicitarse por una temporada impecable, pero Laura recordaba aquellos arrebatos como actos autoindulgentes que le producían más vergüenza que piedad.

Laura era también meteoróloga; vocacional, como la mayoría; desde niña jugaba a anticipar las lluvias e invocar los vientos (que es lo que hacen las meteorólogas cuando llenan de isobaras los paisajes, por lo general mansos: enredar).

Pero Laura no era una meteoróloga cualquiera.

No era una meteoróloga sinóptica, experta en dinámica atmosférica, de la que sólo supieran en su departamento, ni era una meteoróloga por lo menudo –micrometeorólogas les dicen– de área confinada y radio estrecho. Tampoco era una aerónoma ni una aeróloga, tan preocupadas por las alturas que no hay quien las haga aterrizar luego.

O lo era todo a la vez.

Laura era la mujer del tiempo; la del canal más importante del país, nada menos; la mujer de traje gris pizarra que sale después del jaleo y antes de los deportes y mueve así o asá los brazos delante de una pantalla verde, con esa prosodia hipnótica que tienen las mujeres del tiempo cuando empujan las tormentas ante cinco millones de espectadores (que, cansados de asomarse a la ventana, se asoman mejor a la tele para saber qué quitarse y cuándo).

Laura era muy conocida. Y caía bastante bien, eso también lo tenía.

La primera vez que Laura cambió el paisaje tendría doce años y fue un poco sin querer. Estaba de vacaciones en Yecla a cargo de sus tíos, que a veces le pedían hacer cosas cuando ella sólo quería aburrirse.

Sentada en un cerro pelado después de merendar, con un libro de viajes que no se decidía a arrancar del todo, Laura se puso a contar nubes y a identificarlas luego: un buey, un cerdo, un rey cargado de obligaciones, una guitarra, un sofá medio caído, una mujer tonta y guapa, un árbol, un campanario, una peluca deshecha, un ciclista bajando un puerto con el culo para arriba, un quinqué, una oveja muerta. Hasta encontró —entre el cerdo y el sofá— una nube que parecía una nube, pero otra nube.

La niña Laura llevaba ya un tiempo interesada en el cielo, en los cirros, los estratos, los cumulonimbos, en la ciencia de la presión en general y, valga la redundancia, en los indios navajos. Así que extendió la mano, separó un poco los dedos y empezó a cambiar las nubes de lugar como había visto que las meteorólogas hacían en los vídeos que le ponían en el colegio.

No supo bien qué ocurrió, fue todo bastante intuitivo. No habría sido capaz de describirlo. Imaginó lo que quería que pasara y pasó, simplemente; supuso que había gente que podía hacerlo y gente que no, como bailar y resolver ecuaciones. (Laura bailaba muy mal, pero una vez lo intentó en un campamento para gustarle al niño que le gustaba a ella: se balanceó como pudo, un poco a la izquierda, un poco a la derecha, ante la mirada de plomo —le pareció— de un millón de niñas, y no volvió a probar nunca más. No pensaba hacerlo ni de vieja).

Ahora, claro, era distinto. Ahora era una profesional. Tenía treinta y ocho años. Había hecho dos carreras: Meteorología e Historia del Arte. Había bebido mercurio. Había pasado dos años en la Agencia Estatal y otros dos en el Consejo Superior de Investigaciones Científicas. Había vivido en Sonora, con los yaquis. Combinaba las variables de altura, temperatura y presión mejor que un alquimista y, por su profesión, estaba habituada a llevar más ojos encima que en el baile del campamento.

Las mujeres del tiempo hacían lo que podían por calentar el mundo.

Después de dos años de nieves en julio haría cosa de una década, la población, encantada al principio, había empezado a descreer, cada cual en su casa y a su modo: «No hay derecho». «Y el calor qué». «Tanta nieve ya aburre». Los comentarios habituales entre quienes creen merecer un milagro diario y a quienes todo se les hace poco. Así de indolente estaba la nación.

El objetivo era, desde entonces —en eso habían quedado los votantes—, conjurar cada año un julio invisible, un estío como Dios manda, reverberante y ámbar, que no se saltara un gitano, lleno de plusmarcas rotas, con su rastro de cadáveres y todo, y algún monte quemado, y noches infernales, y grillos sobreexcitados, un julio andaluz de sur a norte que vaciara las calles a las once de la mañana y hasta la tarde no devolviera a los jardines a nadie, a eso de las ocho y media.

Llenar de magma el Tajo mantuvo a la población contenta un tiempo: la temperatura subió enseguida y el sulfuro en el aire ayudaba al sofoco.

Otro año llevaron la lava a Sanabria, Enol y otros diez lagos bien repartidos, y a la laguna de Fuente de Piedra (para alegría de los flamencos, que aleteaban en llamas).

Hacía dos campañas le había llegado el turno al Duero, desde el Urbión al Atlántico, con protestas públicas en las Arribes, en la zona portuguesa, y más allá, en Oporto, por los vapores. Decían que los turistas se les quedaban tontos.

Pero el termómetro batió otra marca. Y luego otra. Y luego otra. Cada año una meteoróloga distinta coordinaba las remontadas para probar nuevos estilos y evitar el acomodamiento. Aunque hasta ahora nunca le había tocado —y era raro— a la mujer del tiempo.

Tras años de récords, la presión para Laura era enorme.

La familia de Laura estaba muy contenta. Nunca había apoyado a la niña en su carrera (al revés: a todos les espantaba cuando granizaba en la sala), pero ahora se subía al carro.

—Lo de los días claros le viene de su padre, que es de buen carácter —decía la madre—, lo del viento racheado es cosa mía. —Y luego se reía.

Algo de razón tenía.

—A veces montaba tremolinas en su cuarto, bate que te bate el aire, y luego hacía salir el sol de golpe, patapum, y luego venga lluvia, y luego venga sol, sobre todo con la edad del pavo.

También los vecinos de Laura florecían cuando llegaban los de las noticias: decían que nunca les habían molestado los temblores de tierra, para nada, al revés, que de alguna manera hay que aprender, que Laura era una niña muy tímida pero muy agradable, una jovencita brillante que bastante poca importancia se daba para lo que hacía. No era, naturalmente, lo que decían de ella entonces, cuando Laura les anegaba la escalera o les hacía agacharse entre los rayos, o cuando una sequía vaciaba los depósitos de la comunidad y el cierzo de Aragón y Navarra, fuerte, seco, fresco, se colaba en Madrid por el este y se enseñoreaba del barrio; pero así es la gente, olvidadiza y buena, no hay que tenérselo en cuenta.

Después de un junio titubeante, julio había empezado bien. Se habían rebasado los cuarenta varias veces en Asturias. El asfalto de las ciudades ayudaba —sin llegar al burbujeo tampoco—, haciendo más de frontón que de marco, pero en las riberas vivían más o menos tranquilos y cabía, por tanto, el riesgo de la frustración, que es el cuarto nombre de la impaciencia.

Laura había probado varios trucos para abrir boca: atraer del norte de África todo el aire posible aprovechando su verano boreal; invocar una zona de baja presión en el Atlántico entre las Azores y Madeira para asegurar la circulación del fuego; levantar nubes gigantes de limaduras calizas y polvo de lino arrancadas a la tierra.

Todo había funcionado.

En Madeira, varios cavaquiños habían echado a arder espontáneamente, a veces en mitad de un concierto —a veces hasta de noche—. Las fuentes del sistema Bético habían dejado de manar, como las de la cordillera Cantábrica (incluido el nacimiento del Ebro, que ya no moría en Deltebre, sino en Fontibre mismo, a diez o doce metros de su nacimiento).

Todo estaba, pues, dispuesto.

El helicóptero que transportaba a Laura aterrizó en un teso apartado con forma y vocación de plancha. (A Laura le pareció lo apropiado). El piloto enderezó el morro hasta posarse con gracia.

Laura llevaba dos cámaras consigo, con sus correspondientes camarógrafos, más las que la cadena había colocado ya, un día antes, en el teso, una aupada a una grúa telescópica, para los planos generales, más las de los tres operadores que aguardaban debajo, más la instalada en el propio helicóptero, que hacía unos planos magníficos.

La cadena —que no había reparado en gastos— quería exprimir a Laura con un despliegue deslumbrante, puro autobombo, que habría de dejar en nada las emisiones de siempre, a cargo hasta la fecha de la televisión pública.

Laura parecía nerviosa pero no lo estaba; no pensaba en la cadena ni en la fama ni en su puesto, ni en la legión de miradas que en ese mismo instante la estarían escrutando, sino en el deber sólo, en su obligación sagrada, que era la del oficio. Pensaba si acaso en aquella niña que halló su camino en Yecla al hacer inventario de nubes y ponerlas a marchar sin pensarlo.

Todo eso rumiaba Laura mientras avanzaba a paso firme con la vista en los zapatos o en el suelo irregular, indiferente al entorno.

Hasta que alzó la vista y ay...

El mundo se detuvo.

La cadena había logrado que ceremonia y conexión se produjeran a la hora de almorzar, cuando Laura daba habitualmente el tiempo, por presumir un poco, para no romper la inercia, por garantizar el calor y para unir la lógica de la creación bíblica a la propia.

La cadena había salido determinista.

Cuarenta y siete millones de españoles contenían la respiración, entre ellos Alén, el novio de Laura, que, por llevar poco con ella, no había sustituido aún la primera admiración por el resentimiento.

También el hermano de Laura contuvo el aliento. La madre. El padre. Los vecinos de antaño. Los de hogaño. Los ejecutivos de la cadena.

También el Real Madrid, que patrocinaba el acto, y un sinnúmero de civiles que quería saber si la mujer del tiempo sería capaz de batir la marca de la última afortunada, una hidrometeoróloga de Orense que se las había arreglado muy bien con una tormenta de polvo para hacer pasar a Santander de los cuarenta y cinco grados. Un hito.

Laura extendió la mano como hiciera en aquel cerro de la infancia. Y se retiró el pelo del rostro con la otra. Mil trescientos sesenta y un vatios por metro cuadrado le arrancaban al suelo el color. El sol no parecía necesitar ayuda.

El plan de Laura era, de entrada, atacar la dorsal de altura –visible en los mapas de altitud geopotencial– en los niveles de presión más bajos. Si la cota de la dorsal rondaba habitualmente los cinco mil metros, Laura pretendía elevarla ese día a los seis mil.

Lo hizo con el dedo índice, con un movimiento exacto; sólo una meteoróloga formada habría podido apreciar la elegancia del gesto. Una vez garantizada la estabilidad atmosférica, el suelo absorbió como nunca la venganza del cielo.

El aire emprendió un ciclo descendente que Laura, de haber tenido tiempo, habría llamado subsidencia. (Laura estaba resuelta a evitar los trucos fáciles, las exhibiciones para legos; deseaba sólo servir a Cibeles y que Newton hiciera el resto).

Forzado a bajar, el aire se calentaba abofeteando a la propia Laura, ya inundada de amarillo, quien, por medio de ese principio que muchos denominan advección, transportaba en horizontal el bochorno y extendía entre regiones el ansiado infierno.

Ni siquiera le hizo falta importar fragor africano, que tan bien habría viajado con la advección: empujado dorsal abajo por la mujer del tiempo, el aire formaba una cúpula cien por cien nacional, un placer para Laura y un orgullo para todos.

Con un giro de muñeca, Laura embolsó una masa fría sobre el mismo mar, al noreste de la península, y la hizo chocar con violencia contra el aire de la superficie, atrayendo al centro de la sartén cuanto calor hubiera disponible en el cielo.

No hizo falta más.

Los termómetros de toda España estallaron a la vez como fuegos artificiales, rociando los techos de manchas que se evaporaban enseguida (aunque dejaban cerco).

Una lluvia de pájaros muertos cayó durante diez minutos en ciudades y campos, como confeti que celebrara el Año Nuevo, mientras la Meseta superaba por primera vez los cincuenta grados a la sombra (que también registraba el aeropuerto de Córdoba), y en Oviedo y en Bilbao y en San Sebastián y en Ponferrada se superaban con holgura los cuarenta y siete. Lo nunca visto.

Laura lo había logrado.

Los aplausos se oían en Marruecos.

—¿Tiene algo que decir sobre el cambio climático? —le preguntaban a Laura los periodistas al bajar del seto, plantándole en la cara un millón de micrófonos—. ¿Cree que irá a más?

—Oh —contestaba Laura, algo azorada.

—¿Es cosa del ser humano? —le preguntaban.

Laura habría querido espantar la pregunta con la mano, como hacía con las nubes.

—Les agradezco la atención —balbuceó—. Querría ser prudente, entiéndanlo. Son tantos los factores…

Porque Laura, otra cosa no, pero modesta lo era un rato.

LAS DOS LUCES

Querida Sintaxis:

Me preocupan nuestros padres asignados, ya lo sabes, y sé que, aunque seas reacia a manifestarlo, también a ti. Comienzan a mostrar inclinaciones, veleidades casi, para las que no fueron programados, o para cuya programación no dimos, según recuerdo, permiso. Disculpa la brevedad de la misiva, pero estoy seguro de que sabrás entender mejor que nadie cuáles son mis nuevas obligaciones y hasta apreciarás, como siempre has hecho, la concisión.

Por lo demás, mi primer año en Nueva Betania transcurre como me anticipaste, sin más sobresaltos que los de la falta de sueño y el peso del nuevo cargo, que a veces amenazaría con pararme cualquiera de los dos corazones, aunque, por fortuna, nunca llega a detener nada.

¿Sigue todo bien en Cirene, como deseo? Espero que estés contenta.

Tu querido hermano

LUMIÈRE

Querido Lu:

Me alegra que estés bien. En Cirene sigue todo ordenado y en eterna primavera, como ya imaginarás, gracias por preguntar. No sé a qué te refieres con esa preocupación que crees que comparto, que entiendo reciente, como lo serán, doy por sentado, los propios acontecimientos. No imagines que te reprocho nada. Si te refieres a su espíritu creativo, ya hemos hablado de ello. Es verdad que no dimos permiso expreso para su implementación, que tampoco prohibimos de forma expresa. Según he comprobado (no me ha resultado fácil localizar los documentos después de la Devolución), firmamos una cláusula general que garantizaba que los padres asignados tendrían un carácter protector que siempre demostraron, y nos procurarían alimento y abrigo, como siempre hicieron. Creo, por tanto, que cumplieron con creces la misión encomendada, como demuestran, sin ir más lejos, tu salud y éxitos, y que a menudo nos mostraron diversas formas de cariño. Cada actualización mereció el esfuerzo. Si Padre quiere ahora tocar un instrumento o Madre se abstrae más de la cuenta al mirar al cielo, en nada debería incomodarnos, ¿no crees? Se trata de unidades virtualmente retiradas que ningún mal pueden hacernos ya, y a quienes, desde nuestra vida autónoma, no debemos sino agradecimiento.

Espero que a veces sonrías.

Tu hermana incondicional

SINTA

Querida Sintaxis:

Gracias por responder con tanta diligencia, aunque no estoy seguro de que seas consciente, o no del todo, de la gravedad de cuanto −torpemente, por lo visto− refiero. He encontrado textos de mamá en la casa vieja que me preocupan. En primer lugar, no debería haber encontrado nada, y mucho menos por escrito, preocupante o no. Madre no debería haber producido obra ninguna que tuviera, ni de lejos, aliento poético −no es esa, ni lo era, su función−, y la ausencia de datación en los textos me da permiso para preguntarme si son, como sospecho, relativamente recientes o directamente los compuso mientras debía cuidarnos. No sé qué sería peor.

¿De verdad no te preocupa haber pagado −en el mejor de los casos− por una unidad defectuosa, o haber sido involucrada –en el peor– como participante inadvertida de algún ensayo o prueba de la Compañía?

Te envío, nunca lo dudes, todo mi cariño.

Tu hermano

LUMIÈRE

Querido, queridísimo Lu:

En realidad, me alegra y casi divierte comprobar que tu carácter no ha cambiado en este tiempo. Veo que la política, para confirmar mis malintencionados pronósticos, se ajusta como un guante a tu carácter desconfiado, que, aunque se diría más técnico ahora, no parece, en realidad, haber empeorado. Brindo por ello. Eres, querido Lu, el cascarrabias de siempre. (Lee, por favor, estas líneas con ánimo divertido, sin despegarte un instante de mi afecto).

¿A qué textos te refieres? Hablamos, en cualquier caso, de simples escritos, ¿no? (¿cartas juguetonas, quizá, a amantes inventados?), no de unidades de memoria o de un apéndice vermicular de menos. Yo misma he encontrado a veces escritos de papá, y hasta algún dibujo, que aún conservo. Los encontré divertidos, francamente, ya sabes cómo es Padre, lacónico, certero y poco ordenado.

¿Por qué estás tan preocupado, Lu?

Tu hermana leal

SINTA

Querida Sintaxis:

Desconozco qué escribió Padre, pero Madre ha escrito lo siguiente:

Deambulo. A buen paso, sin darme pena. Camino rápido. El único modo de vencer el insomnio es permitir que venza, abandonar la esperanza y la celda caliente y salir a la calle sin negociar con nadie, sin hacer prisioneros. Conozco bien la colme-

na, otras veces he dejado el cuerpo en la cama, convenientemente
vacío, y he salido por mi cuenta a echar un vistazo, de madruga-
da. Conozco bien la colmena. A las seis está apagada; hoy, algo
menos, se acerca el viernes. A las seis y media comienza el cuen-
tagotas de viandantes y e-obreros. A las siete todo se activa con
un golpe seco: aparecen los desplazadores como si alguien hubie-
ra abierto una exclusa. A las siete y media se levantan las redes
de las cafeterías.

¿Quieres que siga? ¿No es embarazoso? ¿Quién escribe así,
autorizado o no? Nadie. Y menos un género C, ya lo sabes.
¿Qué tenía en la cabeza?
Tu hermano

LUMIÈRE

Querido Lu:
Admito que el texto es levemente embarazoso hasta para
el manierismo de Madre, pero no veo nada en él que deba
preocuparnos. ¿Qué te avergüenza, querido Lu? ¿Qué te preocupa? ¿Algo en concreto que quieras compartir conmigo? Lo
encuentro, para serte sincera, triste.
¿Qué más dice?

SINTA

Querida Sintaxis:
El primer tercio de la mecanomemoria es una descripción
apresurada de la cafetería y sus clientes, llena de figuras recar-
gadas que revelan, en general, exceso de atención por la forma, inevitable entre principiantes (no voy a enseñarte precisamente a ti cómo interpretar un texto). Escribe después que
quienes atienden las cafeterías «están serios»; no añade más a
la frase, que resulta por ello pobre y hasta banal. Después del
punto y seguido, amplía: «Competentes como sargentos».
(¿Como sargentos?). Por fin concluye —después de un nuevo

punto (le gustan las frases cortas)–: «Cansados». De lejos, por simple, la acotación que prefiero.

Luego describe a la clientela como «parroquia flotante», de la que asegura que «carece de lazos» (se refiere a la parroquia y no a sus miembros, incapaz de apreciar, por lo visto, la falta de concordancia). «Reina en ella la displicencia», escribe por fin.

Y luego:

> *Una mujer callada atiende la plancha, en la que los huevos chillan entre tiras de boczek, repasando qué decisiones en la vida la han llevado allí. Su marido esparce cafés sin mirar a nadie.*

Un tachón delata que Madre acarició escribir «asperja», ¿puedes creerlo?, pero parece que, por fortuna, se arrepintió, tal vez por miedo a resultar pedante o simplemente a no ser entendida. ¿A no ser entendida por quién, me pregunto? (¿No te lo preguntas tú?).

Luego prosigue:

> *Los rostros son severos, la gente está aún dormida, o marcha en grupo a una reunión temprana, en cuyo caso siempre hay alguien que habla demasiado alto para que los demás recelen. En la plataforma exterior muchos fuman entre resignados y tristes, mirando un mar que sólo existe en su cabeza y que, aun sin existir, parece demasiado revuelto. La gente es más triste por las mañanas. Y más fea también.*

¿No es extraño?

Luego Madre compone, o cree componer, una reflexión genérica sobre la gente fea, o sobre los horarios que los feos prefieren, o a los que se ven abocados, sin mencionar en ningún momento que la mayoría lo son por no haber trabajado lo suficiente para adquirir un cuerpo mejor o rasgos más simétricos, o por haber priorizado otras atribuciones.

Madre siempre fue dulce y comprensiva con nosotros, así la solicitamos los dos, ¿no?, ambos estuvimos de acuerdo. Jamás habló mal de nadie ni se mostró audaz. Y jamás abandonó la casa. Nada sabía ni podía saber de cafeterías ni colmenas. Ni del aspecto o gustos de los e-obreros, que no reciben ese nombre desde 1954, por lo menos.

Me resulta desagradable, y hasta sórdido, imaginar a Madre escribiendo algo así a espaldas de Padre.

Tu hermano del alma

LUMIÈRE

Querido Lu:

¿Qué te hace pensar que Padre no sabía nada? Confieso que las palabras de Madre me intrigan. Me preocupa menos su calidad que la amarga melancolía que destilan. Los textos de Padre son casi juguetones, más absurdos y directos. Más inofensivos. Intrascendentes.

Madre suena triste. Muy triste. Como los clientes que describe, ¿no crees?

¿Qué más dice, Lu querido? No hagas prontuarios, por favor, te lo pido dulcemente. No describas, por favor: transcribe.

(Espero no haber resultado brusca y que la curiosidad de tu hermana devota, pero algo preguntona hoy, no te importune).

Con todo mi amor,

SINTA

Querida Sintaxis:

¿Amarga melancolía? Tal vez tengas razón. ¿Podía Madre esconder esa aflicción entre tanto vidrio, resina y cobre?

Me sorprende lo que dices de Padre. Puedo imaginarlo reparando un armario, o cuidando su jardín de esporas. Y hasta silbando. Pero no escribiendo nada, la verdad. ¿Podrías ponerme algún ejemplo, Sinta? Cuanto más averiguo de Custodios, más inquieto estoy. Será por mi nueva posición, que sabes que nadie me ha regalado, y el escrutinio que implica. Debemos aclarar entre los dos —cuanto antes, querida Sintaxis, te lo ruego— qué sucede. En todos sus extremos, aun en los más incómodos.

Preguntabas por las palabras de Madre.

Esto es lo siguiente que escribió:

Nunca hay más feos que en el Tubular de las seis. La gente guapa madruga menos; la muy guapa, menos aún. Consigue otros trabajos. Se casa de otra manera. La gente es más fea en las lanzadoras que en los trenes. Y es más guapa en los aeropuertos. (Cada vez se nota menos, pero se nota aún). En una terminal de mármol sucio un odán desparramado mastica unas lailahy de bolsa ocupando dos asientos, mientras una ayaldar canosa y a menudo circunspecta remueve, con mejor piel que él, un té en la sala de personalidades con el Financial Times a un lado. Los diarios financieros tienen un suplemento de color normal en el centro, para los deportes y los chistes, para los crucigramas y el teatro, una sección que nadie lee. En casa, los hijos de la ayaldar, que siempre son dos y van a un colegio agámico, aunque ya nadie lo sea, y que dan las clases en inglés, usan el suplemento normal para hacer cuentas; para calcular cuánto les quedará cuando su madre muera, hartos de tanta holografía y de tanto crucigrama y de tanto frenesí.

Luego Madre dedica varias líneas a hacer una reflexión bastante afectada sobre las mujeres —a quienes sólo podía conocer por el visor— que no había leído hasta ahora, y que te transcribiré sólo si te empeñas, un poco asustado ahora, debo confesarlo, por si yo mismo resulto al final vulnerable —emocionalmente, quiero decir— a tanto disparate.

¿Te imaginas?

Me confieso afectado, Sinta.

¿Es cosa mía, querida Sinta, o Madre fue mejorando su

expresión poco a poco? ¿Le hicieron algún reajuste lexicoló-
gico o le instalaron un programa de aprendizaje (que nosotros
no habríamos podido pagar, al menos entonces) para que ella
misma se recalibrara como conviniera? Estoy preocupado,
Sinta. ¿Qué está pasando?

Y ¿qué decía Padre, Sinta querida? Cuéntamelo, por favor.
Tu querido hermano

LUMIÈRE

Querido Lu:

Sigo conmovida por las palabras de Madre, que tampoco
logro explicarme. ¿Qué sabía ella que todos ignorábamos?
Los Custodios, por más que lleguen al mundo más tarde que
sus propios hijos, pueden practicar, ha quedado claro, formas
de sigilo que la convivencia no siempre desvela. ¿De qué
modo un Custodio aprende a guardar secretos a sus propios
hijos? ¿Cómo aprende a desafiar el orden de las cosas? ¿Autorizado por quién? ¿Debemos sentirnos amenazados o se trata
de un milagro imprevisible (del que no deberíamos, Lu, dar
parte) que le devuelve al mundo parte de su misterio?

Los textos de Padre son más prosaicos, aunque no carecen
de encanto. Este, por ejemplo, se llama *Como arriba, abajo*,
aunque su contenido es más pedestre (menos cósmico, si lo
prefieres así) de lo que el título anuncia.

Se divide en dos mitades, no sé si reflexivas o irónicas, o a
lo mejor simplemente literalistas, tal vez producto del azar
sináptico. Me recuerdan un poco a los poemas de Lielais
Buyuk.

La primera mitad dice:

*Soñar que caes es como soñar que asciendes, pero al revés. Es
decir: lo mismo. Soñar, por tanto, que caes y caes es como soñar
que asciendes y asciendes. La pesadilla es la ausencia de límites,
y, si no asusta tanto la caída como asusta el golpe, más asusta
su ausencia, ruta sin solución al infinito vertical, que puede ser*

hacia arriba o hacia abajo. Tanto da. Soñar que te persiguen es como soñar con arañas: la expresión de una carencia, como soñar con agua, con dientes que se caen o con parientes. Soñar te hace espectador activo (es decir, actor) de una vida prestada, y en nada es más profunda la expresión de la pasividad que en su superficialidad, pues caer y volar es lo mismo mientras no se llegue a ninguna parte.

Un galimatías, ¿no crees? Con algo de sabor, me parece. Pero (no me preguntes por qué) me ha llenado de ternura.

¿Cómo acaba el texto de Madre? Me gustaría mucho leerlo. Por favor.

Tu hermana obediente

SINTA

Querida Sinta:

Ahora mismo no soy capaz de escribir.

Lo siento, simplemente no puedo.

Espero que estés muy bien. Espero también poder ir a verte a Cirene pronto.

LUMIÉRE

Querido Lu:

¿Estás bien? Me has dejado preocupada. Escríbeme cuando puedas, por favor.

Tu hermana

SINTA

Sinta. Querida Sinta:

Me resulta imposible explicar qué siento. Por qué lloro de este modo. ¿Tiene sentido?

¿No somos, me descubro preguntándome, nosotros los Custodios, sus Custodios? ¿No seremos ese cliché penoso que dice vivir en el sueño de otro? ¿Seremos, querida Sinta, unos ilusos que han creído elegir a sus padres cuando es a ellos a quienes correspondía y siempre ha correspondido llevar las riendas? ¿Estaremos también hechos de resina y fibra óptica aunque al tocarnos creamos sentir la carne, el amalgama en los ojos y en el contorno de la boca, en el pico, aunque creamos respirar por la pleura o por el resollador, aunque creamos agitar la corona —acaso injertada por la propia Compañía—, el audio, la apófisis, los dedos?

Pero qué digo, querida hermana. Si alcanzaran a leerme esos zánganos del partido no duraría ni medio kuu en pie. ¿Qué ha desatado este torrente de palabras sin gobierno?

Ayer volví a escuchar música. Por primera vez en años, Sinta. Los dos sabemos cuál.

¿Qué más escribió Padre, mi añorada —tan lejana— hermana? He estado pensando en nosotros, también en ellos. En cuando vivíamos juntos en la casa vieja. A lo mejor podríamos acercarnos al Taller a verlos.

¿Qué crees?

En cuanto a Madre, querida Sinta, concluía así el texto:

> *El camarero malencarado reconoce a alguien de repente, una barrendera de sukepates que levanta el brazo desde la calle sin dejar de empujar el carro para rescatar del camarero una sonrisa que le devuelva en un segundo toda su humanidad. La mujer sonríe también, algo más despacio que él, algo más cansada; se gira un poco. Las mujeres estamos cansadas siempre.*

Sorprende esta acotación en primera persona, ¿no crees? También me ha hecho llorar un poco.

> *Inspiramos sin darnos cuenta, suspiramos haciendo ay, miramos ese mar revuelto que no llega a la colmena o ese mar que estuvo una vez en calma, hace muchos años ya. A lo mejor nos hemos quedado planchando hasta tarde, para evitar el calor y aprovechar el silencio, nos hemos levantado antes que nadie, va-*

mos a trabajar al ambulatorio, tenemos un niño tonto que suspende, y una niña que, como nosotras, se enamora de cualquiera. Nos acordamos de cuando éramos guapas y tomábamos batidos en el Nevada, de cuando nos hacían caso, cuando los demás aún nos veían, y de la mañana que nos espera con la joven nueva, tan maquillada, radiante y vulgar, a la que nos tocará ayudar; pensamos en si tendremos media hora para hacer la compra o si preferiremos usarla en fumar un coptor pequeño, uno sólo, en la parte de atrás del hospital, junto al aparcamiento, donde un camino de sol entra en diagonal a eso de las doce, entre el templo principal y la ampliación de hace cinco años, cuando se hizo tan difícil aparcar. Donde nadie dice nada y todos buscan su mar.

Luego viene el párrafo final, querida Sinta, que no soy capaz de transcribir, tanto miedo siento de repente. Como si temiera llegar al borde de un lugar que es puro tiento, Sinta, o perder un recuerdo inventado que hoy me da consuelo.

¿Qué podía saber de las mujeres Madre? ¿Por qué se las imaginaba así, si nunca vio una? ¿Le habría contado algo Padre? Él sí estuvo en una colmena, una vez.

Tu hermano triste

LUMIÈRE

Querido Lu:

¿Triste, dices? A ver si vas a ser tú ese hijo tonto. Cómo me alegra y emociona sentirte así. Qué cerca de ti me siento en este instante. Vayamos al Taller, sí, preguntemos por ellos. Vayamos juntos, Lu. ¿Crees que podrás conseguir un permiso? Sé bien que no es fácil, Lu querido, pero tal vez, con tu nuevo cargo… A una simple maestra como yo le denegarían el visado en el acto, sin mirarlo siquiera, pero a ti, querido hermano… A ti nunca. A ti menos que a nadie. Tú nunca has abusado de tu cargo.

Estoy tan contenta, Lu…

Así acaba el texto de Padre:

Soñar que se huye de un leviatán aterroriza más que ser al fin cazado, reducido el terror a formas concretas. La incertidumbre es al miedo lo que la expectación al suspense: su causa y elevador. Es la dilatación del prólogo lo que hace insufrible la espera, origen de toda angustia y toda dicha, que son también lo mismo. También en el cielo hay piedras con las que tropezar. Por eso volar y caer son la misma cosa, como lo es bucear y planear, y andar es lo mismo que quedarse quieto mientras camina el mundo, igual que caminar no tiene objeto si el mundo es el que se detiene y todo queda, de repente, al alcance de los dedos y toda victoria es cuestión de tiempo y hurta a cualquier logro su mérito. Igual que amar es reprobar un poco. Igual que la gula es una forma de abstinencia. Igual que abrir los ojos no acaba con el sueño. ¿Por qué, entonces, caer y caer nos baña en sudores fríos y volar y volar (bracear por el cielo) nos llena de añoranza, cuando flotar no tiene otro desenlace que la final caída ni caer otro destino que el remonte a manos de una corriente fría o, a veces, del esfuerzo?

Golpear el suelo es lo que pone fin al sueño. Yo me entiendo.

Y yo, Padre. También yo te entiendo. Aunque no me entienda yo misma, también te entiendo yo.

¿Cómo acaba el texto de Madre?

Tu hermana feliz

Sinta

Querida Sinta recobrada:

Madre escribía por fin (y no me pidas, Sinta —te lo ruego—, que transcriba nada más):

Luego el sol lo invade todo y se deshace el hechizo: la realidad no se ve ni de día ni de noche, hay cosas que sólo se ven —y sólo por el rabillo del ojo— cuando el horizonte titubea, entre las dos luces, cuando el día se asoma o se esconde, cuando todo es una gran sombra y las criaturas secretas no han tenido tiempo de cambiar de piel. El sol acaba entonces con todo y el día se convierte en un día normal. Y de días normales no hablo. Demasiado he dicho ya.

Te quiero mucho, Sinta.
Tu hermano del alma

Lu

SOUTINESQUES, III

Espectros y aparecidos: apuntes del natural

25. Fernand

El señor Durand, circunspecto hasta el ridículo, había rechazado con éxito cuanta ocasión de pedir perdón se le había presentado. Con tanto y tal afán evitaba examinar sus sentimientos que ya no los tenía. El señor Durand era práctico e infecundo, y no echaba de menos a nadie.

26. Nadine

Con qué alegría recordaba la señora Morel a su joven amante, a quien su marido supo aceptar tan bien. Con qué cansada dulzura. Él la amó como nadie la amaría; no tanto como el señor Morel, pero sí mejor: le entregó su devoción secreta, que lo significaba todo para ella.

27. Dax

Desde que claudicó todo era silencio para él. Ya no buscaba que nadie lo entendiera. Pasados el afán, el desespero, la lucha extenuante, los reproches, la impaciencia, el aguante, la esperanza, quedó la calma. La quietud de la aceptación. El aplastamiento aciago y dócil.

28. Donatien

El señor Ertaud, soltero vocacional y bebedor solemne, se pasaba por casa todos los lunes para asegurarse de que su anciana madre siguiera manteniendo limpia su vieja colección de discos. Luego buscaba algún café abierto, se sentaba al lado de quien pidiera un vaso de armañac y brindaba por todos los malos hijos del mundo.

29. Louise

Louise no creía en nada. La habían engañado mucho y había engañado mucho, siempre sin placer. Más inteligente que su esposo, se veía obligada a guardar una casa que nunca le importó. Para ella la distinción era una condena que atender celosamente, con invitados o sin ellos.

30. Enzo

Llegado de Pisa hacía sesenta años y muerto hacía tres, Enzo, el mejor *maître* de Batignolles, gobernó su negocio con amable indiferencia. Se enamoró de un camarero hosco que no le decía ni sí ni no, pero que se llevaba a casa el mejor pan y los mejores turnos. A veces trataba aún de hablarle, cuando la cocina se quedaba vacía. Pobre Enzo.

31. Chloé

Cuánto añoraba Chloé a su hermano Mathis, a quien la vida unió hasta lo turbador. Cuánto echaba de menos su amparo y sus caricias. Cuánto daría por volver a verlo, por que la eternidad le devolviera su mirada, su voz. Con qué pesar evocaba un futuro que ya no sería.

32. Bonnet

Bonnet, jefe de sala con fachada de melodista, había ganado en propinas más que en pagas el chef del Lapérouse (quien, lejos de protestar, lo aceptó como un hecho de la vida). Bonnet trabajaba sin descanso, de noche y de día, incendiando el aire del local con su energía benéfica.

33. Clara

Clara era una mente simple, navegaba por la eternidad impulsada por estímulos simples. Nunca entendió las leyes de la vida. Todo era ruido para ella, colores intensos, emociones, actos arbitrarios. Clara no se enteraba de mucho, lo que, en su estado, constituía una ventaja.

34. René

El padre Gaillard, imbuido de una exótica fantasía de santidad, se había hecho forjar un nimbo de cobre bajo el que anunciar su gracia al mundo. Tenía el cuello lleno de llagas y la tonsura en cuarto menguante, pero iba repartiendo favores a los dolientes como si fueran a sanar ante sus ojos.

35. Maëlys

Cuánta maldad y cuánta alegría en los ojos de Maëlys. Cuánto egoísmo y cuánta liviandad. Cuánto hechizo, cuánta inteligencia, cuántas ganas de vivir. Cuánto daño. Cuánto bien, cuánta amistad. Cuánto humo y cuánta música. Cuántas caricias. Cuántos puñales. Cuánta soledad futura...

36. Chaim

Soutine deformó las pinturas, nunca a la gente. Penetró en sus rostros transparentes y dejó que las voces detenidas, las que ni ellos podían oír, se derramaran en el lienzo. Cada grumo contuvo una esperanza, un sigilo, un desmayo, una decepción. Una pulgada de vida. Una derrota.

La mirada de Soutine fue compasiva y mansa.

Su pincel es aún feroz. Inexorable.

LOS CÍRCULOS DE ALTON BARNES

Doug Bower y Dave Chorley, de setenta y dos y setenta y cuatro años de edad respectivamente, llevaban casi dos décadas dibujando figuras geométricas en los campos de cultivo de la Inglaterra meridional.

Empezaron cuando aún tenían trabajos remunerados y acabaron mucho después de haberlos abandonado. Doug y Dave (Dave y Doug) cumplieron con su vida laboral tan bien como habría podido esperarse de cualquier profesional de su edad, especialmente en un lugar que ve el trabajo como el propósito esencial de la vida, y se jubilaron en cuanto se lo pidieron, con todo el tiempo libre del mundo por delante.

Sus primeras intentonas de llenar de dibujos los campos se parecían más bien a un proyecto escolar, con sentido sólo en sus cabezas, las de dos hombres en teoría hechos y derechos que habían decidido atender sus caprichos de forma más indolente al principio y con determinación después. Trigo, avena, mijo, sorgo, centeno, arroz, maíz, cebada... Con todo podían y a todo se adaptaban.

Al principio eran simples círculos de veinticinco o treinta pies de diámetro con los que atraer la atención de los más crédulos y proveer de estímulo a los charlatanes (después, a los turistas). Formas sencillas y a veces superficiales, de borde en general irregular, tirando a toscas, que fueron perfeccionando con la experiencia.

Doug y Dave se conformaban al principio con que los lugareños se hicieran preguntas y el condado se agrandara un tanto con el pensamiento mágico, o, en su defecto, con un poco de cháchara; con algo del misterio que había definido, no hacía tanto, la forma de las cosas y que el exceso de información —que algunos llaman preparación, como si antes no la hubiera— había arruinado. (Se habla mucho del aspecto de las regiones y poco de su alma secreta, que define desde el subsuelo los caracteres de sus habitantes).

Doug Bower no era un idiota, sino un exinformático de lo más perspicaz que empezó su carrera cuando las computadoras ocupaban la planta entera de algún departamento de alguna facultad de alguna universidad vieja del Anglia Oriental, una que tuviera ganas —entonces pasaba mucho— de dejar de ser tan vieja y correr un poco más que sus pares para acabar un metro más lejos. Doug Bower, a quien nadie tuvo nada que reprochar en cuatro décadas de oficio, mantenía en la setentena el espíritu del ingeniero —utilitario, positivista— y un talante de lo más afable, aunque también cierta inclinación por la rumia. Reflexionaba sobre la idoneidad de esto y lo otro, y hasta sobre la idoneidad intrínseca del propio mundo —del mundo en general, del mundo en sí—, empezando por su dirección, o por sus causas, tan cuestionables para él como para cualquiera que no encontrara en la naturaleza el reflejo exacto de sus deseos.

Dave Chorley, más práctico aún que Doug —o más tangiblemente práctico—, había sido agricultor toda la vida. Lo sabía por tanto todo sobre levantarse temprano, mostrarse precavido, aceptar con resignación los mandatos del clima —que da y quita razones y revela las de Dios— y sobre las cosas simples, los olores profundos, los colores; sobre los pecados que heredan los hijos, tan visibles en las llanuras; y quien, por descontado, sabía lo que hay que saber sobre la ductilidad de las raíces, tallos, espiga, grano, hojas. Mantenía además a su edad buena mano para lo artesanal en su versión más creativa, que había heredado de su abuelo, y para lo directamente llano —especialmente si favorecía a otros—, le tocara reparar una puerta, un arcón o un televisor. Por todo sentía curiosidad y a casi todo ponía remedio. Dave deshacía cualquier nudo.

Dave y Doug (Doug y Dave) eran amigos de siempre, de los de toda la vida. De los que nada tienen que decirse porque todo se lo han dicho ya y pueden concentrarse en lo que importa. De los que aceptan los cambios como vienen, tanto los desabridos como los que la vida procura para darnos una oportunidad y hacer más difícil el sueño.

Doug y Dave (Dave y Doug) disfrutaban, pues, con sencillez del efecto en los demás de sus círculos, y de lo bien que se lo pasaban al inventarlos dando con ello sentido a sus vidas discretas.

Y así podría haber sido durante mucho tiempo –frase que suele anunciar novedades– si un climatólogo de Leeds, de nombre Terence Meaden, con más tiempo libre aún que ellos, no se hubiera puesto a especular sobre si los círculos no serían consecuencia, después de todo, de la acción de pequeños tornados. Con lo que Doug y Dave (Dave y Doug), heridos en el orgullo, se conjuraron para añadir a los diseños algunas líneas rectas y algunos ángulos de más, de naturaleza obviamente inteligente, que frustraran sus teorías (las del climatólogo, se entiende, que no era de los mejores) y entorpecieran al menos la inminente hegemonía del materialismo práctico.

Terence Meaden, desbordado en un solo asalto por tanto vector y tanto segmento, abandonó la caza de explicaciones por más que Doug Bower y David Chorley la estimularan al pasar del círculo al triángulo, del triángulo al dodecaedro, del dodecaedro al código binario y del código binario al apéndice en forma de garra, que gozó de cierta fama un tiempo, sobre todo entre los jóvenes, aunque pronto se reveló inferior a la geometría euclidiana de siempre, más estable que la hiperbólica, más seria que la diferencial y más aburrida que la analítica.

Doug y Dave estudiaban mucho.

Con las hijas ya criadas, ya casadas y ya lejos (dos de Dave, una de Doug; ama de casa la una, funcionaria de correos la tercera y matemática la del medio) y con sus dos esposas muertas (del todo la de Dave, enganchada al televisor la otra), Doug y Dave, decíamos (Dave y Doug), concebían formas inéditas y reglas y métodos nuevos que hicieran mejor cada proyecto.

Cuanto más especulaban los cerealistas (el mismo nombre recibían los creyentes que los investigadores serios), más complicaban sus diseños Doug y Dave, tratando de anticiparse a todos ellos.

Las teorías eran infinitas.

Si un cerealista hablaba de platillos voladores, otro lo hacía de radiaciones electromagnéticas o de fuerzas nacidas del centro de la Tierra; y aún había una categoría de crédulo, la del místico cenizo, que creía en las energías cósmicas y en las de la propia Tierra como entidad lúcida que advertía al planeta de su fin.

Doug y Dave (Dave y Doug) frecuentaban los mismos pubs que los exégetas, pubs en los que, entre pinta y pinta, se desgranaban las mil conjeturas de las que Doug y Dave tomaban nota para mejor satisfacer los deseos de la nueva ciencia.

Pronto los fractales dejaron de tener secretos para Doug y Dave —en la imaginación de uno y en la ejecución del otro—, tantos fueron los enredos que tuvieron que afrontar juntos. (Cada desafío agranda la inteligencia como cada pesa agranda el músculo, solía decir Doug, que nunca había pisado un gimnasio). El código ASCII. La curva de Koch. El conjunto de Mandelbrot. Las progresiones armónicas… Doug y Dave (Dave y Doug) eran jubilados diligentes que mostraban interés por todo y disponían cada vez de más recursos con que saciarlo: en el atardecer de la vida, nada les gustaba más que sentirse causa de una buena consecuencia y consecuencia de causas que otros, más sabios que ellos, ignoraban.

Así que, aquella misma noche, Dave y Doug (Doug y Dave) decidieron sin plan ni intención ni meta que sería su última noche. La noche definitiva.

La que cuenta.

Aquella noche de jueves –una noche cualquiera– se despedirían de los trigales. ¿Y por qué? Porque así lo sintieron y ya está, no hay mucho que explicar. Así sucede a veces.

Aquella misma noche, fría y ojalá que clara, pondrían punto final al muy memorable fenómeno de la «formación espontánea de círculos en los campos de cereal del sur de Inglaterra», que había alimentado a televisiones, periódicos y radios de medio mundo durante al menos década y media, y que parecía a punto de colarse –sin más crédito que el de su discutible rastro– bajo el techado de las enciclopedias.

Dave y Doug (Doug y Dave) tomaron una última pinta en el Percy Hobbs de Winchester, en el condado de Hampshire, cerca de Wiltshire, que muchos conocen aún por Wilts, se llegaron a un trigal de Alton Barnes en la vieja camioneta de Dave (la primera y última en cincuenta años) y encararon sin más cuento su mayor desafío hasta la fecha: un pictograma de más de ciento veinte yardas de largo y cuarenta de ancho, una figura de base armónica, más estrecha por arriba que por abajo, diseñada con meticulosidad por Doug y repasada en lo técnico por Dave, salpicada de polígonos alternos que rompían la ordenada simetría y evocaban al tiempo la complejidad de un circuito impreso y la lírica evanescente de Yeats, tal era su belleza, tal su poesía, tal su fuerza.

Doug y Dave (Dave y Doug) trabajaron sin parar toda la noche. A la vieja usanza. Sin láseres ni ordenadores, casi sin papeles (apenas una servilleta rasguñada), como último homenaje a una forma declinante de genio que, precisamente con su desaparición, quedaba para siempre reivindicada.

Doug se plantó en medio del campo, clavó los tacones a la tierra y se afirmó como un poste, atado a la cintura con la misma cuerda que envolvía, diez yardas más allá, la de su amigo. El buen Dave, mientras tanto –al otro lado de la soga–, aplastaba el cereal con sus botas viejas, ayudándose de un tablón nudoso sujeto a unos cabos con el que aumentaba la superficie de prensado. Así llevaba haciéndolo tres lustros y así lo haría esa noche, con mayor diligencia aún que entonces.

El círculo emergía de los pies de Dave, o tal parecería desde lejos, aunque Doug, que estaba cerca, también se hacía una idea. Dave y Doug (Doug y Dave) eran criaturas cabales que no necesitaban de refinamientos: cinta de agrimensor, sogas, tablones, un par de linternas, una brújula, unos pantalones cómodos… Y pasos y más pasos, bien dados todos, todos firmes y medidos, para no consumir más energía de la cuenta.

Y un algo de pensamiento abstracto.

Y mucha experiencia en la lata, agrandada año tras año.

Y un termo de té —uno solo valía—, café nunca, sólo té.

Y dos o tres manzanas.

Y a veces un plátano.

Tres horas después, Doug y Dave sonreían satisfechos sudando la gota gorda bajo las gorras de lana, que florecían sin control en las tiendas de la zona, un poco más sudoroso Dave que Doug por lo de los pisotones, ambos dispuestos a añadir una segunda jubilación a la primera.

Imaginaban cómo se vería el diseño desde el aire, las tomas de los helicópteros recién llegados de Londres —si es que enviaban alguno, ahora que había tanto recorte—, o desde esos drones diminutos que hasta los chavales tenían ya.

Imaginaban las reacciones de los cerealistas en apenas unas horas, los locales primero, los forasteros luego, cuando se corriera la voz y empezaran a presentarse desde todos los rincones de la isla (algunos, seguro, desde el continente).

Sólo entonces Dave y Doug se permitieron cruzar las miradas, afiladas, limpias, de viejos zorros hechos al silencio.

Doug no sabía esconder un aire mohíno: había llegado la hora, lo sentía con todas sus fuerzas.

Más circunspecto que él, Dave se sacó las llaves del bolsillo y las dejó caer en el asiento de la camioneta.

Ya no iba a necesitarlas.

Se desnudaron despacio, levantando con pesadez las rodillas para deshacerse de los pantalones, y dejaron la ropa bien
doblada sobre el capó como testimonio último de su desaparición, la ropa interior encima. Los grillos callaron poco a
poco hasta convertirse en un rumor, mientras Doug y Dave
(Dave y Doug) caminaban juntos, elegantes, serenos, hasta el
más amplio de los círculos, en el extremo oriental del cultivo.

Mirando al cielo.

Las luces llegaron por el oeste. Blancas, azules, púrpuras, rojas. Parpadeaban en cadencia regular o se extendían en forma
de haz para barrer el suelo, peinando el sembrado con su
rastro inmaterial, que se apagó cuando una gigantesca sombra
ocultó la luna y se hizo, de repente, el silencio.

Sólo se oía un murmullo eléctrico, profundo, grave –gra-
vísimo–, casi orgánico, como de central nuclear.

Y un zumbido más agudo que sólo lograba abrirse paso
por acabar en punta.

Un pasillo azulado rompió entonces la noche y cayó como
un pozo sobre los cuerpos lacios de los pensionistas, que miraban hacia arriba sin asombro.

Cuando Doug Bower y David Chorley (David Chorley y
Doug Bower) se subieron a la nave, preguntándose acaso
cómo sería regresar a un mundo sin dardos ni cerveza, el
pictograma del sembrado comenzó a emitir un suave pulso
que chamuscó el extremo de las hebras de trigo y se fundió
en un verde fosforescente que tardó más de diez minutos en
apagarse.

Un minuto después, la nave –apenas un punto en la distancia– se perdía en la vastedad del firmamento, no demasiado lejos de la Estrella Polar. Un poco, si acaso, a la derecha.
Con Doug y Dave (Dave y Doug) dentro.

Los grillos volvieron a cantar.

Los campos recuperaron poco a poco su latido nocturno.

En el corazón de Wilts, sobre el sembrado negro, sólo una vieja tabla, las cuerdas gastadas de Dave y la gorra de Doug yacían abandonadas en el suelo para dar fe al mundo del secreto de los círculos de Alton Barnes, aclarado para siempre su misterio.

LOS FANTASMAS, NATURALMENTE, NO EXISTEN

Elisa es una joven estudiante de literatura, piensa Elisa. Elisa lleva un tiempo pensando en sí misma en tercera persona.

Elisa no es una joven ensimismada ni tiene grandes vanidades más allá de las inevitables, o eso cree Elisa. Elisa es una chica común que trata de mirarse desde fuera por si así extrae alguna conclusión sobre sí misma —si tal cosa pudiera suceder a una edad en la que la pasta está aún sin cocer del todo, como dice Elisa con frecuencia, y las convicciones son aún tan mudables como las infatuaciones amorosas, que para Elisa tienen el uso y cadencia de las mecedoras—. Elisa duda sobre si debería escribir «ínfulas» en lugar de «vanidades». Concluye que no. Después —prendida aún de la primera pregunta— Elisa se pregunta si «ínfula» podrá usarse en singular en algún contexto, es decir: ¿se puede —se podrá— tener una sola ínfula? Elisa acude al diccionario del móvil; concluye que en teoría sí pero en la práctica no, si uno no es un sacerdote griego. Eso le hace pensar a Elisa que la vanidad será también plural siempre, o más bien preguntarse si, en la práctica, será posible tener un solo rasgo que la exprese. ¿Habrá alguien en el mundo, piensa, con una sola vanidad, un solo defecto fatuo? Igual sí. ¿Sería posible tal cosa? Y, de ser así, ¿sería una buena noticia o el defecto tendría que ser por fuerza enorme, digamos que colosal, un defecto vano y gigantesco que los englobara a todos: la jactancia, la vanagloria, el envanecimiento, la soberbia, el engreimiento, la altivez, la altanería, la presunción, el orgullo, la petulancia, la pedantería y, efectivamente, la fatuidad?

¿O podría alguien tener un solo defecto diminuto que dejara a la persona al borde de la perfección, con sólo ese último rastro de mácula que la hiciera humana —es decir: aceptable para otros— justo antes de su transustanciación?

Elisa se siente cómoda al escribir «transustanciación», pero tiene dudas con «mácula», aunque una palabra más normal, como «mancha» o «borrón», no parece funcionarle del todo. (¿Acaso «lunar», en un esfuerzo por acercar la prosa a lo corriente, en su cara más superficial, al menos? ¿Acaso «desdoro», para huir de la metáfora, que es, por lo visto, el riesgo —la tentación— común del escritor, según oye a diario en clase?).

Elisa resuelve dejar de momento «mácula» y evaluar sus opciones en la revisión, cuando termine el primer borrador del que tal vez sea su primer libro, si logra imaginar uno. Aún no sabe qué es lo que está escribiendo: un ensayo, un diario, una reflexión, una crónica... Una novela metaliteraria, acaso, llena de sagaces experimentos narrativos, tal vez simples apuntes de la nada, que es el deporte que más practica —ella y cuantos conoce, todos con la misma Moleskine, como si sólo vendieran esa y como si se escribieran solas—, salvo Diego, quizá, que la dejó —a Elisa— hace dos meses por nadie, que se sepa, justo antes de firmar con Góndola porque quería, decía, centrarse más en su obra —en tener una— y menos en la gente, con la excepción de Eva Logroño, editora de Góndola, que tanto intimida a Elisa con su mirada y su culo perfecto.

Lo que le pasa a Elisa, piensa Elisa, es que Diego se ha vendido y ella está buscando su propia voz.

(Antes de librarse de preámbulos, Elisa abre un aparte para cuestionarse si «infatuaciones» será una expresión aceptable para una aprendiz de escritora —así se ve a sí misma, al contrario de como veía a Diego, más hecho—, a sus veinte recién cumplidos —como una desnortada, se ve—, sin infatuaciones a la vista y medio persuadida de haber escrito «infatuación» sólo porque podía. Y en su sentido anglosajón, además. Y de forma poco reflexiva).

Elisa especula y escribe y escribe y especula, todo a la vez, y lo hace a la vez que escucha (que es lo que hacen los escritores, piensa: especular sobre la vida mientras escuchan. Tomar notas sobre la marcha. Pasarlas a limpio. Publicarlas).

Elisa está sentada en el paraninfo de una universidad apenas mayor que el propio paraninfo, no tanto por el tamaño de aquella (es una buena universidad) como por el de este, un aula desmesurada y seccionada en gradas, que, por su insólita capacidad, acaba por hacer las veces de salón de actos.

El aula, difícil de llenar, está llena.

El departamento de Literatura Comparada ha invitado a André Leterrier aprovechando su gira internacional (si no, no habría podido costearlo) para que dé una lección magistral, que es como la Universidad llama a las charlas remuneradas; al nuevo *enfant terrible* de la todopoderosa Bayard, en realidad de cuarenta y dos años, un abismo de experiencia para Elisa, que lo admira profundamente desde que se compró en Macondo *Les enfants et les jours*, que piensa leerse algún día.

Elisa no escucha la voz de Leterrier, o la escucha sin entenderla, como música de fondo. Elisa escucha la traducción simultánea, de voz gratamente monocorde y, piensa Elisa, gratamente femenina.

–… Un escritor no debe tener miedo. Si hay miedo, no hay literatura. ¿Cómo podría haberla? Si hay miedo, no hay introspección y ¿qué es la literatura sino la más perezosa forma de introspección?

Los alumnos asienten, como si entendieran.

–Los fantasmas no existen, eso lo sabe cualquiera. Los padres lo saben, y, a fuer de sinceros –¿«a fuer»?; la intérprete es valiente–, también los niños.

Elisa no está segura de que de niña supiera nada en absoluto, es hoy cuando empieza a tener algo parecido a convicciones; sólo últimamente ha empezado a sentir cierta forma
de confianza, una cáscara, algo similar a la identidad, una
personalidad medio asentada, o mejor: semisólida (La palabra
«cáscara» no tiene connotaciones negativas para Elisa; del
modo en que ella la entiende es más bien un exoesqueleto,
un escudo que le permite —a veces— asomarse al mundo).

—... Los niños no les tienen miedo a los fantasmas, lo sé
porque yo mismo no les tengo miedo en absoluto y a mí me
asustan más o menos las mismas cosas que de niño. —Hace
una pausa—. No me asustan de forma consciente, entiéndan-
me. Y no las cosas normales, a las que uno se enfrenta mejor
cuando pasa el tiempo y se aburre de asustarse. O de vivir
asustado.

¿Existirá el «usted» en francés, se pregunta Elisa, o será una
licencia de la intérprete? A Elisa le suena que sí, que existe,
pero Elisa es más de inglés. Como todo el mundo.

—... Me refiero a las cosas que dan miedo de verdad, miedo irracional, digo, a las que hacen que uno se envuelva en la
manta con la única y precisa técnica que garantiza la protección de un cuerpo desechable.

A Elisa, André Leterrier no le parece un hombre formal,
la verdad sea dicha. No le parece el tipo de persona que, en
ese contexto específico, se dirigiría a los alumnos de usted
—¿se dice dirigirse de usted?—, le parece el tipo de tipo —¿se
puede decir dos veces tipo?— que quiere parecer cercano para
ver si así pasa por joven, con ese jersey negro (o azul marino,
no se distingue bien desde la altura) y sencillo, de pico redon-
do, tan estudiado, y esa chaqueta de hilo que muy bien podría ser de Carolina Herrera —Elisa no sabe de ropa, pero su
madre sí, que para eso tiene una tienda—, y esos vaqueros
doblados, con el pequeño roto (casi un pellizco) en el sitio
justo, y esos zapatos tan bonitos y caros, porque si algo no
perdona quien tiene dinero —piensa Elisa—, por muchas cami-
setas irónicas que se ponga, son los zapatos y el reloj.

−… A lo que les tienen miedo los niños no es a los fantasmas. No. Es a los monstruos. Que sí que existen.

Elisa se ha enamorado de Leterrier. Ahora mismo. Elisa se enamora mucho, a veces de varios a la vez. A veces en la biblioteca.

(Elisa abre aquí otro aparte mientras Leterrier habla).

Hay amores y amores. A veces el amor es por una bufanda, por el modo en que le cae a alguien sobre el hombro, como desmañada, o por el propio hombro, si está muy bien formado, o por el bíceps, que le queda muy cerca. O por el modo en que un pecho varonil −que puede ser plano o voluminoso, pero mejor si está a medio camino− se marca a veces en un jersey fino. O por una mirada de desdén, o por una voz, o por un pequeño maltrato. O por una barbilla. Elisa se conoce bien.

Y luego está el amor de la admiración, que es el que más le gusta a Elisa y que puede llegar a durarle dos años.

−… Nuestro dormitorio es el mismo todos los días, con las mismas proporciones e idéntica relación con el exterior, aunque el planeta cruce la galaxia a velocidad de planeta. Las farolas de la calle también son las mismas y tendemos a dejar las cortinas en la misma posición, o en un par de ellas, siguiendo combinaciones inadvertidas pero exactas producto de hábitos inconscientes. Las persianas tienen cada día el mismo defecto formal y dejan sin tapar los mismos huecos, así que las sombras que se proyectan en las paredes son necesariamente parecidas cada noche y reptan por el techo de forma parecida cada noche, desplazándose, o alargándose, o encogiéndose, de forma parecida cuando una moto, por ejemplo, enfila la calle conformando las mismas siluetas animosas, especialmente en esa esquina concreta que ustedes conocen tan bien, justo sobre el armario, que esta noche, vaya por Dios, ha quedado un poco abierto.

Elisa piensa que Leterrier no se cuida mucho, pero que algo se cuida. Es delgado, pero tiene esa tripita encantadora que tal vez detestaría en un hombre menos viril, esa curvita en la cintura, bajo el jersey, que a Elisa no le molesta, al revés. Le gusta su pelo rizado, casi sucio, tan cuidadosamente descuidado. Las canitas en las sienes. Los labios apretados, casi femeninos, el aspecto de fumador (casi le llega el aliento). Le gusta cómo balancea la pierna como los niños, medio sentado en la mesa, apoyado más bien, con ese aire abandonado.

¿Tendrá novia? Seguro que sí. ¿Estará casado? Seguro que también. Elisa se pregunta si preferiría ser su mujer o su novia.

−... Y por ahí es, queridos, por donde se cuelan los monstruos. Por esa rendija del armario. Recolóquense ahora si quieren.

Los alumnos se recolocan en el asiento (aunque no habían pensado en hacerlo); también algún profesor. Así de seguro es Leterrier.

−Nadie espera ver, permítanme que insista, ningún fantasma. Porque no hay fantasmas, ¿lo he dicho ya? Los fantasmas, naturalmente, no existen. Hablamos de monstruos, siempre de monstruos. Hablamos de esa oscuridad profunda en la que se pierden los abrigos. De esa, ¿cómo llamarla?, dimensión adicional de la que uno podría... ¿Les importa que les hable de mí? −Él mismo se da permiso−. De esa dimensión adicional de la que podría protegerme si me levantara a toda prisa y recorriera al descubierto, completamente desprotegido, los dos metros que me separan del armario dejando atrás mi manta protectora y mi sábana caliente, abandonando la seguridad, por tanto, de su doble vuelta, para enfrentarme no sólo al monstruo que hay detrás del abrigo con capucha de forro de borrego, que no es el que yo quería pero es el que me compró mi madre...

Muchos asienten.

−... sino al abrazo gelatinoso de los dedos descarnados que quieren sujetarme el tobillo desde debajo de la cama.

Elisa se lleva la mano al corazón, afectada por una narración tan vívida. ¿Será eso escribir, después de todo, dar vida a las palabras?, piensa. ¿Se estará enamorando de André o debería hacerlo de la intérprete, que tan bien ha logrado sublimar la emoción del momento?

—… Así que el armario lo va a cerrar su abuela —concluye Leterrier, tan francés y pedestre de repente—. O su padre. O su tía.

La clase ríe, encantada.

Leterrier sabe tocar el suelo, piensa Elisa. Sabe cuándo tomarse en serio y cuándo no, o cuándo aparentar que no, para poder volar sin peso. A Elisa le gustan los hombres inmodestos.

—No sé ustedes, pero yo prefiero la certeza de unas horas pactadas con el más allá, bajo la manta, sudando miedo, que cinco segundos imaginarios hasta una salvación que tal vez llegue y tal vez no.

A Elisa empieza a fascinarle la voz de la intérprete. ¿Cómo se llamará? ¿Tendrá un culo perfecto? ¿Se llamará Eva, como la editora de Diego? ¿Carmen? ¿Ana? O Anna con dos enes mejor, como la jefa de estudios, que tiene un no sé qué del Garraf y, por eso mismo, un no sé qué en las eles y en las eses y en las… O Meritxell, a lo mejor —¿se escribe así?—. O Mireia, que es nombre de musa (seguro). Y de cantante.

—… Prefiero una hora de incomodidad agotada a dos segundos que arriesguen la protección de mi envoltura doble, pacientemente elaborada, graciosamente perfeccionada y meticulosamente testada a lo largo de una infancia entera. ¿Están de acuerdo?

Elisa asiente sin querer.

—¡Pues no!

Elisa niega.

—¡La literatura no es así! ¡La literatura no es eso!

Elisa asiente de nuevo.

—¡La literatura se expone! ¡La literatura no se protege! ¡La literatura saca los brazos, sale de la cama, camina! ¡La literatura enciende la luz y se agacha bajo la cama, se arriesga a que un monstruo la atrape y, si la atrapa, mejor! ¡Los monstruos sí que existen, ¿no lo entienden?! ¡Los monstruos muerden! ¡Devoran! ¡De ahí sale la verdadera literatura! ¡De la lucha encarnizada! ¡De la muerte, si es preciso! ¡Y hasta de la victoria, ¿entienden?! ¡De una victoria llena de heridas, ojalá que mortales, de una victoria plagada de cicatrices, de miembros amputados! ¡¿No entienden que la literatura es una derrota siempre, que así es como se gana?! ¡¿No entienden que escribir es dejarse algo?! ¡¿No entienden que se escribe con los muñones?!

Elisa no entiende nada, pero quiere besar a Leterrier, quiere morderle los labios y extraer de ellos cada aliento de café y cada gramo de nicotina que contengan. Quiere desenredarle el pelo con los dedos y apretarle el lóbulo. Quiere meterle el dedo en la oreja y burlarse de él, y, cuando él la mire sorprendido, quiere ponerle cara de niña buena y quiere bizquearle como si fuera idiota, y luego quiere morderle el cuello y bucear con la mano dentro de la camisa y sentir entre los dedos el pelo del pecho.

Y luego quiere proteger a Mireia. También a ella. Protegerla, si puede, toda la vida. Darle besos dulces en la garganta, para que le dure mucho la voz, y quitarle las gafas enormes que seguro que lleva, y besarle los párpados.

Y quiere hablarle de Mireia a André, decirle que pueden ser muy dichosos los tres, que no deben tener miedo; que deben sacar los brazos de las sábanas y abandonar la cama, y caminar; atreverse a ser felices; caminar juntos los tres hacia un futuro lleno de cafés y tabaco liado a mano, lleno de conversaciones elevadas en las que ella aprenderá tanto de él, con la ayuda de Mireia, y tanto de ella, con la ayuda de André, de su resolución callada, de su erudición tímida, tan madura y femenina. Les apoyará tanto a los dos en sus carreras… Tiene tanto que aprender de ellos… Tanto que ofrecerles…

Elisa quiere escribir. Ponerse a escribir ahora. Como André. ¿Será vulgar hacerlo en el ordenador? ¿Habrá, al menos, aplicaciones menos vulgares que la que ella usa, programas sólo para escritores, aunque haya que pagar un poco? ¿O debería escribir, mejor, a máquina? ¿Debería usar esos lápices tan buenos, esos Palomino mates que usa Diego, que tan bien resbalarían en su Moleskine recién comprada?

¿Cómo escribirá André? ¿Con qué?

Usará ordenador, seguro, tendrá un portátil gris perla, fino como un folio, con el que escribirá montones de reflexiones en las cafeterías de París.

Aunque no importa el qué, importa el cómo, le parece. Es decir: importa el cómo, no el con qué. Importa tener algo que decir, ¿no era eso? Tener algo que mirar. ¿O era tener cómo mirarlo? ¿El cómo era el qué o el qué era el cómo? ¿Es importante el momento o hay que escribir siempre, cuando toca y cuando no? Ser profesional es eso, ¿no? ¿Cómo escribirá André, entonces? Escribir es una actitud, una forma de estar en el mundo, lo ha oído en alguna parte, igual hasta lo ha leído (Elisa no lee mucho). Escribir no es una elección, escribir es una necesidad. Escribir es devolverle una bofetada al mundo (a Elisa le encanta lo que ha escrito: lo subraya).

¿Cómo dirá Mireia «bofetada», cómo sonará en su voz de terciopelo? ¿Cómo se dirá en francés?

Escribir es golpear la mesa (eso Elisa no lo subraya, le parece insistir en lo mismo, aunque no se preocupa de momento, ya revisará). Escribir es, decía Bukowski (Elisa anota que tiene que leer a Bukowski)... No sabe lo que decía Bukowski, algo lleno de dolor y rabia, de sinceridad y ausencias, algo osado, algo sin miedo, como dice André, el bello André, aunque...

¿Se puede escribir sin miedo? ¿De verdad se puede escribir sin miedo?

Aquí Elisa se olvida de dónde está.

¿No es escribir tener miedo, hablar del miedo, ocultar cosas, esforzarse mucho en ocultarlas, quiero decir, quiere decir Elisa, enterrar el miedo en palabras, precisamente, para que el miedo no se vea, gritar por escrito, tartamudear por escrito, susurrar por escrito, temblar por escrito, llorar por escrito, pedir perdón por escrito, MENTIR por escrito? (Elisa escribe «mentir» en mayúsculas, no sabe por qué, pero siente que ha encontrado una veta).

Elisa regresa al mundo.

¿No es escribir mentir, no es justamente eso? (¿Mejor «precisamente» que «justamente»?; ya ha usado «precisamente»). ¿Mentirá Bukowski todo el tiempo? Sí, ¿no? (Elisa anota que tiene que aprender a beber whisky, aunque le cueste. Y comprar más cerveza para la casa, «sangre continua», anota. Y tener «trescientas resacas al año»; Elisa no ha leído a Bukowski, pero ha visto un documental, entero casi, que le ha impactado mucho). ¿No es escribir mentirse y mentir a los demás, venderles una mentira, la mejor de las mentiras, la peor, encontrar un hueco en alguna parte, una grieta, dotar de sentido al sinsentido como si tuviera sentido? (Elisa se pierde, pero lo escribe todo). ¿No será escribir hacer lo necesario para convertirse cuanto antes en un viejo indecente? (Detente ahí, Elisa, eso es casi evocador).

¿Qué pensará Mireia de todo esto?

—… Pero mi monstruo particular, nunca fantasma, el monstruo que sólo yo veía, el que mis amigos no podían compartir conmigo ni en sus pesadillas privadas ni en la memoria común por mucho que se cubrieran con su propia sábana, ese monstruo singular, el que era mío y sólo mío, vivía (no hace falta que lo anoten) detrás de la cortina, la de la derecha según se mira a la ventana. La derecha, pensaba yo, según se muere uno.

Elisa casi se derrite.

—Veía cada noche su cabeza brillar un poco por el contraluz de la calle, que dibujaba, al atravesarla, una silueta imperfecta. No era un monstruo demasiado alto y se parecía al hombre invisible, no en su esplendor hueco, sino en el vendado, el único que puede verse, y también se parecía a él por el sombrero. Porque mi monstruo, queridos, llevaba sombrero.

Qué frase tan conmovedora. Casi infantil. Y ese «queridos» indolente… Cómo quiere Elisa a André en este momento, con qué satisfacción le compraría un sombrero.

—Mi monstruo, por más que lo mirara, no se movía. No se movía un centímetro. Sólo me miraba a mí. Era un monstruo paciente, como lo es la literatura (anoten eso), paciente y metódica, como también lo era yo. Así que podemos considerarlo un empate.

La clase sonríe (sonríe el paraninfo entero). Es una única sonrisa enorme.

—Yo también me envolvía como una momia, igual que hacen ustedes. Antes de ser un escritor verdadero. Me envolvía con los lados de la manta bien remetidos bajo el cuerpo, desde los hombros hasta las piernas, con la sábana cubriéndome la nariz y la boca.

¿Se podrá tener una dicción, piensa Elisa, más impersonal y dulce que la de Mireia? ¿Qué tal besará Mireia? Mejor, seguro, que yo, piensa Elisa. Seguro que ha besado a docenas de mujeres antes, seguro que sin ganas. Seguro que las habrá enamorado a todas y todas querrán morirse.

—... Los ojos podían quedar fuera, todo el mundo sabe que los monstruos no te atacan si sólo dejas los ojos fuera. Necesitan más. Los ojos están bien. Un poco de *fair play*, señores.

La clase ríe.

—... El límite es la nariz, eso lo sabe cualquiera. Los ojos pueden quedar fuera para que el aire frío se pasee por ellos como una caricia. ¿De qué modo, si no, va a recordar uno que está muerto?

Un escalofrío de placer recorre la columna vertebral de Elisa y luego se acurruca entre sus piernas.

—Así que el duelo entre mi monstruo y yo, mi monstruo de la cortina, se prolongaba durante horas. Hasta que uno de los dos se quedaba dormido.

André parece ahora cansado. (Mireia suena agotada también, de ese modo que se ve en los pequeños detalles, como si algo faltara o no acabara de estar del todo). André abandona la mirada en algún lugar del suelo. Su mente viaja. O tal vez esté pensando en cómo proseguir.

O en si hacerlo.

Pero, atención, André, el bello André, levanta la vista.

André recorre con los ojos los ojos de los alumnos (sobre todo, de las alumnas), los ojos de los profesores (sobre todo, de las profesoras), del bedel (que se ha quedado), del pequeño grupo de periodistas invitados por el vicerrector, del señor decano, de la señora rectora.

Se detiene un instante en los de Elisa –Elisa está segura de ello– para expresarle –seguro– mudo reconocimiento, para ofrecerle un futuro lleno de nietos brillantes, un futuro con el que Elisa pueda derramarse al fin entre los muslos.

André vuelve a mirar al suelo.

(Mireia, en algún lugar, contiene la respiración. Esa respiración...).

André se levanta. Sonríe con infinita tristeza.

–Años más tarde, me cambiaron de habitación. La mía la heredó mi hermano, mi hermano pequeño, quien, sospecho, dejaba en la suya un monstruo aún sin formar, y que no tenía, por tanto, la menor preparación para lo que le esperaba.

André vuelve a sonreír. André sabe que está siendo la persona más melancólica del mundo.

–Nunca se lo he preguntado, pero estoy seguro de que mi hermano vio en mi cuarto, que pasó a ser el suyo, el mismo bulto detrás de la misma cortina. Y que su ritual con las sábanas acabó siendo tan elaborado como el mío. Estoy seguro de que conoció a mi monstruo, a mi monstruo particular, que dejé ahí para él, que no se vino conmigo porque los monstruos, que sí que existen, tienen su sitio, y el sitio del mío era ahora el suyo, aquella cortina y no otra. Estoy seguro de que mi hermano conoce tan bien como yo la sensación de derretirse de calor y temblar de frío y miedo al tiempo, atrapado para siempre en su cuerpo mortal, la de sentir una corriente gélida soplándole la frente.

Y André añade. De forma autoconsciente. Preparada.

–... O eso le deseo.

André sonríe con dulzura.

Elisa sonríe también, pero ella con alegría y luz. También como una tonta. Mirando el móvil. Elisa ya no mira a André. Elisa no escucha los aplausos.

Elisa acaba de recibir un mensaje de Diego.

Elisa es una escritora enamorada que va a comprarse otra Moleskine (una sólo para eso), para poder emprender cuanto antes un poemario conmovedor, algo, no sé, seco y directo (¿no es la poesía la verdadera forma de la literatura, su destilación sublime, su quintaesencia?), un poemario (*El joven duerme*) que eluda con valentía cualquier convención de rima o métrica, cualquier orden aparente, la inabarcable multiplicidad de significantes –piensa Elisa, que tiene luz en los dedos– a la que sólo la verdadera poesía llega –*poiesis* y todo eso, metáfora, sonido, ritmo–, porque lo que Elisa quiere de verdad, piensa Elisa, es dejar una huella en el mundo y encarar de forma exquisita, pero de frente y sin ningún temor, los ángulos inabarcables de la contradicción humana.

LAS TRES MONEDAS

Cuentan que un padre muy sabio, al intuir la proximidad de la muerte, convocó a sus tres hijos, Abdel, Hasan y Dalil, y les dijo:

—Queridos hijos, siento que la muerte llama a la puerta. No os aflijáis, os lo ruego, la muerte es, como sabéis, parte de la vida y, del mismo modo que las hojas que un día fueron verdes nutren ahora el suelo, también mi adiós permitirá, hijos míos, que crezcáis altos y rectos sin necesidad de más apoyo.

Los tres hijos lo miraban intranquilos pero no se atrevieron a decir nada, por respeto y otras razones.

—A lo largo de la vida sólo he podido juntar una modesta fortuna (la enfermedad de vuestra madre, a quien tanto añoro, se llevó el resto). Demasiado modesta, debo confesar, si hubiera de partirse en tres. No os haría, hijos míos, servicio alguno. Así que he decidido que sólo uno de vosotros se la quedará entera, el que demuestre más mérito y mejor juicio.

El padre no preguntó a sus hijos si les parecía bien, al padre no le preocupaba su opinión al respecto. Abdel, Hasan y Dalil se revolvían en el sitio.

—Vamos a hacer lo siguiente —prosiguió el padre, satisfecho por la prudencia de sus hijos—. Dejaré sobre la mesa tres monedas de plata. —Las tres sonaron contra la madera—. Quien logre gastar la suya en algo que llene por completo la casa, será quien lo herede todo.

—¿Qué llene por completo la casa, padre? —se atrevió a preguntar Abdel, que para algo era el mayor.

—Que llene por completo la casa, Abdel. Algo que llene la casa. Y no me hagáis más preguntas, por favor. Se entiende bien, me parece. Que cada cual piense y concluya lo que estime prudente, ahora me encuentro cansado y querría tumbarme un rato. ¿Me ayudas, por favor, Dalil?

Y Dalil —que por algo era el pequeño— tomó del brazo a su padre y le ayudó a subir las escaleras hasta el dormitorio.

Tres días después, el padre congregó de nuevo a sus hijos, que llegaron puntuales a la cita, para saber qué habían pensado y determinar, por tanto, quién habría de quedarse con la pequeña hacienda.

—Muy bien, Abdel. ¿En qué has gastado tu moneda? Eres el mayor de los tres, siempre he confiado en tu criterio. ¿Qué has comprado?

—Varias arrobas de paja, padre. Tanta paja seca y ligera como pude pagar. No he logrado llenar la casa, la paja está cara este año, pero sí, como puedes ver, el piso inferior al completo. Lo he hecho tan bien como he sabido, padre.

—Pronto conocerás mi opinión —le contestó el padre mientras giraba levemente sobre sí mismo—. Dime, por favor, Hasan, qué has comprado tú.

—Tantas libras de plumas como he podido pagar —dijo el mediano—. Mi primer impulso fue el de comprar paja también, pero Abdel, más rápido que yo, la había acaparado toda. No he sido, como ves, capaz de llenar la casa, pero sí las escaleras hasta el techo. Lo he hecho tan bien como he sabido.

—Pronto conocerás mi parecer, Hasan —dijo el padre, girándose un poco más—. Dime, por favor, Dalil, qué has comprado tú.

—Esta vela —contestó el menor, abriendo la mano para mostrársela.

—¿Una vela común, Dalil?

—Sí, padre.

—Explícate, por favor.

—Una vela puede parecer poca cosa. Sobre todo ahora, a plena luz del día. Pero, cuando caiga el sol y la noche ocupe cada rincón, la encenderé, padre, y llenará la casa de luz.

Abdel y Hasan estaban asombrados.

El padre asintió en silencio. Desenfocó la mirada unos instantes, sumido en profundas cavilaciones. Luego frunció —como hacen los hombres sabios— el entrecejo.

Por fin dijo:

—Habéis hablado los tres y habéis hablado bien. ¿Estáis listos, hijos míos, para oír mi veredicto?

La tensión en la sala detenía el aire, aunque habría sido difícil suponerla desde fuera (un observador casual no habría encontrado muy solemne la imagen de cuatro cabezas asomando apenas de un mar de heno).

El patriarca dijo con voz grave:

—Tu idea era buena, Abdel. Pero no has conseguido llenar la casa y mira cómo estamos ahora, que parecemos la proverbial aguja. Y ¿para qué, Abdel? Para nada. Para pasarnos la vida, te lo digo yo, encontrando paja por todas partes, incluso en la ropa interior, ya lo verás, incluso en las pestañas. Hasta el día de mi muerte y aun después.

Hundió la mirada otro centímetro en su hijo.

—Eres el mayor, Abdel. El más juicioso. —Sacudió la cabeza—. Qué decepción.

Abdel no sabía dónde meterse.

—Pero lo hecho hecho está —concluyó el padre—. No tiene objeto darle más vueltas. Haz el favor de sacar toda esta paja de aquí mañana mismo.

Abdel agachó la cabeza, aliviado por que la atención se desplazara a su hermano.

—En cuanto a ti, Hasan... —Hasan apenas se atrevía a respirar—. Tampoco has llenado la casa. Ni siquiera has llenado el piso inferior. Las plumas son más caras que la paja, Hasan, por no añadir que no hay manera, en esta época del año, de conseguir cantidades que merezcan la pena. ¿En qué estabas pensando, Hasan? ¿Acaso no sabéis —preguntó, mirándolos a todos— pedir los precios de las cosas? ¿No sabéis hacer unos cálculos simples antes de enterrar a vuestro infeliz padre en despojos?

A Hasan le temblaba el labio inferior.

El patriarca ablandó el rostro.

—No te aflijas, Hasan —continuó, mirándolo ahora con benevolencia—. No es fácil ser el mediano, lo sé bien. Lo has hecho mejor que Abdel, al menos eso.

Abdel levantó la mirada más bruscamente de lo que habría querido.

—Aunque has bloqueado la escalera, que a ver cómo me lleva Dalil al dormitorio ahora. Sin embargo…

El padre entero era un matiz, todo eran precisiones; no había modo de saber si estaba disgustado o no.

—Sin embargo, Hasan, las plumas son más fáciles de recoger que la paja, y más fáciles de revender con la presente escasez. Quizá podríamos confeccionar algunas almohadas (quiero decir: vosotros tres), cojines exuberantes rellenos con todas esas plumas. Tal vez hasta aprendáis algo con ello. Mientras que con la paja…

Volvió a dirigirle al mayor una mirada oblicua. (Aquello era una montaña rusa).

—Mientras que, con la paja, Abdel, no podemos hacer nada.

De nuevo bajó la frente.

—Tal vez —continuó— podamos, por qué no, recuperar el dinero y hasta ganar un poco. Tal vez podamos, si lo hacemos bien, hasta compensar lo malgastado en paja.

—Pero, padre —protestó Abdel, que sentía que su progenitor se ensañaba—. Hasan ha llenado la casa aún menos que yo.

—¡Si no ha de llenarla del todo, cuanto menos la llene, mejor, ¿no crees?! —replicó el padre con dureza.

—Muy cierto —concedió Abdel en un susurro, agachando la cabeza.

−¿Todo claro, entonces? −les preguntó el padre a los tres (o tal vez a ninguno, pues lo hizo en ese tono que no espera respuesta).

El hijo mayor apretaba los dientes; trataba de enterrarse en la paja.

−Llega tu turno, Dalil, el favorito de mi querida Jamila. −El patriarca miró un rato al cielo, o tal vez simplemente al techo−. Mi Jamila... −añadió después, como si su esposa estuviera presente−. Ojalá hayas alcanzado la dicha que no supe darte. −El padre bajó de allá donde anduviera subido y miró con severidad al pequeño−. Tu madre no debió, Dalil, hacerte conocer sus preferencias, no fue justo para tus hermanos ni lo fue tampoco para ti. Mírate ahora.

Dalil observaba a su padre y se observaba a sí mismo, sin estar demasiado seguro de si se esperaba algo de él. (Le pareció mejor seguir callado).

El padre suavizó la entonación.

−¿Qué es eso de la vela, hijo mío? ¿De qué decías que querías llenar la casa?

−De luz, padre.

−¿De luz?

−Justamente −respondió Dalil con juvenil firmeza.

El padre asintió muy despacio. Se diría que arqueaba las cejas (era difícil asegurarlo con tanta paja). Y en un instante cargó el aire de tan espesa expectación que podría haberse cortado con una jambia.

Una mosca entró en el cuarto. En cuanto notó el ambiente, se dio la vuelta sin hacer ruido.

El padre alzó la cabeza. Con gran sabiduría, dijo:

−¿Tú estás tonto o qué, Dalil? ¿Te crees que soy un sufí? ¿Te crees que somos sufís en esta casa?

Dalil parecía sorprendido.

−No, padre.

−¿Te crees que estamos en la India, Dalil? ¿O en Egipto? ¿O en Etiopía? ¿Te crees que estamos en Irak? ¿Te crees que somos místicos? ¿O piensas, como parece hacerlo tu hermano, que tenemos tierras? ¿Que tenemos animales? ¿Que tenemos siervos? ¿Que tenemos quien se coma toda esta paja?

—Pero, padre...

—¿Qué vamos a hacer con una vela en Fontainebleau, Dalil? ¿Esperar un apagón? ¿Te has gastado una moneda de plata en esperar un apagón? ¿Tú estás tonto, Dalil, es eso lo que te pasa? ¿Estás tonto, hijo mío?

—¡Llenaré la casa de luz, padre!

—¿Ah, sí? ¿Y el piso de arriba qué? ¿Crees que, cuando enciendas aquí esa vela, podré ponerme a leer en el dormitorio? ¿Es mágica tu vela? ¿Ya no voy a tener que encender la lámpara de la mesilla?

—Padre, yo...

—Sabes que tenemos electricidad, ¿verdad, Dalil?

Dalil agachó la cabeza.

—O igual, como la pago yo, ni siquiera lo sabes. Igual crees que brota sola, porque sí. Igual crees que la televisión funciona con brujería. Y la nevera. Y el horno. Igual crees que la corriente mana espontáneamente de las paredes porque tú, Dalil, te lo mereces.

—Basta, padre —intervino Abdel, que no podía ver llorar a su hermano.

—¡Tú te callas!

Abdel volvió a hundirse en la paja.

—Lo siento, padre —se disculpó Dalil, tragándose las lágrimas.

—¿Lo sientes, hijo mío? ¿Y la vuelta?

—¿Cómo la vuelta?

—La vuelta, Dalil, la vuelta. ¿Te ha costado una moneda de plata esa vela?

—No, padre.

—¿Entonces?

—¿Cómo entonces?

—Entonces ¿dónde está el resto?

—¿Importa dónde está el resto?

—¡Le importa a tu padre, Dalil!

—Me lo gasté, padre —confesó Dalil, acobardado—. Creí que te parecería bien. No diste más instrucciones.

—¿No di más instrucciones, Dalil? ¿No di más instrucciones?

—No.

A Abdel y a Hasan se les habían pasado las ganas de defender a su hermano, sólo esperaban que el escudo de paja los protegiera de la tormenta.

—Tampoco te di instrucciones para que te gastaras la moneda y mira, no te ha llevado ni tres días. ¿Te lo has gastado todo en tres días?

—Sí, padre —confesó Dalil. El ambiente estaba caldeado, pero le tiritaba la mandíbula como si hiciera frío.

—¿Qué has dicho?

—Sí, padre —repitió Dalil, alzando un poco la voz.

—¿Y qué te has comprado, Dalil, si puede saberse?

—Me fui... de fiesta con Kiran y Jean Paul —dijo con un hilo de voz.

—¿Cómo dices? No te oigo.

—¡Me fui de fiesta con Kiran y Jean Paul! —repitió, esta vez en alto.

—¿Con Kiran y Jean Paul? ¿Con Kiran y Jean Paul, dices? La madre que te parió, Dalil. ¿Te has gastado mi moneda de plata con esos delincuentes?

—Creí que te gustaría lo de la vela.

—¡Si ni siquiera llena la casa, idiota!

—No pensé en el piso de arriba.

—¿Y en la cocina pensaste? ¿Y en la despensa? ¿Pensaste en el cuarto de la lavadora? Haberte comprado un compact disc, Dalil.

—¿Cómo?

—¿No oyes bien, Dalil?

Dalil volvió a esconder la frente.

—¡Haberte comprado un compact disc si creías que somos sufís! ¡Si creías que en esta casa reinaba la sabiduría y se apreciaban las metáforas! ¡Haber comprado una minicadena de

esas con la moneda de plata, Dalil, que te daba para tres minicadenas! ¡Para seis minicadenas, te daba! ¡Para un equipo
profesional de música, Dalil, de esos llenos de cables y botones, y haber puesto un disco de los tuyos, que seguro que no
tienes bastantes, que seguro que te viene bien uno más para
atiborrar la casa de música, que estamos, Dalil, en 1996 y no
en el siglo VIII, que no somos sunitas, desgraciado, que somos
agnósticos, os lo tengo dicho, que tenemos un invernadero,
que eso es todo lo que tenemos, que de eso vivimos los cuatro, que no vivimos de enseñanzas, que el invernadero de
abajo es lo que nos da de comer! ¡Haberte comprado un compact disc y haber llenado la casa de canciones si tan sufís estamos, que es lo que haces, Dalil, cada santa tarde: llenar la casa
de canciones, porque debes de creer que eres americano o
algo, que la música que pones cuando te encierras en el cuarto, si es que eso puede llamarse música, bien que llega a mi
dormitorio, Dalil, bien que llega a todas partes, porque la
vela no sé, pero la música que pones bien que lo llena todo,
cocina y despensa incluidas, cada santa tarde, Dalil, no como
esa vela que has comprado, que va a acabar, ya lo verás, ca-
yéndose donde la paja, y al final, te lo digo yo, salimos todos
ardiendo!

—Pero, padre... —quiso replicar el mayor, que no llevaba
bien el conflicto.

—¡Ni padre ni padra! ¡Ni padre ni padra, ¿me oís?! ¡Deshe-
redados los tres!

—Padre, por favor... —intercedió el mediano.

—¡Ni padre ni padra, os digo! Y ya me estáis vaciando la
casa de tonterías y empezáis a pensar en qué vais a hacer los
tres para devolverme el dinero que os he dado, que no tenía
ni idea de que tenía tres hijos tontos.

—Por favor, padre... —gimoteó el pequeño.

—Y tú eres el peor de todos, Dalil. El peor de todos. Que
pareces idiota, Dalil. Si te viera mi pobre Jamila... Ya le estás
diciendo a Jean Paul que lo quiero ver a primera hora en el
invernadero, que me debe seis horas aún, y tú lo mismo, que

no me creo que su madre esté enferma, que a su madre la vi yo ayer por la tarde y estaba como una lechuga, que a ver si se cree Jean Paul que soy tonto. Que si te crees que mi padre es tonto, le preguntas a Jean Paul. Dile que a ver si se piensa que soy tonto.

−Te lo ruego, padre…

−¡Basta! −zanjó el patriarca con un aspaviento. Luego se incorporó como pudo, algo renqueante.

Dalil estaba tan afectado que no sabía si sujetarle el brazo o no.

−Ayúdame, Dalil, ¿no me ves? Ayúdame a subir al dormitorio, ¿no querrás que lo haga solo? Y a ver cómo atravesamos esas plumas, que ya verás la alergia ahora. Que parecéis tontos los tres. Tontos parecéis…

Ni Abdel ni Hasan ni Dalil se atrevían a decir nada.

El padre, a pesar de los achaques, vivió −cuentan− muchos años. Escarmentado por la experiencia y por ciertos desórdenes relacionados con las estafas piramidales, no volvió −se dice− a invertir en numismática, pero tampoco lo necesitó, porque el negocio de la jardinería florecía más verde que nunca.

Los hijos fueron independizándose uno a uno. Formando sus propias familias. Adquiriendo sus propias responsabilidades. Tal como el padre había vaticinado, crecieron altos y derechos.

Hasta Jean Paul fue, con el tiempo, moderando sus vicios. Y hasta logró casarse con Anaëlle, una muchacha del barrio, poco habladora, tampoco muy espabilada, pero tierna y casi guapa. Seria. De muy buen fondo.

De Kiran, el amigo de Jean Paul, no volvió a saberse nada.

LA ELECTRODINÁMICA DE
LOS CUERPOS EN MOVIMIENTO

—Es bien conocido, Mileva, mi querida Mileva, que la electrodinámica de Maxwell, al menos del modo en que es entendida hoy, y aplicada, Mileva, a los cuerpos en movimiento, conduce a dulces asimetrías que no parecen ser inherentes a los fenómenos. ¿No estás de acuerdo, querida mía? Es importante, Mileva, que entiendas esto, aunque sé bien que ya lo entiendes, ¡lo entiendes tan bien como yo! ¡Mejor que yo, mi colibrí! Mi colibrí dorado. Conozco, mi querida Mileva, tu genio matemático, aunque a veces, Milevita, se me olvide, extasiado por tu rostro de niña contumaz. Cómo olvidar, mi terrón de glucosa y galactosa, mi pequeño paquete de energía, mitad partícula, mitad onda, mi tenue lucecita en el vacío, mi paradoja, cómo olvidar tu formación admirable en el laboratorio de Sremska Mitrovica. O los años en el Colegio Real de Zagreb, donde, con voluntad de hierro, pudiste, guerrera mía, ser admitida entre tantos varones, qué digo tantos, ¡entre ellos sólo!, superándolos a todos. Qué valiente fuiste, mi bien. Qué decidida, qué resuelta. Cómo olvidar, aunque yo mismo los olvide a veces, tus estudios en Zurich, donde, Mileva, Milevita mía, supe por primera vez qué era la vida cuando tú, mi ciervo herido, me entregaste ¡a mí! la tuya. Qué pronto nos hicimos amigos, ¿recuerdas? Como si alguien hubiera determinado que debíamos encontrarnos… ¿Fue así? ¿Funcionan así las cosas, mi cielo diáfano?

»Tomemos, Mileva, como ejemplo, la acción electrodinámica recíproca entre un imán y un conductor. ¿No eres tú mi

imán ambicionado y yo tu leal conductor? ¿No fue la pequeña Leserl el fruto de fuerzas que nos excedían, aunque un
Dios geométrico nos la arrebatara tan pronto, Mileva, tan
cruelmente, de nuestros brazos? No llores, mi dulce niña, no
llores ahora… También el pequeño Hans fue fruto de tales
fuerzas…

»Aquí, justo aquí, entre nosotros, el fenómeno observado
depende sólo, Mileva, del movimiento relativo entre el conductor y el imán, esa danza, amada mía, que da vida a la vida
y llena el cielo de más cielo, de esos tonos y matices que sólo
algunos pueden pintar y casi nadie se atreve a contemplar
de forma directa, mientras que, Mileva mía, desde un punto de vista, digámoslo así, convencional, se hace una distinción marcada entre las dos ocasiones en que uno de los dos
cuerpos está, ¿cómo expresarlo?, en movimiento.

»Reflexionemos un instante sobre esto, mi dócil pajarito.

»Callemos y sigamos caminando…

El joven Albert y Mileva Marić pasean por el jardín alpino del Botánico de Berna, al norte de la ciudad vieja, al otro
lado del Aar, desde el que puede verse el Kunstmuseum.
Vagan en silencio entre plantas medicinales y textiles, evitando sin proponérselo las de las regiones áridas.

Mileva contempla los cuatro invernaderos del Botanischer
Garten, que acogen y protegen las plantas tropicales y subtro-
picales, y las acuáticas, y los ejemplares procedentes del Asia
central, muchos de ellos visibles incluso desde fuera, tal es su
exuberancia.

Albert pasea los ojos sobre las delicadísimas exquisiteces de
una selección de árboles de América del Norte. O sobre la
intimidante Palmenhaus, «la casa de las palmeras», el mayor
de los cuatro invernaderos del recinto y uno de los tres mayores del mundo, repleto de cultivos tropicales –húmedos,
sensuales– procedentes de una remota selva en la que Albert
no ha estado ni estará nunca.

Cuando enfilan el viejo camino de grava que deja el Palmenhaus atrás, Albert se anima a reanudar su razonamiento.

—Si el imán está en movimiento y el conductor en reposo, entonces, Mileva, sólo entonces, aparece en la proximidad del imán, en su vecindad, si lo prefieres, un campo eléctrico con una…, con cierta energía definida que produce de forma inevitable, como la produces tú con tu mirada encendida, una corriente. Una corriente, mi amor, justo en los lugares específicos, y no en otros, donde se sitúan ciertas partes específicas, y no otras, del conductor.

Albert inspira profundamente.

La distancia entre lo que un hombre debe hacer, lo que cree que debe hacer y lo que está dispuesto a hacer es a veces insalvable, y más si la razón para evitarlo es, simplemente, la cobardía. Pero ¿es de verdad cobardía?, piensa Albert. ¿O es simplemente prudencia? ¿Es cobarde el hombre que intenta ahorrarle a su amada un sufrimiento indecible? Por otro lado, ¿tiene algún derecho a negarle a Mileva el conocimiento? ¿No es lo que él llama cuidado lo que otros llamarían condescendencia? ¿No sería atreverse a hablarle sin reservas lo que de verdad probaría el respeto que asegura sentir por ella? Eso no significa, claro está, que Albert no vaya a abrirle su corazón, no es eso; Albert es un hombre resignado y, por tanto, valiente. Y, por tanto, temerario.

—… Pero si el imán está en estado estacionario y el conductor está en movimiento, entonces no aparecerá ningún campo eléctrico en la vecindad del imán; los dos sabemos que es así, mi dulce trébol. Sin embargo, el conductor, ¡ay, el conductor, mi queridísima Mileva!, el conductor es distinto. El conductor, Mileva, es otra cosa. Otra especie. Otro animal… En el conductor hallamos una fuerza electromotriz para la que no hay energía que la corresponda (¡¿cómo podría haberla?!), pero que da origen (suponiendo, Mileva, la igualdad del movimiento relativo en los dos casos señalados) a corrientes eléctricas con la misma trayectoria e intensidad que las producidas por las fuerzas eléctricas en el primer caso. Las mismas corrientes, Mileva, que nos unen para siempre, a ti, mi suave algodón, y a mí, tu indigno esclavo. ¿Lo entiendes, Mileva? ¿Lo entiendes, tierna codorniz? Claro que lo entiendes...

Mileva no puede evitar sonreír, no sin pudor. Mileva Marić es una mujer prudente. Mileva no desea decir nada; sabe, además, que no debe hacerlo. Sabe, porque también es matemática, como él, que Albert está eligiendo cuidadosamente las palabras que puedan conformar algo parecido a un cono dual definido por una ecuación antes de rasgar su alma del todo.

—Ejemplos de este tipo, junto con los intentos fracasados de descubrir algún movimiento de la Tierra relativo al «medio de la luz» sugieren, ternura mía, que los fenómenos electrodinámicos, igual que los mecánicos, no poseen propiedades correspondientes a la idea de reposo absoluto. O más bien insinúan que, tal como ha sido, creo yo, demostrado al menos en parte, las leyes, Mileva querida, tanto de la electrodinámica como de la óptica, son válidas para todos los sistemas de referencia en los que las ecuaciones de la mecánica... —Albert toma aire antes de concluir— funcionan. Simplemente funcionan. —Albert parece desfondado—. ¿Entiendes las implicaciones, mi triste florecilla? ¿Alcanzas a verlas?

Mileva alcanza a verlas muy bien, pero sabe que Albert no está, en realidad, preguntándole nada, sino preguntándoselo a sí mismo. Mileva sólo puede sonreírle con dulzura y ofrecerle su amor incondicional. Envolverlo con callado recogimiento en su calidez de reina.

Los ojos de Albert se humedecen.

—Te estoy hablando a ti, Mileva. Pero no a la Mileva de ahora, ¿lo comprendes? Mírate. Mira tus manos, ¿no ves cómo envejecen, no ves cómo se llenan de arrugas y se vetean de túneles? Mírame a mí ahora. Sí... Ve cómo pierdo el ánimo, cómo la gloria me aleja de ti. Me conmueve, ángel querido, el modo en que me miras. No te merezco, Mileva. Milevita. Mírate, por favor. Ahora...

»Aún eres la niña pequeña que asombra a todo Titel, allá en Vojvodina, con su inteligencia inexplicable. Mírate... Aquella niña que tanto ama la música. Y la pintura. Y la física.

Y las matemáticas. ¿Recuerdas? Dejarás de hacerlo, Mileva, dejarás de brillar así. Dejarás de amar tanto. Un día se apagará esa luz insólita. Aunque siempre serás esa niña, ¿verdad, Mileva?, como lo eres ahora. Y a la vez no. A la vez no...

Mileva no se muestra conmovida ni curiosa, sólo dulce y paciente. Atenta. No parece sorprenderle lo que oye.

—Te estoy hablando del átomo; lo sabes, ¿verdad, Mileva?; del átomo como necesidad filosófica. Te estoy hablando de fotones. De moléculas. Lo sabes, claro que lo sabes... Tú lo sabes todo. Así es, así será, así ha sido siempre.

Mileva asiente.

El rostro de Albert adquiere un matiz perlado, casi exangüe. Parece ponerse rígido, pero resulta a la vez leve como el humo. Transparente.

—Pronto tendremos otro hijo. Escucha, Mileva, es importante. Lo llamaremos Eduard. ¿Puedes verlo? Nos vamos los cuatro a Berlín: Eduard, Hans, tú, yo... Decidimos vivir allí; lo decido yo, mi vida. Pero ese mismo año tú y los niños regresáis a Zúrich. Solos. Mientras yo me quedó en Berlín junto a Elsa Löwenthal, a quien aún no conozco. La conoceré muy pronto.

Mileva no dice nada.

—Nos casamos en 1919. Te abandono, Milevita. Elsa y yo nunca tendremos hijos, sólo los tengo contigo. No debes preocuparte por eso...

Albert no está ya en Berna, en el Jardín Botánico, en el sector alpino, al norte de la ciudad vieja, al otro lado del Aar, desde el que puede verse el Kunstmuseum. Albert ya no camina en silencio entre plantas medicinales y textiles, entre miles de especies vegetales, evitando las de las regiones áridas.

Tampoco Mileva.

Los dos están a un millón de kilómetros de Suiza, y a la vez en Suiza, en el severo escritorio de una oficina de patentes y en un millón de lugares del pasado y del futuro, amándose y odiándose un millón de veces, evitándose, buscándose, tendiendo el uno al otro, repeliéndose.

Resultándose por completo indiferentes.

—... En 1929 le diagnostican esquizofrenia a nuestro hijo; al más pequeño, Eduard, a quien aún no conoces. A quien ya conoces. Muere treinta y tres años más tarde en un centro psiquiátrico en el Burghölzli. En Zúrich. Así ha sido siempre. En su esquela no aparece tu nombre, amada mía. Sólo el mío.

Una lágrima resbala del ojo de Albert.

—Sus continuos brotes psicóticos provocan en ti, Mileva, una grave crisis nerviosa. Nadie puede hacer nada por ti. Yo no estoy, ya no estaré. Nunca he estado. Tienen que ingresarte, Mileva. En un hospital de Zúrich. De inmediato. No puedes esperar más. Pero es tarde, mi amor. Sufres varias embolias.

Mileva no llora ni expresa nada en absoluto. Permanece inalterable.

Sólo Albert llora.

—En 1933, Elsa y yo mismo, tu amor ingrato, emigramos a Princeton, en los Estados Unidos. Vivimos con sus hijas, ya mayores, con quienes apenas me relaciono. No son, Mileva, mis hijas. Princeton está en Nueva Jersey, querida mía, en los Estados Unidos. ¿Te he dicho ya que ahora vivimos allí?

»En el otoño de 1935 nos mudamos a una casa de la calle Mercer. Allí le diagnostican a Elsa problemas de corazón. Y de riñón. Elsa muere un año después. De una enfermedad muy dolorosa...

Mileva no se alegra, ¿por qué habría de hacerlo? Tampoco se entristece.

—Te conozco en octubre de 1896, mi amor. Nuestros padres se oponen a nuestro matrimonio. Te digo que siempre te amaré.

Mileva sonríe.

—El 10 de diciembre de 1921, en Estocolmo, Milevita amada, mi vida cambia para siempre.

...

Poco a poco, Albert parece regresar de otro planeta, tal vez parecido a este. No está afectado ni aturdido, la sangre fluye de un modo visible en su rostro. Nunca ha estado ausente, en realidad. Simplemente ha estado en otro sitio.

Mileva, en cambio, ha estado siempre allí, en ella misma. Dentro de sí, en su centro. Como siempre. Alguien tiene que ocuparse de las cosas prácticas.

Albert mira alrededor. Consulta el reloj de cadena. Se rasca la frente. Mira al cielo. Vuelve a abrir la tapa del reloj. Vuelve a rascarse la frente. Se sopla el pelo con gesto de niño.

—Ahora, mi tierno corazón, querría elevar mi humilde conjetura a la categoría de postulado. Por ti. Seguro que lo entiendes. Como también desearía, Mileva amada, introducir, si no te opones, un postulado nuevo que sólo en apariencia será irreconciliable con el primero; a saber: que la luz se propaga siempre en el vacío con una velocidad definida y por completo independiente del estado de movimiento del cuerpo emisor.

»Hablamos de la luz, Mileva. De ese milagro inexplicable de naturaleza dual que ahora, por ti y para ti, explico, y que tú y yo, mi amor eterno, abrazaremos juntos. Esos dos postulados deberían, querida mía, ser suficientes para conformar una teoría simple; o, como a ti te gusta decir, Milevita, «consistente»; una teoría de la electrodinámica de los cuerpos en movimiento basada, mi dulce ángel, en el tuyo y el mío; y en la teoría de Maxwell, ¿recuerdas a Maxwell, mi amor? Murió al poco de nacer yo. El mismo año. Una teoría, decía, mi Milevita, para cuerpos estacionarios…

Qué orgullosa se sentía Mileva de Albert.

—Podremos así probar, tesoro mío, que la introducción del éter luminoso es en esencia superflua, en tanto que el punto de vista expuesto no requerirá de un «espacio absolutamente estacionario» provisto de propiedades especiales ni de la asignación de un vector-velocidad (perdona el lenguaje apasionado) al punto exacto del vacío en el que los procesos electromagnéticos tengan lugar siempre. Así será, mi vida... Así ha sido siempre.

Albert parece arrebatado.

—La teoría que anhelo explorar está, mi amiga bondadosa, mi inmerecido favor, basada en la cinemática del cuerpo rígido, pues toda afirmación de tal teoría tiene, Mileva, que ver con las relaciones entre los cuerpos rígidos y el reloj mismo (como ese que llevas, mi gacelita, incapaz de atrapar el tiempo) y los propios procesos, Mileva del alma, electromagnéticos.

»La consideración insuficiente de esta circunstancia está, mi dicha, en la raíz misma de las dificultades que la electrodinámica de los cuerpos en movimiento encuentra en el abrumador presente, como se revela, mi amor soñado, en el modo en que los dos temblamos ahora.

Mileva no dice nada. Tiembla, sí, súbitamente sobrepasada por la emoción, pero también se siente confortada por la certeza de un espacio elástico.

—Ahora tendría, ¡debería!, Milevita del alma, abordar de forma valiente la parte cinemática de la cuestión, que es la perteneciente o relativa al movimiento, después de este humilde proemio que ha servido también de confesión y que acaso convendría inaugurar con la definición de «simultaneidad». ¿Podrás, acaso, perdonarme alguna vez? ¿Podrás entender, y ayudarme a hacerlo a mí, que nada puedo evitar porque todo ha sucedido ya muchas veces? ¿Podrás, mi amor, absolverme cuando me colmen de honores y ya no sea capaz de recordarte?

—Sí —responde Mileva—. Sí.

Así ha sido siempre.

—Entonces, por favor, mi lucero, déjame, mi dulce amada, déjame, mi estrella dorada, que te cante este fandango.

»Dice así...

Albert carraspea un poco, ahueca las manos y se arranca, sin dejar de caminar, por un compás ternario.

Yo pensé que, con el tiempo,
dormirían mis recuerdos.
Yo pensé que, con el tiempo
(y el espacio), así sería,
pero han ido despertando
con las horitas del día.

Mileva Marić nunca estará más enamorada de Albert que en ese instante, cuando ve cantar a su amor con ese desaliño que la atará a él por siempre.

Las ondas electromagnéticas que conforman la luz se mueven en torno a ellos, enredándose en la música aun en la ausencia de un medio específico. La velocidad de la luz que los atraviesa es, por tanto, constante, y no relativa al movimiento.

Albert sonríe a Mileva sin dejar de caminar mientras da palmitas sordas. Tan enamorados los dos. Tan radiantes. En una infinidad circular de planos coincidentes, alejados, próximos, simultáneos. Unidos de la mano hacia un horizonte teórico sobre el que se recorta una puesta de sol que, contemplada por un astronauta que estuviera viajando a velocidades cercanas a la de la luz, a millones de kilómetros de distancia, duraría, como el amor de los hombres, apenas un instante.

Así es, así será y así ha sido siempre.

Así sea —dijo el acompañante—.
Métete por el monte y deja que yo siga por el camino.

NATHANIEL HAWTHORNE